死刑犯與三個女人

NOTES ON AN EXECUTION

Danya Kukafka

丹妮亞・庫嘉夫卡——著
江莉芬——譯

獻給丹娜・墨菲

在女人死去的地方
我清醒著。

——珍妮·霍哲爾（一九九三年）

十二小時

你就是指紋。

在你人生的最後一天睜開眼睛，你會看到自己的大拇指。在像患了黃疸般的監獄燈光下，你大拇指上的紋路看似乾涸的河床，彷彿沙子被海水沖刷成漩渦圖樣，曾停留於此，而今消失無蹤。

指甲太長了。你想起兒時聽過的迷思——人死後指甲還會持續生長，直到最後它蜷曲包覆你的身軀。

⁂

受刑人，報上你的姓名和編號。

安索．帕克，你大聲說。九九九六三一。

你在床上翻了身，天花板出現平日可見的景象，那是水漬構成的圖案。倘若把頭傾斜到對的角度，角落附近一大片的潮濕水漬形狀就像一隻大象。就是今天了，你心想，看著成團的斑點構成象鼻。就是今天了。大象微笑的模樣彷彿它知道一個不可告人的祕密。你花了好幾個小時複製它的神情，與天花板上的大象露出同樣的笑容——今天，這個畫面成真了。你和大象彼此相視而笑，直到今天早晨迎來的事實成了令人激動的默契，直到你們看起來都像是瘋子。

你雙腿晃過床緣，撐起身體離開床墊，再套上囚鞋。那是一雙黑色拖鞋，讓你的雙腳有一吋的空間在裡面滑動。你在金屬水龍頭底下沖洗牙刷，擠出一團結塊的牙膏粉，接著在小鏡子前沾濕頭髮，那面鏡子其實不是玻璃，而是一面滿是凹痕與破損的鋁板，即使破掉也不會有碎片。你從鏡中看見自己模糊、變形的倒影，在水槽上方啃咬每一隻手指甲，仔細而均勻地扯掉白色的部分，直到每根參差不齊的指甲都差不多短為止。

倒數通常是最困難的部分，牧師昨晚探視時這麼跟你說。一般來說，你還蠻喜歡這位牧師的，他禿頭，時常駝著背，彷彿背負著羞愧。這位牧師剛到波倫斯基監獄服事不久，他的臉看來很柔軟、具延展性，一眼就可望穿，好似你能伸手碰觸到他的臉頰深處。牧師談到原諒與放下重擔，以及接受我們所無法改變的事情。接著，他問了那個問題。

你的見證人，她會來嗎？牧師透過探視窗口問道。

你想像架子上的那封信，就在狹小的牢房裡，一個奶油色的信封在向你招手。牧師望著你的眼神中明顯帶著憐憫，你一向認為那種憐憫是最令人不舒服的感受。憐憫是戴著同情面具的毀滅。憐憫褪去你的防備，使你赤身裸體，憐憫使人畏縮。

她會來，你回道。接著你告訴他，他的牙齒中間卡了東西，然後看著眼前的男子匆匆把手伸進嘴裡。

事實上，你對於今晚並未想太多。這件事太抽象了，太容易偏離事實。十二號樓的謠言從來就不值得聽信，曾經有一個人回來後，說他在注射前十分鐘才被赦免，當時的他已被五花大綁在輪床上，說自己被嚴刑拷打好幾個小時，還被用竹子戳刺指甲，彷彿他是動作片裡的主角。另一位獄友則聲稱他們給了他甜甜圈。你寧可不去猜想。就算害怕也沒關係，牧師說。可是你並不害怕，反而感到一股反胃的驚奇感。最近你夢見自己在蔚藍晴朗的天空飛翔，翱翔在一塊塊寬闊無邊的麥田圈上空，耳朵因高飛而脹痛。

⁂

你把從前在C囚室承襲而來的腕錶調快五分鐘，你喜歡事先做好準備。時間顯示你還剩下十一個小時又二十三分鐘。

他們保證這不會痛，向你承諾完全不會有任何感覺。曾經會客室來了一位精神科醫師，她穿著一身筆挺俐落的西裝、戴著價格不菲的眼鏡坐在你對面。她對你說些你一向都抱持懷疑而又無法忘懷的事情，那些你但願永遠不會聽別人說出口的事。依照你以往的推論，這位醫師理應傳達更多情緒才對，通常你都能依此揣測沮喪或遺憾的程度。然而她卻面無表情，而且是刻意如此，你討厭她這個樣子。你覺得如何？她問。這個問題毫無意義，人的感受根本一文不值。所以你聳聳肩，說實話：我不知道。沒感覺。

⁂

早上六點零七分，你的補給品整理好了。

你昨晚把顏料混合在一起，這個做法是在C囚室時弗洛基教你的。你用一本厚書的書脊壓碎彩色鉛筆，接著把色彩粉末和從福利社買的凡士林混合為一。你把三根冰棒棍泡在水裡，那是你用好幾個泡麵調味包才換來的。接著你把木棍磨到開花，像筆刷一樣呈扇形散開來。

現在你在牢房門邊的地上擺好工具，小心翼翼地確保畫布板的邊緣恰好就在走廊灑落的光束直接照耀之處。你對地上的早餐餐盤視而不見，打從清晨三點送來後，它就原封不動地擺在那裡，肉汁上覆蓋一層薄膜，罐頭水果已被一大群木匠蟻圍繞。時值四月，但感覺起來卻像七月。暖氣時常在夏天運作，那塊奶油已經融化成一小池油液了。

你獲准使用一種電子裝置，於是你選擇了收音機。你尋找旋鈕，收音機發出刺耳的靜電噪音。周圍牢房的獄友時常會吆喝他們想聽的歌，節奏藍調或經典搖滾樂，不過他們都知道今天會發生什麼事。當你轉到最愛的古典樂電台時，他們並沒有抗議。交響樂的樂音令人猝不及防又撼人心弦，填滿了每一處混凝土角落。F大調交響曲。你適應了樂音的存在，心定了下來。

你在畫什麼？莎娜有一次這麼問，那時她正把你的午餐餐盤從門的狹槽遞過來。她歪著頭，瞇起眼睛看著你的畫布。

一座湖泊，你告訴她。一個你以前很喜歡的地方。

她那時不是莎娜，還不是，當時她還是畢玲絲獄警，頭髮往後緊緊梳成低髮髻，制服的褲子在臀部突起處糾結成團。她是在六個星期之後才成為莎娜的，那時她把平坦的手掌按在你的窗上，而你從她的眼裡看見了那些過著不同人生的女孩們會有的眼神，震驚。她讓你想起珍妮，還有她所缺乏的，如此脆弱與不羈。長官，告訴我妳的名字。你的要求使她滿臉通紅。莎娜。你重複念一次她的名字，像念禱詞般心懷敬畏。你想像她的脈搏因緊張而加快，蒼白纖瘦的頸脖上青筋在顫動，而此刻你成了某個更重要的人物，全新的自我早已在你的臉上延展開來。莎娜笑了，露出牙齒之間的縫隙，渴望著愛。

莎娜離開後，傑克森從隔壁牢房大聲稱許，調侃起鬨。你扯下床單脫線處，在尾端綁住一小包士力架巧克力棒，然後丟到傑克森的門下方讓他閉嘴。

你試著為莎娜畫些不同的事物。你找到一張玫瑰的照片，於是把它塞進其中一本你向圖書館借閱的哲學教科書。你把顏色混合得無懈可擊，可是花瓣的位置不對。這株玫瑰花簡直是一團火紅色物體，角度全都錯了，於是你趁莎娜看見之前把整張畫紙扔了。下次她打開你的牢房，和你一起走過灰色長廊去沖澡時，你覺得莎娜彷彿知情——她把手伸向你的金屬手銬，以她的大拇指輕壓你的手腕內側，試探著。你身子顫抖，而站在另一側呼吸急促的獄警對此絲毫沒有察覺。你已經很久沒有這樣的感受了，一般都是粗暴的手臂拉你進牢房、塑膠叉子冰冷的尖端，還有黑暗中你自己的手帶來的無聊愉悅。莎娜的觸碰所帶來的興奮感令人神迷。

自那時起，你們就時常交換心情。

塞在午餐餐盤底下的紙條，還有從牢房和休閒區往來之間偷來的時光。就在上週，莎娜悄悄放了一件寶物在你的牢房狹槽裡：一個黑色小髮夾，她用它夾在光滑的髮髻上。

現在你把冰棒棍沾上一抹藍色顏料，同時等待她的腳步聲。你的畫布就擺在門邊，畫布和門緣對齊。今早莎娜就會給答覆了。是或不是。經過你們昨天的談話後，兩種答案皆有可能。你擅長忽略疑慮、專注期待，那感覺就像有個具體實存的生物躺在你的大腿上。另一首交響樂開始奏起，一開始靜悄悄的，接著節奏漸漸緊湊、激昂——你持續沉浸在奔騰的大提琴樂音中，想著它是如何加快速度、累積堆疊，而且最後總能達到令人讚嘆的漸強音。

⁂

你一邊畫畫一邊看清單，受刑人財產清單。無論莎娜給出什麼答案，你都得打包行李。你的床底下有三個紅色網袋，他們會把你最重要的東西送到高牆監獄[1]，在那裡，在你的一切被帶走之前，你還有幾個小時可以持有自身的物品。你意興闌珊地把過去這七年來在波倫斯基監獄裡囤積的物品裝進袋子裡：洋蔥圈餅乾、辣醬和好幾條牙膏。現在這些全都沒意義了，你會把它們留給C囚室的弗洛基，他是唯一下西洋棋擊敗過你的囚友。

你會把你的「人生真理」留在這裡，總共五本筆記本。「人生真理」的下場要視莎娜的答案而定。

不過最重要的還是那封信，那張照片。

你發誓不再讀那封信，反正你幾乎全都背起來了。不過莎娜遲到了，所以等你確保雙手乾燥且乾淨時，你蹣跚地站起來，手伸到架子頂端把信封拿下來。

小藍．哈利森的信簡短扼要，以筆記本內頁紙寫成的信。她把你的住址抄成斜體字：*安索．帕克，波倫斯基監獄，十二號樓，A囚室，死囚牢房*。你長嘆一口氣，輕輕地把信封擱在枕頭上，接著移開一疊書尋找那張照片，它就黏貼與藏匿在架子與牆面之間。

這是牢房裡你最喜歡的地方，一部分是因為這裡從來不會被搜索到，一部分則是因為那個塗鴉。打從你獲知自己的行刑日之後，你就一直待在A囚室的這間牢房，而就在你來之前，另一位囚友悉心地在混凝土牆上刻下這些字樣：我們全都是狂熱分子。你每次看到這些字都會笑——這是多麼古怪愚蠢，和其他的監獄塗鴉很不同（其他的大多是經文和生殖器）。有鑑於在這個環境中，這句話確實蘊含著你幾乎可稱為是滑稽的真理。

---

1 高牆監獄（Walls Unit）指美國德克薩斯州亨茨維爾監獄（Texas State Penitentiary at Huntsville），為美國目前執行死刑次數最頻繁的監獄。

你把照片周圍的膠帶撕下來，小心翼翼不將它撕破。你坐在床上，把照片和那封信捧在手裡，放在腿上。對，我們全都是狂熱分子，你這麼想。

※

你在幾週前收到小藍・哈利森的信，在那封信之前，這張照片是你唯一保有的物品。在判決宣告之前——當時你的律師仍然相信你是被迫認罪——那時她幫了你一個忙。她打了幾通電話，最後拿到了從特珀湖鎮的警長辦公室寄來的照片。

在照片裡，藍屋看起來狹小又破舊。相機的拍攝角度沒拍到左側的百葉窗，不過你記得那裡繡球花繁茂生長的模樣。看這張照片很容易只注意到一間鮮藍色且油漆斑駁的房子。餐廳的招牌不明顯，門廊上有面旗子飄揚，上面寫著營業中。礫石車道被整理過，騰出空間來當供顧客使用的停車場。窗簾從外面看起來是純白色的，不過你知道從餐廳內部看，窗簾是紅色小格子的圖案。你記得裡頭的味道，薯條、清潔劑和蘋果派，你也記得廚房的門總會哐啷作響。蒸氣、破玻璃。這張照片拍攝的那天，天空飄著雨，光是看照片，你彷彿都能聞到硫磺的強烈氣味。

這張照片裡，你最喜歡的部分是樓上的窗戶。窗簾微微打開，如果你仔細看，就能看到一隻手臂的影子，從肩膀到手肘的部位。那是一位青少女毫無遮蔽的手臂。你喜歡想像這張照片拍攝的這一刻，她在做什麼，她必定是站在臥房的門口附近，正在和某人交談，或照鏡子。

她在這封信裡的署名是小藍，她的本名是碧翠絲，但對於你或對任何當時認識她的人而言，碧翠絲從來都不是她的名字，她永遠都是髮辮垂在一側肩上的小藍，穿特珀湖中學田徑隊運動衫，而且時常焦慮地把袖口拉向手腕的小藍。當你回想小藍．哈利森，還有你待在藍屋的日子時，你總會想起她每次經過窗戶前緊張地看著自己倒影的模樣。

當你看著這張照片，你不知道那是什麼感覺。那不會是愛，因為你已經受過測試了——你不會在對的時間點大笑，也不會在情況出錯時瑟縮。有些關於情感識別、同情心與痛苦的數據測試。你不了解那些在書裡會看到的愛情，而你喜歡電影大部分是為了要研究它們，掌握臉部表情扭曲成其他表情的技巧。總之，無論他們說你能做到什麼——那不會是愛，如果是，那在神經學上是不可能發生的事——看著這張藍屋的照片就能帶你去到那裡，回到啼哭聲止息的地方。寧靜是美好的，一種令人得以喘息的解脫。

⁂

終於，長廊傳來回聲，那是莎娜令人熟悉的腳步聲，她習慣曳足而行。

你趕緊回到地板上，重拾起畫筆擺出生硬的動作：在草地上點綴一些艷紅盛開的小花。你試著把注意力放在筆刷的筆尖上，還有壓碎的彩色鉛筆那像蠟的氣味。

受刑人，報上你的姓名和編號。

莎娜的聲音總是聽起來虛弱無力，今天每過十五分鐘就會有一位獄警前來查看你還有沒有呼吸。你不敢把視線從畫作往上移，雖然你知道她仍會一如以往地把心情寫在臉上，她的渴望清楚可見且毫不掩飾，現在會混雜著興奮，或者也許是悲傷，要視她的答案而定。

莎娜喜歡你的一些事情，但這些事情全都與你這個人沒什麼關聯。令她著迷的是你的處境——你的權利被關在籠中，而她握有真正的鑰匙。莎娜是那種不會違反規定的人。每次囚犯沖澡前和放風時間之前，囚犯會得脫光衣服讓男性獄警搜身檢查，這時她總會轉過身去。你在這個六乘九英尺的牢房裡一天待二十二個小時，在這裡你基本上看不到另一個人的身影，而莎娜很清楚這一點。她是那種會讀書封上有魁梧男子的浪漫愛情小說的人，你可以聞到她身上洗衣精的味道，還有她從家裡準備來當午餐的蛋沙拉三明治。莎娜喜歡你，因為你無法再靠得更近，因為在你們之間有一道金屬門，保證了激情與安全。就這點來說，她和珍妮一點也不像。珍妮總是在刺探，總是想看見你的內心。跟我說說你的感受，珍妮會這麼說。給我你的全部。然而莎娜喜歡距離，那令人陶醉的未知總是存在於兩人之間。現在她蹲在間隙的邊緣，你費了好大一番力氣才克制自己不抬頭看她，確認你所知道的：莎娜是你的。

安索．帕克，你平靜地再說一遍。九九九六三一。

莎娜彎下身子來綁鞋帶，制服發出嘰嘎聲響。你牢房角落的攝影機照不到走廊，而且你的畫作擺放的位置恰到好處。一個白色的東西，小到幾乎像不存在：一張紙片閃過，莎娜的紙條穿過牢房的門縫，天衣無縫地藏在畫布邊緣底下。

莎娜相信你是無辜的。

你不可能做這件事，她有一次曾小聲對你說，值漫長的晚班時在你的牢房前面停下腳步，陰影劃過她的臉頰。你不可能。

她當然知道別人在十二號樓是怎麼叫你的。

女孩殺手。

報紙的文章提供了大量的細節：這是在你第一次上訴之後報導的，你的綽號像野火一樣在十二號樓蔓延開來。報導的作者把她們全都混為一談，彷彿她們之間有預謀的關聯。無辜女孩。那篇文章使用這個詞，你很討厭這樣。連環殺手是另一回事，是貼在那些和你不一樣的男人身上的標籤。

你不可能做這件事。莎娜對此很確定，雖然你一次都沒有為自己辯解過。你偏好讓她繞著這話題打轉，讓憤慨引領她的情緒，因為這比提那些問題還容易多了。你後悔嗎？感到抱歉嗎？你從來都無法確定這是什麼意思。你當然後悔，更正確地說，你但願自己不在這裡。

你不認為罪惡感會對任何人有所幫助，但多年來他們持續不斷地問這個問題，在你的審判以及多次無效的上訴期間。你有能力嗎？他們這麼問。你的生理條件有辦法讓你有同理心嗎？

你把莎娜的紙條塞進腰帶裡，望向天花板的那隻大象。大象給了你一個變態的微笑，前一刻它像活了過來，下一刻便成了錯覺。這整個問題都很荒謬，幾近瘋癲——你並未跨越任何界線，沒有觸發警報，也沒有尺度衡量你的行為。你終於推斷出問題並非關乎於同理心，問題在於你怎麼可能成為人類。

話雖如此，你舉起大拇指向著燈光，仔細檢視。在那同樣的指紋裡，你那微弱、像老鼠般滴答跳動的脈搏是不容爭辯且持續存在的。

⁂

你知道自己經歷過什麼，你的人生故事也有個眾人所熟知的版本。當你從腰帶拿出莎娜遞給你的紙條時，你納悶自己的人生是如何受到如此曲解——如今你最脆弱的時刻成了最重要的關鍵，還有那些時刻如何擴大延伸、吞噬了所有其他事物。

你往前拱背，好讓牢房角落的攝影機無法拍到那張紙條。在紙條裡，莎娜以顫抖的筆跡寫下三個字：

我做了。

希望湧現，一片炫目的白色。它在世界迸裂開來時焦灼你的每一寸皮膚，你血流不止。

你的人生只剩下十一小時又十六分鐘，又或者，有了莎娜的承諾，你還有一輩子可活。

※

曾經有一位記者對你說，必定有一段時間，是在你變成這副模樣之前。

如果真有那段時間，你會希望自己記得。

菈凡德
一九七三年

如果要說到從前，那要從菈凡德開始說起。

她當時十七歲，不過卻已深諳將生命帶到世界的道理、生兒育女的重大意義。她知道愛能緊緊將你環抱，也能使你遍體鱗傷。然而直到時機來臨，菈凡德才懂得什麼叫做告別從她體內長出的東西而去。

⁂

「跟我說一個故事。」菈凡德在宮縮之間的空檔喘著氣說。

在穀倉裡，她四肢開展，躺在一堆鋪上毛毯的乾草上。強尼拿著一個燈籠蹲在她身邊，氣息在這寒冷的冬末成了白色的煙圈。

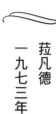

「寶寶，」菈凡德說。「跟我說寶寶的事。」

情況愈漸明顯，菈凡德的寶寶很可能會讓她喪命。每一次宮縮都證明了他們對於生產的準備有多麼貧乏——儘管強尼虛張聲勢，引用那些他的祖父所留下的醫療用書裡的話，但他們倆其實對於分娩所知甚少。那些書裡並未提及這件事，這些血，猶如世界末日。這股疼痛，激烈而浸透汗水。

「他將來會當總統。」強尼說。「他會當國王。」

菈凡德痛得呻吟。她可以感覺到嬰孩的頭正撕裂她的皮膚，一顆葡萄柚半探出頭。

「你不知道是男生。」她喘息著說。「還有，現在根本沒有國王這回事。」

她用力推，直到穀倉牆面被染成深紅色。她覺得身體裡充滿玻璃碎片，銳利的鋸齒在體內扭轉著。當下一次的宮縮來臨，菈凡德痛苦難耐，從喉嚨迸出一聲粗啞的喊叫。

「他會好好的。」強尼說。「他會很勇敢、聰明又有力量。我看到他的頭了，菈凡德，妳得要繼續用力才行。」

菈凡德暫時昏厥了過去。她的整個自我匯聚成一道撕心裂肺的傷口。接著傳來一聲叫喊，一陣啼哭。血汙覆蓋了強尼的雙手，延伸至手肘，菈凡德看著他撿起一把用酒精消毒過的園藝剪刀，接著用那把剪刀剪斷臍帶。過了一會兒，菈凡德抱著他，她的孩子。寶寶因身上包覆的羊膜與胎脂而顯得滑溜，頭部周圍有泡沫，猶如一團憤怒的四肢糾結在一起。在燈籠的光線下，他的雙眼幾近全黑。他看起來並不像嬰兒，菈凡德心想。紫色的小小外星人。

強尼重重地在她身旁的乾草堆坐下，氣喘吁吁。

「妳看。」他聲音嘶啞地說。「妳看我們創造出什麼，我的女孩。」

那股感受頓時自菈凡德的心中湧現：一股強烈的愛，不過感覺起來更像驚慌。在這感覺褪去後，立刻接續而來的是一股令人反胃、內疚的感受。因為菈凡德知道，打從她看到孩子的那一刻起，她就不想要這種形式的愛。這太令人無法負荷，太飢渴了。但這些月以來，這份愛就在她的體內滋長，如今有了手指、腳趾，而且大口吸進氧氣。

強尼用一條毛巾擦拭寶寶的身體，再將他緊緊挨著菈凡德的乳頭。當她低頭瞥向這個被裹成團的單薄包袱，菈凡德感激穀倉裡燈光昏暗，也慶幸自己滿臉是汗，因為強尼不喜歡看見她哭。菈凡德把掌心輕輕放在寶寶的圓頭上，那些最初的背叛想法已與懊悔交織。她以篤定的心情取代那股感受，依偎著寶寶滑嫩的肌膚喃喃自語。我會愛你，就像海洋愛著沙灘。

他們將孩子取名為安索，與他的祖父同名。

⁂

這些是強尼答應過的事：

安靜。開闊的天空。可供他們使用的一整間房子，一座專屬於菈凡德的花園。沒有學校，沒有失望的老師。完全沒有規則。一種不會受人監視的生活——他們在一間農舍獨自生活，全然與世隔絕，距離最近的鄰居遠在十英里外。有時趁強尼外出狩獵時，菈凡德會站在房子的後陽台竭力嘶吼，吼到聲音沙啞為止，她想看看是否會有人聽見並跑來，但從來沒有人這麼做過。

前一年，菈凡德還是個普通的十六歲女孩。那是一九七二年，她會從數學課一路睡到歷史課和英文課，和她的朋友茱莉在體育館門口一邊抽著偷來的香菸，一邊嘎嘎笑鬧。她在小酒館認識強尼．帕克，兩人都是在某個星期五偷溜進去。強尼的年紀比她大，長相帥氣。就像是年輕的約翰．韋恩，茱莉咯咯笑著說，那時是強尼第一次在放學時間開著他的皮卡車出現。菈凡德喜歡強尼蓬亂的頭髮、時常穿著法蘭絨襯衫和厚重工作靴的模樣。強尼的雙手總是因為農場的工作而髒兮兮的，但菈凡德喜歡他的味道，像是油脂與陽光的氣味。

菈凡德最後一次見到母親時，母親頹然坐在一張摺疊牌桌前，嘴裡叼著一根菸。她的母親當時留著家庭主婦的蜂巢式髮型——平順而向一側傾斜，宛如一顆往下垂的氣球。

妳去吧，菈凡德的母親說。輟學啊，搬去那個爛農場。

一抹病態而滿足的微笑。

妳等著吧，甜心。男人都是狼，有些狼很有耐心。

菈凡德步出大門時，把母親放在櫥櫃上的古董吊墜偷走。那吊墜是一圈鏽蝕的金屬，裡面有個空白的名牌。自她有記憶以來，這只吊墜就在母親那壞掉的珠寶盒中央獨領風采，是母親能夠珍藏物品的唯一證據。

農場生活的確不如菈凡德所想像的，她在與強尼結識後六個月搬進去住，在那之前，強尼都與祖父共居。強尼的母親過世後父親也離他而去，因此強尼對父母的事絕口不提。老安索是個老是在發牢騷的退伍軍人，要強尼從小就負責準備三餐等家務。老安索總是咳個不停，直到死去為止，他的死就發生在菈凡德來到的幾週之後。他們將他埋葬在雲杉下，菈凡德不喜歡踏過那片依舊隆起的土堆。她學會幫山羊擠奶，也學會在給雞拔毛與除去內臟之前擰斷牠的脖子。她打理花園，園子的面積是她在母親的拖車後面那一小塊園子的十倍大——從前那座小花園總是繁茂生長。她已經放棄定期淋浴，因為室外的水龍頭太難用了，所以頭髮變得糾結成團。

強尼負責狩獵，也負責水質淨化和房屋修繕。有些夜晚，他會把在院子裡忙了一天的菈凡德叫來——她會發現他站在門邊，褲子拉鍊開敞，充血腫脹，臉上帶著一抹冷笑等著她。那些夜晚，他會推她倚著牆，她的臉頰用力撞在斑駁的橡木上，強尼的饑渴在她的頸脖內咆哮著，她會縱情於此事的本質，他插入的需求。那雙長繭的手使她興奮。我的女孩，我的女孩。菈凡德不知道她的興奮是因為強尼的堅硬，還是因為她能馴服它。

⁂

他們沒有尿布，所以菈凡德在安索的腰上包了一塊乾淨的布，並在腿部打了結。她用一條穀倉毛毯將他緊緊包裹，接著起身跛行走在強尼身後。

她赤腳走回屋裡，覺得頭暈。先前的疼痛太強烈了，她不記得自己是怎麼去到穀倉的，只知道強尼抱著她，所以現在她沒有穿鞋——晚冬的空氣冷冽刺骨，安索發出嘟噥聲時，菈凡德將他緊緊擁在懷中。她猜想時間接近午夜了。

農舍坐落在山丘頂部，儘管在黑暗中，仍能看見它斜向一側，不穩地朝左傾的模樣。這間房子總是有地方待整修，強尼的祖父留給他們的，是迸裂的水管、漏水的屋頂和缺了一塊的窗玻璃。一般而言，菈凡德並不介意。只要她能獨自站在露臺上眺望寬廣遼闊的田園，這一切都是值得的。綿延的草地在早晨閃耀著銀光，傍晚則呈橘紅色，越過牧草地，她能看見阿第倫達克山脈的山峰。農舍就位在紐約埃賽克斯鎮的近郊，距離加拿大約一小時車程。在天氣晴朗的日子，她喜歡瞇起雙眼望向明亮處，想像遠方有一條隱形的線，在線的那一頭完全屬於另一國的領地。這個想法充滿異國風情，令人著迷。菈凡德此生從沒離開過紐約州。

「你可以生火嗎？」當他們進到屋裡時，她問道。屋裡冷得令人打哆嗦，前夜冷卻的灰燼仍在燃燒木柴的爐子裡。

「很晚了。」強尼說。「妳不累嗎？」

不值得花費力氣爭執這件事。菈凡德步履蹣跚地走上樓梯，用一條毛巾塞在雙腿之間把血吸掉，換了衣服。她的舊衣服全都不合身了，那件她和茱莉一起存錢買下的燈芯絨喇叭褲正和她最高檔的有領襯衫擺在盒子裡，對她鼓起的小腹而言太緊了。等到她穿著強尼的舊T恤爬上床時，強尼已經沉沉睡去，安索正躺在她的枕頭上，裹在包袱裡扭動著，菈凡德的脖子留有乾掉的汗漬，她抱著嬰孩坐著打起了瞌睡，焦慮不安，半夢半醒。

到了早上，安索裹著的布濕透了，菈凡德可以感覺到嬰孩的排泄物正沿著自己消風的肚皮流下來。強尼被這股味道驚醒時身子一震，安索開始尖聲啼哭。

強尼站起來，找到一件舊T恤後把那件衣服扔上床，正好丟到菈凡德拿不到的地方。

「如果你可以抱他一下……」菈凡德說。

接著強尼用那樣的眼神看她。從他的臉上看不到挫折，而是某種醜陋的表情，而且這必定源於菈凡德自己的內心深處。我很抱歉，菈凡德想這麼說，雖然她並不知道是為了什麼道歉。當她聽著強尼的腳步聲嘎吱嘎吱地踩過階梯，她把嘴唇按在尖聲啼哭的嬰孩額頭上。自古以來都是如此，不是嗎？那些先於她之前存在，住在洞穴中、帳篷與篷車裡的女性。她訝異自己竟沒想過太多古人的事情，那件不受時間影響的事實。母職原本就是一件妳得單獨完成的事。

⁂

強尼曾經喜歡這些事物：菈凡德脖子後背的痣，從前在他們入睡前，他會親一親那顆痣；菈凡德手指的骨頭，那些骨頭很纖細，細到他發誓每一根他都能感覺到；菈凡德牙齒前面的重疊部分，暴牙，他會這麼稱她，語帶戲弄。

如今，強尼不會去看她的牙齒，而是看到她臉上被安索小小的指甲抓到的痕跡。

「老天爺，」他會在安索尖叫時說。「妳就不能讓他停下來嗎？」

強尼會坐在那張有坑洞的桌子前，用安索圓胖的手指從卡通動物指向他晚餐餐盤上剩下的油脂。狗，強尼會這麼解釋，低沉沙啞的聲音很溫柔。雞。安索胖胖的臉上一臉茫然，而當寶寶不可避免地開始哭叫，強尼就會把他抱回給菈凡德，自己去抽根晚上的雪茄。再次獨自一人，當安索油膩的手指擦在菈凡德的衣服上時，菈凡德試圖把這一幕記在她的意識中。在那短暫又完美的片刻，強尼是如何凝視他的兒子，猶如他想把部分的自己分給這個孩子，彷彿DNA並不足夠一樣。當強尼把孩子抱上大腿，對他溫柔低語、充滿愛意時，他看起來又變回了許久以前菈凡德在酒館認識的男子。她彷彿還聽見茱莉的聲音，模糊而且帶有啤酒的酸氣。

*我猜他的內心一定很柔軟，*茱莉小聲說。*我打賭妳還可以直接把他咬下一塊。*

❊

等到安索可以自己坐直時，菈凡德已經想不起茱莉的臉部輪廓了，只記得那對睫毛，還有她狡猾、俏皮的笑容，磨損的牛仔褲、貼頸項鍊、尼古丁與自製的護唇膏。茱莉說話的聲音，她哼唱至上女聲組合的歌曲。當菈凡德告訴她自己將會搬來這間農舍時，茱莉問道：*那說好的加州怎麼辦？*她覺得自己遭到背叛。*那抗議活動呢？沒有妳一起參加就不一樣了。*透過離站的巴士車窗，菈凡德還記得茱莉的剪影，腳邊還放了個自製的標語牌子。*終止越戰！*茱莉在灰狗巴士嘎嘎駛離時向她揮手，而當時的菈凡德並沒有去想，甚至未曾質疑過，一項選擇是能造成破壞的東西。

❊

親愛的茱莉。

⁂

菈凡德會在腦袋裡寫信，因為她並沒有茱莉的地址，也無法去到郵局。她不會開車，而強尼一個月也只會開一次卡車，而且是獨自駕車去商店。農場需要做的事情太多了，他會說——為什麼她會需要進城去？強尼會生著氣把一罐罐食品放上架子，喃喃抱怨的聲音宛如他祖父。養你們兩個好花錢。

⁂

親愛的茱莉。

跟我說說加州的事吧。

我很常想起妳，我會想像妳在某地的沙灘上，在陽光底下把皮膚曬得黝黑。這裡一切都好，安索已經五個月大了。他凝視人的眼神非常奇怪，彷彿他正把你看穿似的。總之，我希望你那裡的天氣比較暖和。總有一天，等安索長得夠大了，我們會去找妳。他是個乖孩子，妳會喜歡他的。我們大家會一起坐在沙灘上。

親愛的茱莉，安索今天滿八個月了，他胖嘟嘟的，腿上一圈圈的肉看來好像麵團一樣。

他現在長兩顆牙了，是下排的牙齒而且隔得很開，好像兩個突起的小骨頭。

今天早上，我們走到農舍的邊緣，那裡有叢生的樹莓。強尼直接把樹莓餵進安索的嘴裡，安索的雙手都染上了紅紅的樹莓汁。他們看起來就像明信片裡的快樂家庭，而我覺得超脫了自我，在一旁望著他們玩耍，就像一隻停在遠方樹枝上的鳥，或者像是強尼的其中一隻兔子，雙腿被繫繩緊緊綁住。

親愛的茱莉，我知道，我知道。過了好一段時間，又是秋天了。安索已經會走路了，每樣東西都想碰。他在花園裡被某種建築器材劃破手臂，當然傷口被感染了。他發燒了，可是強尼說不要去醫院。妳知道我不相信上帝什麼的，可是我幾乎在禱告。冬天很快就來臨，妳知道會怎麼樣。我根本記不得過去幾週是怎麼度過的，彷彿我一路睡到現在一樣。

親愛的茱莉，妳有學開車嗎？我知道我答應過我們要一起學的。我們應該趁有機會就學才對。自從安索出生之後，我一步也沒踏出過這個家，他現在已經快要兩歲了，妳能相信嗎？

強尼昨天帶安索去森林裡打獵，我跟他說安索年紀還太小。等他們回來時，安索的手臂上有些紫色的痕跡。

妳應該看看那些瘀傷的形狀，茱莉。像指印。

一開始是像那樣的小事，微不足道，很容易忽略。強尼喉嚨發出的嘟囔聲，生氣地甩上門，再是緊拽手腕，輕彈耳朵。手掌像在鬧著玩似地摑在她的臉頰上。

⁂

等到菈凡德回神過來，安索已經三歲了。他們的日日夜夜都在漫長與重複中度過，時間被吸入了農舍生活孤獨的真空之中。

那時是盛夏，令人汗流浹背的午後，安索就在那時走入了森林。菈凡德當時正跪在花園裡做事，當她從垂死的大理花旁站起身來，卻發現花園裡空無一人，日正當中。她不知道安索已經不見多久了。

安索不是漂亮的孩子，甚至稱不上可愛。他的額頭很巨大，過大的雙眼很突出。最近他會做些事來捉弄菈凡德，在她煮食時把鍋鏟藏起來，在廁所裡把她的水杯裝滿。可是這一次不一樣，他從沒獨自越過農場的邊界。

恐慌如潮水般湧來，菈凡德站在林木線上，喊著安索的名字直到聲音嘶啞。

強尼正在樓上睡覺，菈凡德將他翻身過來時，他抱怨著。

「怎樣？」

「是安索。」她氣喘吁吁地說。「他跑進森林裡了。強尼，你得去找他。」

「冷靜一點。」強尼說，他的氣息有股酸味。

「他才三歲。」菈凡德討厭自己聲音裡的驚慌，那令她的聲音很尖銳。「他自己一個人在森林裡。」

「為什麼妳不去？」

強尼的陰莖勃起，從四角褲的縫隙中探出來。一個警告。

「你對森林比較了解。」她說。「而且你動作比較快。」

「那妳會用什麼來換？」他問。

他在說笑，她心想。現在他咧著嘴笑，一隻手往下移，伸進他內褲的鬆緊帶褲頭裡。

「這不好笑，強尼，一點也不好笑。」

「我在笑嗎？」

他撫摸自己，有節奏地，面帶微笑。菈凡德再也忍不住了，淚水哽在她的喉嚨，稠密而痛楚。當她開始哭泣，強尼的手停住，臉上的笑容消散成厭惡的表情。

「好。」菈凡德說。「可是你要保證，在這之後你會找到他？」

她爬到他身上，抖下亞麻褲子時，流入嘴裡的淚水帶著鹹味。當她讓強尼進入體內，她想像著自己的寶貝正恐懼地倒在小河裡。她想像河裡的水注入他小小的肺。一隻禿鷹在盤旋，一處陡峭的深谷。菈凡德麻木地上下抽動，等到強尼在她體內萎縮，他臉上的譏諷已使他全然變了樣。

我不認為你可以完全看出另一人的全貌。茱莉以前曾這麼說。當強尼把她推開時，他癱軟而猛烈地喘息，菈凡德觀察他的輕蔑。他如月般的臉龐顯露了底下的坑坑窪窪。

⁂

菈凡德在院子裡來回踱步，就這麼從下午到了傍晚，歇斯底里的情緒逐漸堆疊。強尼已經衝了出去，是去搜尋，她希望是如此。她坐在門廊的最底階，抱著膝蓋焦慮地搖晃身子。等到菈凡德聽到從樹林裡穿來的沙沙聲時，夜已降臨，她的擔憂已糾結成塊，結晶成一股急切而強烈的恐懼。

「媽媽？」

是安索，蜷伏在森林邊緣的暮色中。他的腳很髒，嘴巴周圍有一圈凝固的泥土。菈凡德衝向他，讓眼睛適應黑暗：他渾身深紅色，而且聞起來有鐵鏽的味道。血。她驚慌地輕拍他全身，確認他的每一處小骨頭是否有破損。

那些血似乎來自他的手，安索的拳頭裡攫著一隻沒了頭的花栗鼠。在陰影中，牠看起來就像個殘缺不全的絨毛玩偶，一個被斷頭的娃娃。他似乎不為此煩擾，這只是個被人遺忘的玩具罷了。

菈凡德幾乎尖叫出聲，但她太疲憊了，喊不出任何聲音。她把安索一把抱在腰際後朝屋子走去，拖著腳步帶他到戶外淋浴間。在單盞燈泡的周圍，許多小蟲子聚集飛舞著，菈凡德用一塊雜色斑駁的海綿擦拭安索的腳趾頭，當冷得刺骨的水不停落在他的腳上，她抱歉地親吻他的每一根腳趾。

「來吧。」她一邊用毛巾將他擦乾時一邊說。「我們幫你拿點東西吃吧。」

她打開廚房的燈時，覺得自己的身體宛如一個漏斗，寬慰的情緒慢慢流淌而去。屋子裡很安靜，強尼已經出去了。然而當菈凡德在屋子周圍焦急踱步時，他則是去了一趟儲物棚。他祖父那佈滿灰塵的舊鎖已從倉庫裡拿出來，安裝在食品貯藏櫃的門上。強尼把所有罐頭食物都鎖了起來，也鎖上冰箱，在水槽上方的櫃子裡鑽了一個洞，好讓他能將義大利麵條和花生醬的櫃子也裝上鎖。

菈凡德彷彿還能聽見他說的話，回音不斷在耳裡迴響：妳和那孩子要什麼就得學著自己掙。甭提她在花園裡度過的那好幾個漫長的午後，試著將番茄從植物變為果實。甭提那些她和安索度過的早晨，從皮面字典教他認字。甭提那些夜晚她刷洗強尼的舊狩獵靴子。強尼要她負責清理，因為他的職責是供給。菈凡德無法確切說出哪些事情成了她的職責，不過很顯然，她沒做到她該做的事。

好吧。菈凡德一邊查看被鎖起來的食物，一邊想著。她的腦袋裡思緒雜亂。好吧。他們早上再吃。

那天晚上，她不敢睡在自己的床上。她無法面對他，因為不知道可能會發現什麼。於是她和安索一起蜷縮在客房的硬地板上，蓋著從穀倉拿來的舊毛毯。肚子餓，安索在夜裡喃喃地說著，同時強尼的腳步聲終於沉沉地踩上階梯。當安索的牙齒開始打顫，菈凡德把淋浴過後就穿著的浴袍脫下來，包覆在他身上。菈凡德赤身裸體躺在地板上，對著窗戶袒胸露乳，這時她看見母親的吊墜項鍊閃閃發光，在映照的反射影像中閃爍著——這是她唯一擁有的、屬於自己的物品。她輕輕地將它打開，戴在安索的脖子上。

「現在這是你的了。」菈凡德說。「它會一直保護著你。」

她的聲音在顫抖，但這些話語似乎使男孩昏昏欲睡。

菈凡德等到屋子裡完全寂靜無聲，這才悄悄下樓，從前衣櫃拉了一件強尼的外套。在此之前，她的擔憂都是微不足道的。強尼從來沒做過像這樣的事——他只是曾經有點太用力地抓住她的手腕，在上樓時把她推到一邊。鎖上的食物是種承諾也是種威脅，肇因於她無法做好最基本的事：當個母親。

那輛皮卡車在牧場邊緣隱約可見，菈凡德赤腳蹚過高高的濕草地。這個夜晚漆黑如墨，不見月亮的蹤影。她從早餐過後就沒有吃任何東西，感覺自己虛弱又憔悴。鑰匙很容易就插進門鎖，車門打開時發出嗚嗚嘎嘎的聲響。

菈凡德坐進駕駛座。

這令人無法抗拒，幾乎是如此。她幾乎就把鑰匙插進點火開關，幾乎就要徹夜駕車，一直到她找到海洋所在的地方。但在看到換檔杆時，菈凡德這才被現實打敗，由於她費了好大的力氣才走到這一步，眼前的情況令她更加震驚絕望。她不會開車。她不知道車子是否還有油，而且也不知道該怎麼替車子加油。她甚至沒有穿上衣，若要拿到衣服，她非得進去強尼睡覺的那間房間才行。這太令人絕望，太難以承受。她永遠也辦不到。

菈凡德往前靠著方向盤，放聲啜泣。她為安索而哭，為那隻花栗鼠，也為自己咕嚕叫的肚子哭泣。她為自己曾經想要過的東西而悲泣，而那些是她再也無法想像的事物。這就像是她把自己的渴望在手心裡握得太久，現在它成了區區一個物品，沒了意義，只是個無用、徒占空間的東西。

⁂

隔天早上，菈凡德在煎培根的香味裡醒來。

菈凡德自己一人在安索房間的地板上，毛毯在她的腳邊糾結成團，穿透窗戶照進屋裡的陽光銳利而蒼白。她悄悄穿上被扔在一堆的浴袍，無聲地下樓去。

強尼一如往常地站在爐火邊，那熟悉的龐大身軀。菈凡德太了解他的身體，就好像她已成為他身體的一部分——現在她想起自己想開上公路的念頭，覺得自己很愚蠢。強尼拿了一個盤子給她，上面有一疊熱氣騰騰的蛋，還有兩條煎得酥脆的培根，那是他們為特殊日子而冷凍保存的。她快速瞥一眼櫃子，發現食品櫃又上鎖了，其餘的食物都已被清理且收起來了。

安索坐在桌前，正開心地大口喝著牛奶。

「請用。」強尼說，現在的聲音很溫柔。「吃吧，親愛的。」

菈凡德已想不起強尼曾對她承諾過什麼，不過她認得承諾的聲音。她讓強尼曲起手指探進她的髮絲裡，讓他親吻她臀部的隆起處，也讓他低聲說著對不起、對不起，直到這些話聽來像一種完全不同的語言。

強尼在午睡時，菈凡德和安索一起坐搖椅。吊墜項鍊在安索的脖子周圍留下了淺淺的綠色痕跡，她的恐懼在一時的驚慌中消散，因為她看見像是瘀傷的痕跡。他們把書架上所有的書都拿下來，包括技術手冊和菲律賓、日本與越南的地圖，一直到他們找到為止。那是一張製圖師手繪的阿第倫達克山脈地圖。菈凡德把安索抱到大腿上，將地圖在他們的腿上攤開。

「我們在這裡。」菈凡德輕聲說。她用安索的小手沿著公路比劃。從農舍到城鎮，再到地圖頁面的邊緣。

⁂

這是一項具體的暴力，她內褲上的一片白。先是遲了四週，再是六週，菈凡德祈禱能見到一點血。每天早晨，她的身體都背叛了她，未經她的同意而慢慢變形。她朝著硬梆梆的馬桶座嘔吐，恐懼與她的身體一同增長——潮水般漲起，令人驚駭。

⁂

親愛的茱莉。

妳還記得我們以前有多愛曼森女孩[2]嗎？我們像在看電視節目一樣追蹤審判的過程。我現在會夢到那些女孩，夢到她們是如何走到那要命的終點。不知道蘇珊．阿特金斯有沒有過這種感覺。她的腦袋黑暗處是否有個聲音在對她窸窣細語，說：去吧。

它正在長大，茱莉。我無法阻止它。

⁂

菈凡德在穀倉裡找到一個粗麻布袋，於是把一小罐玉米罐頭放進去，那是她趁強尼轉過身去時偷拿的，它在衣服底下突起，她為自己的魯莽而心怦怦跳。她也把一件舊的冬衣外套塞進布袋，雖然對安索而言那件太小了，但在必要情況仍能讓他保暖。最後，她將一把掉到水槽後面的生鏽廚用刀也放進去。她把布袋推到安索房間的衣櫥後面，那是強尼絕對不會去看的地方。

當晚，強尼一如以往地打鼾，菈凡德一手擱在肚皮上，肚子感覺腫脹隆起，格格不入。

2　一九六〇年代末期，由查爾斯．曼森（Charles Manson）為首的邪教團體「曼森家族」（The Manson Family）過著無視世俗規範、濫用致幻毒品與濫交的糜爛生活，而後更犯下殘暴的謀殺事件。該團體的多數成員為來自中產階級背景的年輕女性，其中蘇珊．阿特金斯和派翠西亞．克倫溫科等人受曼森唆使，殘暴殺害當時懷有八個月身孕的知名影星莎朗．蒂，震驚世人。

她想到在衣櫃後方的那只袋子，訴說著承諾。當她告訴強尼寶寶的事，並準備迎來暴怒時，強尼卻只是報以微笑。我們的小家庭。膽汁在她的喉嚨裡危險地湧起。

菈凡德在變大，當她的身軀逐漸擴展，她佔據後門旁的搖椅——她會在一早就坐在搖椅上，時常只為了上廁所才起身。她的腦袋成了一個篩子，不再屬於她。新來的孩子吃了她的思想，菈凡德只是一個軀殼，殭屍般的軀體。

安索經常蹲坐在菈凡德腳邊，他會用手指捻死小蟲子，把牠們當禮物送給媽媽，也會用乳牙咬碎橡實，把碎裂的兩半送給她。強尼曾經好幾天不見蹤影，安索會把強尼留在流理台上的湯罐頭拿來給菈凡德，這是他們的配給量。兩人會輪流舔食冷冷的湯匙。等到強尼返家時，他會大發雷霆——菈凡德想起了放在衣櫃後方的麻布袋，那件外套與刀子。然而她的體型已經太龐大，走不上那些階梯了。

⁂

親愛的茱莉。

我想知道有哪些選擇，想知道我們如何憎惡選擇，卻又多麼對選擇懊悔——就連我們在看著自己的選擇成長壯大時亦是。

⁂

宮縮提早到來了。那是椎心刺骨的痛，就在冷冽的黎明時分。菈凡德哀求著說：別去穀倉，我們就在這裡生吧。

強尼在搖椅旁邊鋪上一張毯子，他和安索站在菈凡德身旁，看著她尖叫、流血、擠壓。這次的情況不同，彷彿她並不在自己的身體裡面，彷彿這股痛楚已將她吞噬殆盡，她只是在一旁觀看的人。生產到一半，安索猛地爬到菈凡德身上，擔心地用他黏呼呼的手掌按著她的額頭，菈凡德感覺到一股原始的情感湧現，這讓她短暫喚回自我意識：一種逐漸壯大、強烈又注定失敗的愛，她不確定自己能否活下來。

在那之後，是一片平靜。

菈凡德但願地面會為她開敞，將她拉進一段截然不同的人生。她很確定自己的靈魂已隨著嬰孩的頭、手指和腳趾甲一起脫離了它的身軀。當強尼將包裹好的寶寶抱給安索，並試著喚醒在地上的菈凡德時，菈凡德想到輪迴轉世事實上是最後的手段：就在我們身處的這個世界裡，還有著許多其他的生命。加州。她把這個詞在腦海裡翻來覆去想了一遍，就像一顆香甜的糖果在舌頭上分解一樣。

她無法看著這兩個毫無生氣、抽著鼻子的孩子。安索有著奇怪的怪物臉，新生兒則是一團有著溫暖皮膚的物體，觸碰他總讓她感覺那麼做會使自己感染到某種疾病。是什麼疾病她並不知道，但那會使她被困在這裡。

菈凡德陷入地板的硬木裡，但願自己化為天花板上的一點塵埃。

好幾週過去了，這個新生兒依舊沒有名字。一個月漸漸化為兩個月，*帕克寶寶*，安索會在火爐旁的地板上向包裹著的寶寶柔聲低語。他自創了一首歌，不成調但旋律輕快。*帕克寶寶吃，帕克寶寶睡，哥哥愛你，帕克寶寶。哥哥愛你。*

※

強尼偶而會展現出柔情，做點事情嘗試幫她找回自己。他會蹲在床墊尾端幫菈凡德按摩雙腳，也會用一塊海綿清理她的傷口，幫她用梳子梳開打結的頭髮。菈凡德仍然躺在床上，讓強尼抱嬰兒來餵奶，而其餘的時間，帕克寶寶都在四歲的安索的注視之下扭動身軀。

一天之中有幾分鐘，菈凡德抱著嬰兒的時候會感到疑惑，不知嬰孩如何來到這裡，這個可愛的嬰兒是否可能屬於她。對於安索，她也有過同樣的感覺，但當時她的愛是那麼新穎而強烈。如今，她害怕自己早已把那份愛全數用盡。

「抱他。」一旦寶寶喝完奶，她以單調的聲音說。「我不希望他在這裡。」

強尼的挫折感日益強烈，菈凡德可以感覺得到，那像熔融的岩漿逐漸在他的胸腔升高，而對他的恐懼只是讓她的病情加劇、麻木。她每天只以一個玉米罐頭或焗豆罐頭勉強維生，飢餓引起的胃痛猶如背景噪音。*等妳開始做出貢獻時會有更多*。強尼漫不經心地保證，聲音因為厭惡與沮喪而沒好氣，重複說著這些話語成了常態。妳要什麼就得學著自己掙。

於是當強尼站在床邊，怒不可遏時，菈凡德太虛弱與無力思考，她無法提起精神在意什麼。菈凡德抬起頭，望著眼前他怒火中燒的形體，試圖想像強尼身處在種了覆盆子的田野裡。並不是他被這個灰色的陌生人給取代，而是他已然進化，成了他自己的影子。

「起來。」強尼說。

「我沒辦法。」菈凡德告訴他。

「菈凡德，他媽的給我起來。」他的聲音躁動而僵硬。「妳現在就得起來。」

「我沒辦法。」她又說一次。

對於接下來發生的事，菈凡德覺得那像是她自找的。情節像已為她編寫完成，她唯一該做的事就是在現實生活中演示出來。她發現自己數月以來一直都在等待此刻，深鎖的食物、小瘀青——等待那些她先前早已注意到，但不理會的警告。

在強尼衝上來之前，她原本期望的是某種夢魘中的版本的他，一個她從未見過的強尼。但結果沒有。在重擊前的毫秒之間，菈凡德看著眼前這個她所熟悉的粗獷男子，以清晰且近乎同情的思緒想著：強尼，你原本可以成為任何一種人。任何一種人都好，別是這樣就好。

※

一把抓起滿手頭髮，拉扯頭皮。尖叫聲、苦苦哀求，同時菈凡德疼痛的骨頭重摔在地上，雙腿之間的傷口現已大大裂開。強尼穿了鋼鞋頭的靴子，像馬一樣一腳高高往後舉起，再筆直重踏在她的肚子上。此刻的震驚閃爍著紅光。

那聲音從門口傳來，菈凡德出現重影：那是安索模糊身形的剪影。他照著菈凡德教過他的方式抱著嬰兒，一隻手臂扶住頭部。在模糊之間，抱著嬰兒的他看起來太小了，沒穿褲子、雙腿瘦削。安索和嬰兒都在哭，驚慌失措，但當菈凡德想去到他們身邊，她的全身卻刺痛無比，好多她尚未確認的傷口，她的嘴裡有一池血與砂礫。

「安索。」菈凡德想以沙啞的聲音說，但發不出聲音來。「快走。」

時間變得緩慢。

「不。」她想大叫。「強尼，拜託……」

一切發生得太快，太魯莽。強尼用他的一隻大手把安索的頭猛地往後一拉，砰地重重撞在木頭門緣上。

之後是一片寂靜。

那聲重擊在菈凡德的耳裡響著，只被強尼沉重而吃力的呼吸聲打斷。就連嬰兒也受到驚嚇、停止哭泣。房間裡的一切完全靜止了。菈凡德從地上看著這一幕，目瞪口呆，這時強尼似乎才意識到自己的作為。他的龐大身軀因困惑而顫抖，他步出了房門。他們聽著強尼衝下樓梯，甩上後門。安索緩緩地眨眼，呆滯恍惚。

菈凡德拖著自己的身軀越過硬木地板，緩慢的動作使地板嘎吱作響。她來到孩子們的身旁，將他們擁入懷中，相擁而泣。

強尼那天晚上沒有回家，菈凡德和孩子們在床上依偎在一起，保持警覺，時時警戒。她哄寶寶睡著，而當安索虛弱地喊肚子餓，菈凡德只能滿懷抱歉地搖搖頭。母奶不夠。安索抬頭凝視菈凡德，睫毛細長而濕潤，眼窩周圍的凹陷使他看來就像個嚇壞了的小鬼魂。

⁂

天一亮，菈凡德就溜下了床，在她雙腿與肚子上的瘀青已開始轉紫，這時孩子們都還在舊床墊上睡覺，安穩地呼吸。安索頭上的傷口已經腫起來，凸成像高爾夫球般的大小。

菈凡德吱吱嘎嘎地打開窗玻璃，將臉探進早晨裡。微風吹拂著她的臉頰，帶著露水的空氣彷彿是一種新的承諾。在遠方，田野是早晨的黃色。遠處，再更遠處，那裡是菈凡德幾乎已記不得的地方。在這個房間之外，這棟房子之外，有著為孩子們烹煮燉牛肉的母親，有著在週六早晨看卡通的小男孩們，天真無邪，無所畏懼。在電影院裡享受著奶油爆米花、盒裝麥片，還有真正的牙膏。那裡有電視、報紙和收音機，也有學校、酒吧和咖啡店。在她搬來農舍之前，一名男子登上了月球——現在那裡可能有一整座城市了也說不定。

強尼直到中午才回來，頭髮裡有細樹枝，他在樹林裡過夜。他臉上的表情讓他看起來渺小許多，像是一個全然不同的強尼，頹廢而羞愧。他的整副蜷縮身軀像是一種乞求，渴望寬恕。

菈凡德無法原諒，但她會做這麼一件事──為了藍色的日出，還有在那之外令人嚮往的一切。為了外面的世界，而這也是她開始害怕孩子們永遠無法看見的世界。

「拜託。」菈凡德說。她說話時露出牙齒，好讓強尼看到他在她的犬齒上造成的缺口。「開車載我出去。」

⁂

這是好幾個月以來，菈凡德第一次穿上體面的服裝。她梳了頭髮，在浮腫的臉頰上拍了拍水，並在腰際繫上一件毛衣，這是她花了整個冬天製作的柔軟羊毛織品。

「我們要去穀倉嗎？」安索問，這時菈凡德套上她最高級的鞋，那雙從學生時代之後就沒碰過的便士樂福鞋。強尼已經在車裡等著，說服他出乎意料地不費力氣：讓他直視她大腿上方的瘀傷，加上消除他的疑慮，告訴他孩子們自己度過一、兩個小時不會有事的話語。菈凡德並沒有計畫，但她看不見未來，也看不到脫離現狀的出口。

「爸爸和我要出門一趟。」菈凡德說。「我們很快就會回來。」

安索站在地上伸出雙手，菈凡德將他抱了起來。他已經長得太大，無法再將他抱在腰際，但他的重量很令人熟悉，彷彿她已經抱了許久一樣。他頭上的腫包像拳頭一樣鼓起，菈凡德抑制自己想觸摸它的衝動。她親了親腫包周圍的頭髮，接著在寶寶旁邊蹲了下來。寶寶正待在火爐邊，身上包裹著強尼的外套。帕克寶寶在扭動身子、發出咿呀的聲音。他們先前在玩一組舊湯匙，他那雙動作笨拙的手掌被銀器清潔劑染黑。菈凡德將鼻子貼在嬰孩的頭皮上，吸入他甜美而濃郁的麝香。

安索點點頭。

「安索。」菈凡德雙手按在他的臉頰上。「我可以相信你能照顧好你弟弟嗎？」

「如果他哭了，我們可以把他帶到哪裡？」

「到搖椅上。」

「很好。」菈凡德說，但現在卻哽咽了。「聰明的孩子。」

時間到了，菈凡德的決定感覺並不像決定——更像是落在她肩上的片片灰燼。這一刻不是她能評判的。她聽見卡車引擎在原野邊緣轟隆作響，強尼那令人壓迫的存在，恆久而具威脅性。

菈凡德無法忍受再多看一眼，在她的內心深處充盈著對自己的否定，菈凡德知道看孩子們最後一眼的時刻已然過去——她禁不起他們探究的眼神，他們如玫瑰花苞的嘴唇，還有那些她從無到有賦予生命的小小指甲。所以她不看，而是轉過身，踏進日光裡。

「要乖喔。」她說完將門關上。

※

將近五年以來，菈凡德一步也沒踏出過農舍範圍。起初，這樣的孤立是一份禮物，荒野就像解毒劑，能化解她母親的拖車裡那些悲慘的苦難——菈凡德無法明確指出轉折點，農舍究竟在何時成為禁錮她的牢籠。

現在，世界就在擋風玻璃前展露，既熟悉又陌生，加油站裡人來人往、生氣蓬勃，速食餐廳飄著陣陣令人心醉神迷的牛肉香氣。菈凡德將一隻手臂伸出窗外，風在耳邊迴旋，菈凡德幾乎將她毀壞的人生忘在腦後。她得藉由數手指來回想自己今年二十一歲，在學校的朋友們現在都會有工作、老公和孩子了。菈凡德這才發現她不知道現任總統是誰，而且她完全錯過了一九七六年的選舉。他們以超過速限十哩的速度前進，菈凡德感到飢腸轆轆，可是在此同時，她很自由。她遠離了孩子們，這想法令人陶醉，她覺得自己有點頭暈，飄飄然的。

「往南。」強尼問她想去哪裡時，菈凡德這麼說。強尼顯得羞愧，開車時一聲不吭。方向盤在他的雙手底下看來渺小又無關緊要——現在他們的時速至少八十哩。她原本可以這麼做的，讓他們偏移車道，直衝向往來的車流，或者衝進公路邊的壕溝裡。她原本大致是這麼打算的。但空氣聞起來是那麼清新，收音機在嗡嗡低鳴，菈凡德很訝異自己其實並不想死。

他們駛離奧爾巴尼後停車加油，在離家兩小時的車程，前往紐約的半路上。當強尼把車駛進加油站時，菈凡德笑了，想像著他和她的孩子們相隔好幾百哩。

「什麼那麼好笑？」強尼說，依舊感到難為情。

「沒什麼。」菈凡德告訴他。「洗手間。」

當強尼把車門打開時，她觀察沿著他頸後生長的毛髮，他脊柱的硬塊，他肩膀的寬度，和在他耳朵與頭骨之間的一片柔軟地帶。差別就是那麼小，她心想。一片脆弱的皮膚。她但願那片皮膚就是強尼的全部——若是如此，如果他是個好人，事情會容易許多。

菈凡德趁強尼加油時，從儀表板上迅速拿了一些二十五分錢硬幣。她往商店走去，心臟急促地怦怦跳。便利商店的門在她進入時發出叮的一聲，菈凡德這才意識到，這是她從十六歲開始唯一有過的獨處時間。

店員是一位年紀稍長的女士，她狐疑地看著菈凡德。在明亮色彩的牆邊陳列著成排的零食，在店裡的最後頭，就在汽水機和冰淇淋機的中間有一台付費電話。

這一刻到了。菈凡德的脈搏在太陽穴陣陣跳動。

她的機會。

菈凡德但願有時間。她想坐下來想清楚，好好思考自己放棄了什麼。然而透過滿是汙垢的窗戶看去，強尼正在抖動加油機，而她仍能感覺到安索後腦杓那顆鼓起如鵝蛋的腫塊，在她的掌心之下陣陣抽痛。時間不屬於她，沒有任何事物屬於她。

「九一一，請問有什麼緊急事件？」

菈凡德說出農舍地址時，強迫自己眼睛緊盯著一袋洋芋片的標籤。

「女士，妳得再說得更清楚一些。」

「一個四歲小孩和一個嬰兒，你們必須在強尼回去之前到那裡，你們會發現他傷害他們了。我們在離家兩小時的車程。拜託，要趁他回去之前。」

現在她潸然淚下，眼淚滴落在塑膠地板上。她重複地址，額外再複述兩次。

「正在派人過去，女士，別掛斷電話。妳是他們的母親嗎？我們需要知道……」

窗外，強尼正伸長脖子查看，菈凡德慌忙之下趕緊掛斷電話。

櫃檯後面的店員一直專注地看著，她年約六十，一頭灰捲髮，穿著一件沾了汙垢的馬球衫，指甲咬到露出紅色的肉。她瞥向強尼，再望向菈凡德和斷線的付費電話，接著舉起一隻手指，指向廁所後方，通往儲藏室的門敞開著。

菈凡德感激地點點頭，急奔過去。

儲藏室裡沒有燈，清潔用品堆在高架子上，門下隱約可見一吋長的陽光照進來。菈凡德倚著金屬架，對於自己所做的事震驚不已——門的另一端，那位女店員用某個東西抵住門鎖，將她困在裡面。恐懼急速攀升，緊急而迫切。這份恐懼已住在她心裡多日，早已提煉成一種嶄新的力量。它跳躍、具酸性、新鮮而令人興奮。

菈凡德的後腦貼著門，仔細聆聽，然而門太厚了，她什麼也聽不見。她讓自己的雙手別抖得這麼厲害，試著回想電話那頭的聲音。

調度員聽起來很有掌控力，很有自信。菈凡德想像穿著西裝的人們成群湧進他們的農舍，說著專業的話語，大人的聲音。他們會發現安索和寶寶，會用溫暖的大毯子將他們兩人包住，餵孩子們吃焗豆罐頭之外的東西。她想像一位身穿警察制服、將頭髮緊緊挽成圓髻的女子抱起嬰兒，比菈凡德更為強壯，更能勝任照顧者的角色。

菈凡德聽著自己的心跳在黑暗裡等待，聞著漂白劑、灰塵與醋的味道。在低層架上的一個盒子裡，她發現好幾十個獨立包裝的巧克力蛋糕，她從孩提時期之後就不曾見過這種切割工整、經過加工的方形蛋糕了。即使經歷了這一切，她的肚子仍咕嚕叫個不停。菈凡德開始一邊啜泣，一邊打開一個小蛋糕的包裝，接著又一個，把它們整個塞進嘴裡——麵團成了一團黏稠物，大小正好落入她的喉嚨，她有條理地將蛋糕一一吞下。現在菈凡德的周遭全是皺皺的塑膠包裝紙，手指頭也因蛋糕殘渣而黏膩，她納悶自己是否犯下此生最大的錯誤。也許吧。可是在她的懷疑之外還有別樣東西，一絲她能保有的堅持。她總是聽人說，世上沒有任何事物會比母親的愛更有力量。打從菈凡德成為母親至今，這是她第一次相信這句話。

⁂

加油站的女士幫菈凡德打開儲藏室的門鎖，炫目的光線湧入。她在幫忙菈凡德起身時自我介紹，說她叫米妮。菈凡德瞇起眼睛，眼前有一排排明亮的糖果、口香糖與香菸。

「我跟他說妳報警了。」米妮說完遞給菈凡德一杯咖啡。她並未對那些蛋糕包裝紙和菈凡德臉頰上的巧克力痕跡多說什麼。現在已是夜晚，飛蛾在空蕩蕩的加油機燈光附近圍繞飛旋。「我甚至沒讓他進到裡面來。他在加油機旁邊衝來衝去，大呼小叫，折騰了很久。他還用力踢自己的車，不過最後還是走了。」

「他往哪個方向開？」菈凡德問。她的頭陣陣作痛，不過啜飲第一口咖啡十分有效，咖啡在舌頭上嚐起來苦苦的。

米妮指向南方。往偏僻地區駛去，遠離家鄉。

在這之後，菈凡德會追查出社會服務處的號碼，她會不斷打電話，懇求獲得孩子們的資訊，直到服務員終於同情她，向她確認孩子們在寄養家庭，他們的父親並沒有來找他們。

⁂

當天晚上，菈凡德在儲藏室裡坐著睡覺，手裡像握著一把槍一樣緊抓住一只鐵製的紙巾桿。

她是在拿毛衣時發現它的——一個在胸前口袋裡的冰冷方塊。那正是她先前給安索的吊墜，懊悔地縮成一團。她最後一次幫他洗澡時從他的脖子上解開吊墜，然後不經意地放進口袋裡。它會一直保護著你。她曾經這麼告訴過他。這似乎殘酷得讓人無法忍受，她竟然給出這樣的承諾後又不小心將它偷走。真相在漆黑的儲藏室裡變得明確，因為沒有任何廉價珠寶、也沒有任何愛，能夠確保任何人免於傷害。

⁂

到了早上，米妮給菈凡德一個熱騰騰的蛋三明治，一張二十元紙鈔，並且載她到巴士站。

菈凡德下車時，米妮說：「妳去吧，甜心。走得愈遠愈好。」

菈凡德蜷縮著身子坐在長椅上，心想安索現在在哪裡。她希望有人會給他像樣的衣服穿——他這幾年的人生都只穿著男性內衣，在屁股處用別針別著。她想像他穿著一套乾淨的睡衣、眼前的盤子上堆滿鮮嫩多汁的肉。她忘了告訴警察她打包的小袋子，裡面裝有玉米罐頭、刀子和冬季外套，但現在她很慶幸自己沒說。多麼可悲啊，她在那些微不足道的東西上面寄予了那麼多希望。

親愛的茱莉，菈凡德搭上第一班巴士時心想著。在她胸口那份顫巍巍的恐懼如今挾帶著另一種情緒，她齒下的腺體在顫動。這不是自由——她的自由已被嚴重毀壞——但很接近了。

親愛的茱莉。

等等我，我來找妳了。

⁂

菈凡德終於到了海邊，海邊的氣味和她期望的完全相同。

她花了好幾週才到聖地牙哥，途中她搭過便車、偷過皮夾，也為了籌巴士的錢在街角乞討。當她偶然看見一把獵刀，被遺落在明尼亞波里斯外的一處水溝裡，菈凡德想起強尼以前是如何取出鹿的內臟，從肛門劃開到橫膈膜。有四天她都坐在啤酒貨車的副駕駛座上，手從未離開過那把刀的刀柄，她將刀子塞進牛仔褲的腰帶裡。

現在，菈凡德踢掉鞋子，讓木棧道溫暖她起水泡的雙腳。這裡聞起來有熱狗、海藻和汽車廢氣的味道。海灘上有好多家庭在休憩玩樂，在碎浪上奔跑著。菈凡德把一個塑膠袋的物品擱下，裡面有她得來的牙刷、梳子和香菸，蹣跚地走在灼熱的沙灘上。

海水很冷，舒暢宜人。菈凡德把海水潑在臉上，任由那帶著鹹味的寒冷流淌入嘴裡。她在熙來攘往的海灘上脫掉衣服，穿著胸罩和內褲站在海水裡，水深及踝。

罪惡感無時無刻如影隨形，有時令人窒息，像是夜裡蒙在她臉上的枕頭，有時又刺痛她。好幾週以來她都做著同樣的噩夢——安索在院子裡的雲杉樹底下挖土，那是他們埋葬強尼祖父的地方，不過這回深土之下並非強尼的祖父，而是菈凡德自己。媽媽，妳看。他會這麼說，同時從土裡拉出她的一隻僵硬呈灰色的手。*妳看我找到什麼。*

等菈凡德清醒後，罪惡感通常醞釀積聚，小火慢燉，持續地侵擾著她。她的胸部會不時地提醒她，依舊充盈著乳汁。但她無法否認，在她心頭也有著一股清楚而令人大口喘息的解脫。得以自己獨處、長時間隻身一人，這令她狂喜。從前的那份恐懼正從她的血液裡一點一滴慢慢消退。

菈凡德不知道接下來要往哪裡去，但無妨。她閉上眼睛享受陽光，同時海水親吻她的膝蓋、大腿、臀部、肋骨，接著她大口吸進空氣。就在她屈服於刺骨的海浪之前，菈凡德想起了她的孩子們。

她創造了兩個生命，最終他們會長大成人。菈凡德希望他們懸而未知的未來會像這樣：粗沙、起雞皮疙瘩的手臂，還有海浪拍打在他們長了斑點的肩上。她猶記得從農舍房間的窗戶吹進的微風。他們現在就擁有了。別的不說，至少菈凡德給了他們可能性。她的孩子們可以用雙手觸摸，觸摸這個寬廣遼闊的世界。

總有一天，菈凡德這麼希望著，她的孩子們會在海灘蹚水玩耍。倘若如此，那麼他們便會嚐到她。

菈凡德的愛，就在滿口的鹽裡。

十小時

你見過河流，也見過湖泊，不過你只看過一次海洋。

那是多年前麻塞諸塞州的海邊。你當時正開車去探訪珍妮的祖父母，珍妮堅持要你多開幾哩的路——當時的你們才二十五歲，還沒結婚。

我不敢相信你沒看過海，珍妮在副駕駛座上雀躍地說。海景一映入眼簾，你們就把車停在一處水灣，她哄勸你一同踏進及膝的浪花中。她的頭髮在風中狂舞，張大嘴巴開懷大笑，喉嚨深處可見一抹紅色——你甚至可以看到珍妮臼齒的牙冠。

如果你現在夠專注，幾乎能把牢房裡的水泥牆替換成那片巨大而喧鬧的藍。海鷗尖聲叫喊，汽車引擎轟隆作響，你赤腳之下的沙子沙沙移動的聲音。無論如何你都感謝能擁有那段回憶——在遠處滾滾翻騰的海洋景象。

看著海洋，你很可能會相信海洋無止無盡。

⁂

莎娜給的紙條在你的鞋子前端，抵著你的大拇趾糾結成團。這讓你走路的時候不得不跛行，一枚炸彈，壯麗地把一切炸開。

⁂

兩位獄警來時，你正在水槽沖洗畫筆。他們用動作示意要你伸出雙手，於是你把手伸過門上的橫木。要戴上手銬，你必須背對入口，蜷起身子跪在地上，並把雙臂扭到身後。每次你都會被脫衣搜身。

有訪客，他們說。

會客室是一長排的白色混凝土隔間。你搓揉著手腕坐下來。在玻璃的另一端，你的律師看起來一如既往。

中村蒂娜雙手交握放在馬尼拉紙信封上，通常獄友在今天這種日子不被允許與律師會面，但典獄長一向很喜歡你。這是特許。蒂娜的淡紫色唇膏塗得很專業，單薄的嘴唇線條明顯。她的睫毛高雅地加長，是故意誤讓男人以為她脂粉未施的化妝品。你可沒受騙。蒂娜和你年紀相仿，你猜她年約四十五歲，頭髮和往常一樣綁成乾淨俐落的馬尾，在頭頂附近高高束起，柔順光滑。今天她穿的是深藍色套裝，挺拔而合身。在她離開時，你會瞥一眼她的鞋。蒂娜的鞋總會讓她露出馬腳，你懷疑她有膝蓋方面的毛病，或者也許有大趾囊腫，因為她穿的並非你所期待的亮麗高跟鞋，而是那種人體工學鞋底的泡棉平底鞋，專為上了年紀的餐館女服務生訂製的。

我的團隊今早又提出了上訴，蒂娜說。我們現在就只要等電話通知就好。今天下午之前我們應該就能知道法庭是否列入考慮。

蒂娜從來不害怕直視你的雙眼，她的瞪視穩定而嚴肅。通常這股單純的力量會沒來由地激怒你，但今天蒂娜很渺小，她微不足道。你用腳的大拇趾按壓莎娜給你的紙團，提醒著你那個天大的祕密。

典獄長跟我說你要邀請一位見證人，蒂娜說。

見證人？你問，儘管你其實心知肚明。

行刑證人，蒂娜說。

行刑啊，你複述。

你喜歡她瑟縮的樣子。當蒂娜說出這個字詞時，她的鼻孔會顫抖。

你永遠忘不了蒂娜得知你的所作所為時，她臉上的表情。你們初次見面是在休士頓的監獄裡，那是在開庭和判刑之前。一位蒂娜的助手遞給她一份檔案夾，裡面有犯罪現場的照片。她看了面無血色，她的凝視化為震驚的憐憫。從那時起，你就習慣了這樣的神情。當原告律師將那些照片放上投影機，並將細節放大十倍，你在法官臉上看見這個表情，也在陪審團與法庭旁聽觀眾的臉上看見這個神情。

你不喜歡看那些照片，它們不是你記得的模樣。

蒂娜，妳會到場嗎？你問道。

你用你最和藹可親、最能軟化人心的聲音問，可是蒂娜卻只是以你再熟悉不過的表情看著你。有時你在漆黑一片的白色牢房裡，站在金屬鏡子前，你會練習這副表情，將眉毛扭成一條皺紋，眼裡充滿同情與悲傷。這神情是恐懼，是困惑，是最糟糕的憐憫，一種鄙視自己的憐憫。

我會出席，蒂娜說。你忍不住露出一絲微笑。

再過幾個小時，你就會逃脫了。你的雙腿會灼痛，肺部會大口吸進新鮮的氧氣。你把表情轉回原本應有的模樣（嚴肅地默許），但你的祕密帶來的喜悅卻在胸口升起，欣喜若狂，令你窒息。當你嚥下一聲大笑，笑聲燒灼的感覺就像菸在喉嚨裡停頓太久一樣。

⁂

那會發生在正午移監的廂型車上。

如果他們看到我怎麼辦？某個深夜，莎娜在你的牢房外悄悄駐足問道。你們用三天的時間交換紙條、策畫方案，紙條在午餐餐盤底下偷偷傳遞——莎娜會一邊咬指甲，焦慮的喃喃低語，一邊把紙條緊握在手裡。

你凝視著她，拿出最佳演技模仿痛苦。

莎娜，我的愛。難道妳不信任我嗎？

✻

曾經有人這麼做過，七〇年代有過挾持人質事件：兩位獄友拿槍指著監獄圖書館員的頭，從高牆監獄成功逃獄。就在幾年前，有三人從波倫斯基監獄的放風區逃走，他們中彈後被拖回監獄裡。曾經有謠傳一名男子利用綠色螢光筆將白色囚服染色，然後假裝是獄醫大搖大擺走出去。在這種情況下，你會像泰德．邦迪那樣從通風井爬出去。可是你這裡並沒有通風井——你只有莎娜，和坐囚車從波倫斯基監獄到高牆監獄之間的四十分鐘。

回到牢房，你站在一疊筆記本前面，紅色網袋宛如譏笑地散落在床上。五本便條簿——七年監禁歲月裡所有的思想與書寫，都記錄在這些黃色橫條紙上。床上那些紙張看來像一疊手寫的書頁，它們顯然並非你希望會成為的曠世巨作。你總會想像自己為郵寄來的書簽名，收到粉絲寄來的信件，也會得到報上的書評。在書籍護封上，他們會用在法庭裡拍的那張照片，在黑白照片裡，你的凝視是如此了無生氣。

你會把你的「人生真理」留在這裡，莎娜知道能在床底下找到它。當他們在尋找你——當恐慌迸發、搜尋團隊四散，直升機的燈光亮晃晃地照在曠野上——她會向他們指出「人生真理」的位置所在。

所以，這就像是一種宣言？當你在描述基本內容時，莎娜問道。你因為一陣惱怒而抽搐，莎娜看得出來她說了蠢話，困窘地脹紅了臉。宣言是瘋子才有的，你緩緩解釋道。宣言是條理不清、在毫無意義的恐怖行為之前匆匆寫下的。你的「人生真理」更像是一種探究，探索人類最原始的真相。沒有人完全是壞的，也沒有人全然是好的，每個人都平等地活在混沌不清的灰色之間。

※

以下是你對母親的記憶。

她個子很高，而且頭髮占了大部分。她會在花園裡蹲伏著，在搖椅上消磨時間，也會讓身子浸在鏽蝕的爪腳浴缸裡。有時浴缸裡放滿了水，母親的長洋裝會像水母一樣漂起來。還有些時候她是乾的——她會拿著自己的一縷髮絲伸向你，一份禮物，閃亮的橘色。你對父親毫無記憶，任何聲響或味道都沒有。你的父親是個模糊的存在，隱約在遠方顯現。他是你後腦杓的一股莫名痛楚。你不知道他們為什麼離開，去了哪裡，也不知道為什麼你的母親在這些回憶裡總是單獨存在。你只記得一條生鏽的項鍊，在你的鎖骨凹陷處集結成堆，你也記得戴著它時的感覺，彷彿沒有任何事物能傷害你。

你的母親是「人生真理」裡一個你尚未釐清的部分。我們全都是壞人，我們也全都是好人，沒有人應該被宣判是其中哪一種人。然而如果好的事物能被隨之而來的惡所玷汙，那麼你會將它放在哪個位置？你會如何看待它？它究竟又有多少價值？

你大部分的記憶裡並沒有母親的蹤跡，而在她真正離去之前，她就已總是在離開的路上。

回憶召喚出這件事。

你試著專注在有形的事物上。熟悉的有：叮噹作響的金屬門、罐頭肉類的味道。灰塵、尿液、油膩的頭髮。你滑到地板上，脊椎貼緊水泥地。

它總會出現。

在你的淺意識深處，帕克寶寶開始嚎啕大哭。如果你能為自己的人生播放主題曲，那麼他的哭聲會是最大的存在，一個嬰兒悲慘地尖聲哭泣。還有你自身無言的無助感。啼哭聲逐漸褪去，變成緩慢、可憐的抽泣。

⁂

只有一個地方能讓那些啼哭聲遠離，你是在七年前的某個星期六早晨來到那裡。

二〇一二年，那是艷陽高照的夏日。你在日出之前醒來，待在那張空蕩蕩的床上太令人焦慮——那是珍妮離開的幾個月後，她的缺席仍令你痛不欲生。你緩慢地開著車，回憶過往。時序是六月下旬，早晨的天空是鮮嫩欲滴的藍色，空氣中飄著雲杉的味道，地面因整晚的雨而濕漉漉。紐約的特珀湖鎮上有一間傾頹的教堂、一小間格局方正的圖書館、一間加油站，還有圍繞著霧氣氤氳的湖泊而立的零星房屋。雲朵像是在水上方的蒸汽般漂移，輕柔地捲向天空。你的回憶為這趟車程、這個早晨，與濃濃的溼氣賦予了命定的濾鏡。雖然你只在特珀湖鎮待了短短幾週，但卻是花了一輩子的時間才把你帶到這裡。那些年的密謀與思慮，全都導向了這個結局。

在加油站裡，一位滿臉粉刺的青少女正在把披薩陳列架上融化的起司刮掉。

什麼事？她說，頭都沒抬一下。

我在找一間餐廳。

這裡只有一間，店員一邊說，一邊把燒焦的起司用鑷子鑷起，送進嘴裡。你想聽她說出這個名字。藍屋。

⁂

當嬰兒開始啼哭——當你徒勞地將雙手蓋在耳朵上時——你許下了承諾。

一切不會在此終結。

你第一次傷害別人是在你十一歲的時候，而且當時的你並不知道痛楚和渴望的區別。你和其他九個孩子同住在一間破舊的大宅裡，事情始於一眨眼間，幾乎是不經意的，測試你自己的甜度。當飯廳對面的那位女孩在你的熱切關注下漲紅了臉，你感覺到自己的力量，突然湧現且使人上癮。當時的你無法預見那個小小的決定會如何拋擲你的未來，讓你直接落在這片水泥地板上。你的行為是如何成為一系列的因果，懷著目的來到當下。

等你自由了，你會走遍德州的沙漠。你會搭上特快列車，會用冷冽的湖水洗臉。最後，你會來到藍屋。

你不會做這件事，對此你很確定。你絕不會再傷害任何人。

薩菲
一九八四年

薩芙綸・辛格可以跟你說她有幾樣喜歡的事物，總共四樣：

一：潔瑪小姐的家在深夜時的聲音。從她與人共享、位於三樓的房間，薩菲可以聽見所有的聲音。打噴嚏、埋怨、嗚咽。在夜裡，這棟房子褪盡神祕面紗。薩菲蜷縮在粗糙扎人的粉紅被子底下，在屋子顫動、吐氣時沉浸在極度的孤獨裡。

二：社工人員帶她來潔瑪小姐的家之前，她從母親的衣櫃拿走的相框。她的母親在玻璃底下放了一張筆記本紙，紙上有一行潦草寫下的草寫字跡：*Felix culpa*。薩菲不知道這兩個字是什麼意思，但她的母親寫下了這些字，所以她很喜歡它們。她睡覺時會把這個相框放在枕頭下面。

三：她的比基尼女孩指甲油，顏色是淡紫色的，柔滑而療癒。薩菲節省著用，一次只允許自己塗一層。她不愛瓶子本身，而是喜歡指甲油帶給她的感受，彷彿她是某個時髦又成熟的大人，一個有著乾淨閃亮指甲的女孩。

四：樓下的男孩。他的房間就在薩菲的正下方。薩菲醒著躺在床上，想像著氧氣從她的肺部、鼻子探出，越過門廊，下了階梯，進入他張著的嘴裡。

那晚很不一樣，與眾不同。那天晚上，安索．帕克在飯廳的餐桌對面對她眨眼。

⁂

「騙人。」薩菲興高采烈地上樓時，克莉絲汀說。克莉絲汀正在地上練習她從《跟珍．芳達做健身操》的錄影帶裡背下來的動作。「安索可以追到這個屋子裡的任何女孩。妳確定他不是在向貝莉眨眼嗎？」

貝莉是這個屋簷下最漂亮的女孩，也許是薩菲有史以來見過最美的。貝莉十四歲，有著像流動焦糖般的頭髮。安索和薩菲則是十一歲。克莉斯汀和萊拉時常練習像貝莉那樣嗖嗖地擺動臀部，像貝莉那樣翻白眼，還有像貝莉那樣咬指甲。克莉絲汀曾經有次偷了貝莉32C的胸罩，然後她們在浴室裡輪流試穿，笨拙地扣上扣環，再拉下衣服看看她們的模樣。不過晚餐時貝莉坐在與安索相隔兩個座位的地方，若要看她，他得把頭轉到完全不同的方向才行。

另一個可能是，安索是特地向薩菲眨眼的。

這個念頭蔓延到她的肚子，接著衝擊她的雙腿。如液體般炙熱，令人雀躍。薩菲反覆重溫那一刻，直到她記不得他當時穿什麼衣服或者他是如何眨眼的，直到她完全想不起安索的臉為止。然而事實依舊存在：是他造成這份感受的。她像被釘在床墊上，震驚而疼痛。她不敢動，以免這股令人融化的感受決定離去，留她隻身一人——就像其他所有事物一樣。

※

潔瑪小姐家的後院是一個寬闊的斜坡，一英畝平緩起伏的原野一路延伸到一條小河邊。吃過早餐後，薩菲將她粗糙的粉紅毯子鋪在露濕的草地上。這張毯子是一個名叫卡蘿的女孩留給她的，卡蘿出生就只有一隻手臂，現在已經是個成人了。潔瑪小姐的這片土地靠近阿第倫達克山脈，夏天時大地富饒，是濕潤而令人欣喜的綠。薩菲坐在毯子上，將瘦長的雙腿往前伸直，筆記本放在大腿上。她從最愛的圓點緊身褲摘下一隻蚜蟲，瞇起眼睛低頭看著書頁。

薩菲正在解開一個謎團。

一切始於那隻老鼠，沒有頭，就只有小小的身軀癱在廚房地板上。萊拉是第一個發現它的人，她尖叫到每個人都跑來了——薩菲和克莉絲汀幫忙她把那隻老鼠埋在院子裡。萊拉啜泣著，她們全都穿黑色衣服，而且朗誦了哀悼的詩句。

接著是松鼠，被棄置在車道附近的灌木叢下。薩菲正好發現潔瑪小姐用一把鏟子把它搬到垃圾桶裡，因厭惡而面部扭曲。*土狼*，她一邊把松鼠的屍骨放進大垃圾桶時一邊說。後來又出現第二隻被留在同個地方的松鼠。這回潔瑪要一個年紀比較大的男生去清理，她則穿著浴袍在草地上觀看。*我不是要妳留在裡面嗎？*薩菲好奇地從後滑門探出頭來看時，潔瑪小姐對她大吼。

薩菲總是能感應到謎團，她一直在讀神探南西[3]的書，一本接著一本看。自那時起，她每天就待在外頭，認真搜查房產的每個角落，尋找線索。她不知道究竟要找些什麼，但她非常想成為破解犯罪的那個人。目前為止，她已經記下謀殺案件的日期，也描述了屍體的模樣。（恐怖至極！）她希望自己也有個喬治[4]或貝絲[5]，某個能協助她辦案的人，但克莉斯汀和萊拉寧願把時間花在說蘇珊・戴伊髮型的閒話，兩人上下顛倒地躺在克莉絲汀睡的上鋪，身子在床緣擺盪。

她希望也許安索會幫忙她。

安索整個夏天都沿著潔瑪小姐屋子邊緣的濕軟河邊遊走，薩菲喜歡坐在她的毯子上，看著他穿越原野邊緣，在一大本黃色便條紙簿上寫筆記，他總會把那個本子塞在手臂下。她看過安索從圖書館的成人書區借書，百科全書和生物學教科書。她希望光是觀看就能記下他的每一個動作：他摘起香蒲時肩膀傾斜的樣子，還有他在耳後塞原子筆的模樣。薩菲納悶自己能否在他身上看見什麼人生經歷，那就寫在他悲慘傾斜的頸脖上。

她聽過那件事。

每個人都聽過。

薩菲來到潔瑪小姐家之後的一晚，萊拉有次興致勃勃、神采飛揚地小聲描述這個充滿戲劇性的故事。有一個大男孩偷了放在潔瑪小姐房間裡的所有檔案，於是細節傳遍整間屋子，並在傳開來時改變了內容。安索四歲時被父母遺棄，萊拉說。他們原本住在一個農莊，或許是一座牧場。當警察找到安索時，他已經快餓死了。但最糟的部分——萊拉重述這個故事時雙眼圓睜，彷彿這是最糟卻也是最精采的部分——有個嬰兒。只有兩個月大，等警察抵達時發現安索一整天都在試著餵嬰兒吃東西，可是一切都太遲了。

嬰兒死了。

薩菲永遠忘不了那個畫面。一個真正的嬰兒，還沒有洋娃娃那麼大。從那時起，她就聽過好幾個其他版本的故事：那個寶寶被送到不同的寄養家庭；安索故意殺了那個寶寶；寶寶從頭到尾都不存在。可是第一個印象留存在她的腦海中，有如事實般根深蒂固。那微小、軟綿的頸脖。薩菲從沒親眼見過死人，甚至就連她母親過世時她都沒見過，所以當然也不會看過嬰兒屍體。

她看著安索在灌木叢裡摘取黑莓，那麼謹慎而專注，她想著單單一件壞事就能將一個人變成一篇故事，成為人們茶餘飯後的話題，這是多麼令人悲傷的事。悲劇不具識別力，而且完全不公平，這點薩菲很了解。

---

3 南西・德魯（Nancy Drew）是一名虛構的青少女業餘偵探，出現在同名系列叢書與電影之中，其中的書籍是由許多作者代筆編寫而成，並集體以化名卡洛琳・基恩（Carolyn Keene）出版。

4 喬治・費恩（Georgia "George" Fayne）是《神探南西》系列中的人物，是南西最好的朋友之一。

5 貝絲・馬文（Elizabeth "Bess" Marvin）和喬治都是南西的好友，彼此也是表親。

※

那天晚上，薩菲整頓晚餐都在看他，每次間隔三十秒，所以沒有人能指控她盯著人看。如果安索又眨了眼，那麼就是薩菲錯過了，因為她從二十九開始倒數時，視線都在她的馬鈴薯泥上頭。

當大家都圍在電視前面，等著看八點的《天才家庭》時，薩菲偷偷溜到地下室。她的胸腔被失望填滿，此刻地下室很適合她待著，四周都是水泥牆、蜘蛛和隨意散落的方塊地毯。潔瑪小姐在這裡放了一台布滿灰塵的電唱機，還有一整盒的唱片。薩菲喜歡仔細查看那些唱片，研究封面上的照片。瓊妮．密契爾的目光好誘人——薩菲曾對著鏡子練習那種表情，可是她做起來卻大相逕庭。

「嘿。」

是安索。

他站在樓梯底端，身子有一半在陰影下。他的雙手插在燈芯絨褲的口袋裡，不自在地將肩膀往前縮。

「我可以看一下嗎？」他問。

於是安索站在她身旁，翻閱箱子裡的唱片。薩菲在他輕快地翻過ＡＢＢＡ、艾爾頓．強和賽門與葛芬柯的唱片時仔細觀察他的手指。相對於身體的比例，安索的雙手顯得過大，是遠比十一歲這個年紀還成熟的手，就像一隻跟不上腳掌長大速度的小狗。

「妳聽過這張嗎？」安索問，從一疊唱片裡抽出一張。妮娜．西蒙。薩菲發出愚蠢而尷尬的尖銳聲音，搖搖頭說沒有。

「我們坐下吧。」安索說，一邊比向地上的方塊地毯。當他微笑時，薩菲的身體微微顫抖。有一次，安索就對著潔瑪小姐露出同樣的笑容，當時潔瑪小姐臉頰脹紅，還把浴袍拉緊了些——在那之後，女孩們取笑了潔瑪小姐好幾天。

音樂開始播放時，這股感覺很奇怪。薩菲不確定自己以前是否經歷過這種時刻，也許是在別段人生中，這首歌直搗她的心窩，觸碰到某個她不知為何忘卻的角落。安索在她身旁躺下來，背部貼地，肩膀離薩菲的肩膀好近，這時薩菲開始眼冒金星，她發現自己一直在憋氣。樂聲悠揚響亮，歌手的沙啞嗓音唱著——我對你施了魔法——薩菲但願能將此刻的時間暫停，拍一張靜止的快照後儲存起來，好讓她之後能向自己證明。

而後這首歌結束了，在下一首歌開始之前，唱片哼著寧靜的節奏。安索並沒有動，薩菲也是。他們就這麼躺在那裡，直到整張唱片放完，直到薩菲的脊椎因為躺在堅硬又冰冷的地面上而痠痛，直到就寢鐘聲響起，天花板傳來其他孩子們的腳步重踏聲。但這些全都無法觸動她，因為她擁有這一刻。這是魔法，也許甚至可以說是愛。愛是一種能觸動、改變一個人的東西，薩菲知道是如此，是一種神祕的力量，能讓人變得不同、更美好、更溫暖也更完整。愛是一股舒心的味道、熟悉而無從探究源頭。愛讓她飢渴。

※

薩菲的母親在過世之前曾經很喜歡談論愛。

薩菲最喜歡那些夜晚，她盤腿坐在母親的衣櫃裡，挑選母親在雷諾買的嬉皮花裙，並拿來和笨重的珠寶搭配。*妳會知道，薩菲小親親，*她的母親曾這麼說，*真愛就像火焰一樣。*

*妳就是這樣愛爸爸的嗎？*薩菲曾試探地問媽媽。*就像火焰一樣？*

*讓我給妳看樣東西。*媽媽說完伸手拿放在衣櫃架子最高層的一個鞋盒。

薩菲時常在想父親的事。他在薩菲出生前就離開了，除了名字之外什麼也沒留下——辛格，孩子們在遊戲場總會鬧著玩，模仿他們從電視上的計程車司機學來的口音。在日用品店裡，人們會行注目禮，彷彿薩菲不可能是她那金髮母親的女兒。她的父親來自一個叫做齋浦爾的城市，現在就住在那裡，原本這是她會得意宣揚的事，直到她發現，他對她的愛不足以讓他留下。

在塵封的鞋盒裡有一張照片，這是薩菲唯一能證明她看過父親真實、可觸碰到的存在。照片裡的他坐在圖書館裡，眼前有許多書打開來散布在桌上。他在微笑，頭髮驕傲地為一條深藍色頭巾覆蓋，母親解釋這是他信仰的一部分。在他的凝視中，薩菲第一次看見了自己，像瞇起眼睛看在鏡子裡驚愕的自己。

他為什麼離開？薩菲曾經小心翼翼地問，彷彿母親是樹枝上一隻她可能驚動的鳥。

他的家人需要他回去家鄉。

那我們怎麼辦？

聽我說。母親嘆了一口氣，薩菲知道自己問太多了。妳還記得為什麼我幫妳取名叫薩芙綸嗎？

這是一種花。

最稀少珍貴的花。母親說。是那種可能引發戰爭的花。

她把照片放回鞋盒裡，一雙綠眼睛卻聚焦在別處——薩菲好想看看那個地方，親身觸碰那裡。當妳感覺到愛，妳會知道的。之後母親說。那種會將妳生吞活剝的愛。

⁂

安索伸出雙手幫助薩菲從地下室的地板起身。他的手掌很濕潤，大拇指因為整天在那個黃色小本子上書寫而沾了墨水——當他跟在薩菲後面走上樓梯時，薩菲意識到他在身後的動作。安索的逼近引人悸動，幾乎令人心生恐懼。她渴望這份親近，就如同她想看一部恐怖電影一樣，一種令人打顫的不確定感。她渴望這份驚嚇、震顫，無預期的螫咬。

等薩菲回到萊拉的下鋪，她滔滔不絕地敘述這件事，回憶事情的經過時更加興奮。她們仔細翻閱克莉絲汀偷來的《青少年》雜誌，在上鋪的床墊裝了一個手電筒窩著一起看，這麼一來潔瑪小姐就不會罵她們睡覺時間到了。她們基本上已經把整本雜誌背下來了，不過還是瀏覽快被翻爛的書頁，直接翻到她們最愛的約翰．史坦摩斯的訪談頁。這本雜誌裡最重要的部分總算是切題了：妳已抓住了完美情人的心，這裡教妳如何留住他。

「妳應該採用第三項。」萊拉因為戴著牙齒固定器，說話時發出嘶嘶的聲音。她來潔瑪小姐家之前就戴著，來到這裡後她的牙齒移位了，在塑膠片周圍產生空隙。萊拉的手指總是因為時常放在嘴邊而濕濕的。她的中指戴了一個很大的復古戒指，薩菲不敢過問這只戒指的事——它戴在萊拉的手上顯得過大，用幾層透明膠帶固定住，好讓它不會掉。戒環是黃銅色的，上面鑲著一顆巨大的紫色寶石。薩菲猜這可能是紫水晶，不過她有一次聽萊拉說這是紫色藍寶石。寶石總是因為萊拉的口水而閃閃發亮，她會不自覺地親吻它。現在戒指在萊拉的嘴裡，一條口水沿著她的手指流下來。薩菲看了面有難色。

「第三項。」克莉絲汀說。「讓他知道妳有多在乎。」

就這麼決定了。萊拉倒在枕頭上，已昏昏欲睡，但薩菲從不曾感到如此災難性地清醒過。

隔天早晨，薩菲從地下室的工藝箱裡拿了一疊勞作紙，攤在房間的地板上。她六年級的美術老師說她擁有特殊的視覺鑑賞力。想到這件事，薩菲內心充滿激動的驕傲。

過了幾個小時，成果是一半像詩，一半像漫畫。她和安索成了小型的木棍人物，兩人之間的電唱機細節畫得很逼真——對你施了魔法，她為這一幕命名。在下一個畫框裡，他們在河邊手牽著手，薩菲的另一隻手裡拿著放大鏡，同時遠方有一群人在拍手叫好。她稱這一幕為謎題解開了。一隻土狼被用網子掛起來，一群快樂的松鼠在她的腳邊兜圈子。薩菲在她和安索小小的頭中間畫了一顆愛心，不過她後來決定劃掉，用一個胖胖的黑色音符代替。

等她完成時，她把這張紙小心翼翼地折起，在封面用她最好看的草書寫下安索的名字。她想像這張紙在他的燈芯絨褲裡產生皺摺的樣子，臉不禁紅了起來。

⁂

薩菲從庭院往下坡走，傍晚的陽光戳刺著後頸。她已換上那件最愛的洋裝——從貝莉承襲而來，黃色棉質搭配公主袖，在某些時刻還是有股味道，不時散發貝莉用的體香劑氣味。當她來到小河邊緣高而叢生的野草附近，她順了順自己被風吹動的辮子髮尾。

安索正蹲在河岸，在他總是隨身攜帶的黃色筆記本上塗塗寫寫。薩菲看得出來他早上梳過頭髮，一頭鬈髮還濕濕的。她站到他身後，勞作紙在她冒汗的掌心裡變得濕軟。

一切都發生在困惑與恐懼的一瞬間。

薩菲輕拍安索的肩膀。

安索驚詫地轉頭。他試圖用身體擋住薩菲的視線，但太遲了。薩菲就站在牠們旁邊，牠們距離她最愛的閃亮涼鞋僅僅幾吋之遙。

牠們被伸長擺在草地上，就在她的雙腳附近。一、二、三隻動物。小小的手臂高舉過頭呈投降之姿，排列得太井井有條，這不可能是意外。總共有兩隻松鼠，睜著眼、舌頭吐出。牠們之間有一隻狐狸，體型較大，而且死掉的時間更久。牠的臉上有空洞，像是眼睛被某個東西啄出來，腸子在草地上散落——這隻狐狸是覆蓋了一撮撮褐橘色毛皮的骨頭堆，經人類之手病態地試著重新整理成牠原本的形狀。

「不要……」安索低聲說。

薩菲意識到最糟的部分甚至不是那些動物，不是牠們外露的牙齒，也不是牠們凝成膠狀的雙眼，或者牠們被蓄意相隔六吋遠的距離擺放，像是床上的小洋娃娃那樣。

最糟的部分是安索的臉。他的臉扭曲成某個薩菲從未見過的表情，是驚訝與憤怒的駭人結合。安索把筆記本緊緊貼近胸口，要保護什麼的模樣而齜牙裂嘴，一點也不像他。

薩菲的身體替她做了決定，她開始奔跑。在安索還來不及說話之前，薩菲跌跌撞撞、驚慌失措地跑上山丘，那張勞作紙早已不知掉落在草地上某處。一隻蟲子飛進她張大的嘴裡，一隻又大又黑的蒼蠅——她開始哭泣，喘著氣試著把牠吐到地上，像蠟般光澤的翅膀固執地黏在她的舌頭上。有一件關於人生的事是薩菲百般厭惡的，那就是人生如何帶來壞的事物，甚至在你的身體裡安身立命。你是一個人並不重要，你想要什麼也無關緊要。壞事堅持要住在你的血液裡，無時無刻成為你的一部分，像個磁鐵般引來這個世界上的驚怖。

⁂

這並非薩菲．辛格第一次接觸到對死亡的著迷。

在薩菲的母親過世後幾週，她會想像一系列令人懼怕的死亡方式。她想像母親在路邊身首異處，母親在她們燃燒的富豪汽車底下探出雙腿，還會想像母親的胸口被停車號誌的桿子刺穿。雖然事故發生時薩菲才九歲，但她已經知道警方會為了保護她而撒謊。頭部受傷，他們這麼告訴她。事情發生得很快，沒有感覺到痛楚。當薩菲問起時，他們說她沒流很多血。薩菲想像她母親的屍體，一團皺巴巴的堆在馬路中央，像是一團被扔棄的衛生紙。

⁂

薩菲猛地關上潔瑪小姐家的後門，轟然巨響令人震顫，她的雙腿失控地顫抖。

克莉斯汀和萊拉正窩在房間的地上，塗著那瓶比基尼女孩指甲油，兩人在薩菲進門時都嚇得跳起來——通常薩菲會很生氣——但看到她的模樣時，兩人都靜默了。薩菲捲起的頭髮像靜電一樣。她們要薩菲一起坐到地上，就在她的床旁邊。發生什麼事？她們擠在一起求她說，指甲油的丙酮氣味充斥在薩菲的頭周圍。是壞事嗎？安索在哪裡？薩菲討厭她們沉浸在事件發生的興奮氛圍裡，這回是她自己的事件。她不知該從何說起，但她終究還是解開了謎團。

當敲門聲響起，三個女孩全都愣住了。

克莉絲汀起身，踮著腳勇敢地向前走。

「是安索。」她從縫隙瞥一眼後，用嘴型無聲地說。看到薩菲嚇壞了的表情和瘋狂搖頭的模樣，克莉絲汀從門縫擠身到走廊，薩菲和萊拉則在房裡等著，試圖聽出他們模糊的窸窣細語。

「你要幹嘛？」克莉絲汀問道，其餘的話語在她擠身步出房門後變得含混不清。

等到克莉絲汀回來時，她看起來神情恍惚，一臉驚呆。

「什麼？他說了什麼？」萊拉小聲問。

克莉絲汀伸出兩手，手掌裡握著兩塊放了很久、碎裂的燕麥葡萄餅乾，是那種潔瑪小姐買來慶生用的、雜貨店裡的塑膠罐子特價的餅乾。餅乾因為放了太久而略呈白色——安索似乎為了眼前的這種場合而一直收藏著備用。糖粒黏在克莉絲汀汗濕的手上，一份怪異、不合時宜的禮物。

一陣令人渾身不舒服的靜默。

「呃。」克莉絲汀壓低聲音說。「我不知道是什麼意思，不過安索說不要說出去。」

薩菲轉身面向床邊的垃圾桶，裡面滿滿都是半夜用過的衛生紙，她往垃圾桶裡乾嘔。萊拉先是遲疑地笑，接著克莉絲汀也加入她的行列，不安地咯咯笑出來。薩菲仍把垃圾桶抱在大腿之間，萊拉愚蠢的鼻息聲令她鬆了一口氣，接著她也開始大笑，那些滿是碎屑的舊餅乾是她們所見過最詭異的東西了。

⁂

當晚輪到薩菲負責準備晚餐，鮪魚砂鍋。鮪魚罐頭的氣味從洗手槽裡飄來時，她把鼻子塞住。

「薩菲，妳還好嗎？」貝莉問。貝莉的樣子好美，睫毛塗滿睫毛膏，頭髮像絲綢般垂下。克莉絲汀和萊拉站在火爐旁的椅子上，在一鍋麵條前面拌嘴。貝莉把冰冷的手貼在薩菲的額頭上，說：「妳看起來臉色好蒼白，妳應該去躺一下。我們可以把砂鍋做好。」

這樣的善意幾乎讓薩菲哭出來。

上樓時，薩菲沉浸在獨享房間的愉悅裡。這感覺多麼美妙，也很稀有。薩菲攀上階梯到她睡的上鋪，準備倒頭就睡，遺忘一切。那味道並未讓她卻步，起初並不明顯，是一股微弱的腐敗甜味。上到階梯的一半時，薩菲停下腳步，皺起鼻子。她把被子往後翻。

那隻狐狸。

那隻狐狸被搬動過，牠不相連的身體部位全擺在薩菲的花床單上。牠就只是一堆濕粘的骨頭和腐化的組織，甚至已經不見動物的形狀，蒼蠅在牠露齒的下顎周圍飛旋。牠的面貌不該是如此，在卡蘿給的粉紅毛毯上腫脹、凝結，薩菲的視線變得灰暗。她知道最好不要尖叫出聲。

於是她深吸一口氣，將驚愕集結成一小顆圓球後將它緊緊握住，讓即將湧出的淚水化為一團她能掌控的東西。妳瞧，薩菲心想，用母親最嚴厲的聲音說。妳經歷過比這糟糕許多的事。此話不假。所以她吐出最緩慢而深長的氣息，同時把床單從床墊上掀起，將那隻狐狸包在裡面。安索必定是趁她和其他女孩在煮食時把牠丟在這裡，因為液體甚至還來不及滲透到床墊上。

薩菲把那包東西拿得離身體遠遠的，躡手躡腳地走下樓，然後溜到外頭的垃圾桶前。我們會照顧自己。母親曾一再重複這句話，薩菲最喜歡媽媽說這句話時的表情，牙關緊咬，眼神堅定。妳和我，薩菲寶貝。媽媽會這麼說。我們是戰士。

在晚飯的餐桌上，薩菲一如以往地做飯前禱告。當潔瑪小姐要她把芬達遞過去給她，她照做了。

在大紅木桌的另一頭，安索不疾不徐地把砂鍋燉菜堆在盤子上。薩菲能用眼角餘光感覺他的每一個微小動作。當安索起身清理盤子時，薩菲的身體猛地震了一下，弄翻了萊拉的水杯。她看著液體在對桌積成一灘水，心想愛根本完全不是母親向她承諾的那樣。

⁂

薩菲那晚沒吃晚餐，隔天也沒吃早餐和午餐。一週過去，原本三十九公斤的她已經掉了快五公斤。克莉斯汀和萊拉帶了幾杯果汁到沙發——薩菲不願再回到那間臥室。那裡聞起來的確有點怪味，克莉絲汀也注意到了，不過薩菲無法告訴她原因。

學味。

潔瑪小姐很擔心，她坐下時有一股霉味往薩菲的臉上撲來，還有潔瑪小姐濃烈的香水化學味。

「薩芙綸，寶貝。」潔瑪小姐說。「妳得告訴我們發生了什麼事。」

潔瑪小姐的模樣很滑稽，眼皮上畫了藍色眼影，穿著家用拖鞋在地毯上曳足而行。薩菲什麼也沒說，她說不出口。接下來的兩天，潔瑪小姐都到沙發看看薩菲，但就連一小匙湯都無法勸她喝下。

最後，有兩位社工人員前來。他們先是在廚房裡和潔瑪小姐竊竊私語，接著坐在薩菲對面，雙手交握在大腿上，一臉嚴厲。這對混血兒來說更不容易，他們一臉認真地告訴她。她知道自己與眾不同，在很多方面來說都是如此。她會被送到另一個寄宿家庭，轉換環境時常會有幫助，他們這麼說。薩菲開始哭泣，就連她自己也分不清這種感覺是悲傷還是鬆了一口氣。

薩菲打包行李時，克莉斯汀和萊拉守在一旁。克莉絲汀送給她一個離別禮物，那是她們從貝莉的床頭櫃偷來的唇蜜，媚比琳誘吻唇彩。這是她們最珍視的共有物品。

「妳確定嗎？」薩菲問道，克莉絲汀這麼做讓她又哭了出來。眼淚現在持續不斷，無法停止，薩菲感覺這一切是那麼怯懦而愚蠢——無法進食，無法如母親會希望的那樣堅強起來處理這件事，還有萊拉看她的眼神，在她用皸裂的嘴唇吸吮那只紫色戒指時，滿是憐憫與好奇的眼神。

「這個應該給妳。」克莉絲汀一邊說，一邊將那條黏呼呼的唇蜜放在薩菲的掌心，讓她緊緊握住。

※

薩菲正在打包最後幾件衣物時，安索來向她道別。

克莉絲汀和萊拉已經下樓去拿社工人員帶來的甜甜圈，此時薩菲獨自一人。她先聞到他的氣味，洗衣精與夏日汗水的味道，帶點些微的苦味，就和那晚在地下室時他的T恤是相同的味道。那氣味曾令她陶醉，如今卻會使她恐懼地背脊發涼。那不知為何是具有吸引力的恐懼，一種她會想追尋的恐懼。

「我可以進來嗎？」安索問。

他看起來竟惱人地毫無異狀，過去幾天來，每次他到了某處，薩菲都會刻意撇開視線。他表現得好像什麼事情都沒發生過，也許帶點些微的歉意，但他的外表還是一樣俊俏，這讓薩菲感到惱火。

「你想做什麼？」她問。

「小薩。」他說，他從沒這麼叫過她。他的眼裡有一抹前所未見、看來很勉強的悲傷。

「我真的很抱歉。」

「那隻狐狸。」薩菲說。「你為什麼要那樣做？」

「我說了我很抱歉。」

「可是為什麼？」她問。

「我聽見妳在笑。」他說。「妳和朋友們。我不喜歡別人笑我。」

「我們不是在笑你。」薩菲說，但她的話聽起來很不自然、不真實。

「我不該那麼做的。」他說。「有時候我會做些連我自己都無法解釋的事。」

「這件事你無法解釋？」

他聳聳肩。「妳懂我的意思。妳知道那是什麼樣的感覺，被留下來，只剩自己一個人。光是孤單的聲音就讓人想傷害某個東西。」

「我不是自己一個人。」薩菲說，不過這話說得太牽強。

接著兩人停頓半晌，彷彿他並不相信她說的話。

「我很抱歉，好嗎？」安索說得很溫柔，聲音裡滿是她一開始在尋覓的情感。

「太遲了。」薩菲說，現在的她沒那麼堅決了。「我要走了。」

她討厭安索，討厭他咬著嘴唇的樣子。曾經擄獲她的渴望再次被喚醒，伸展僵硬的四肢。她的慾望很陌生，無法容忍。這是一種薩菲無法形塑成任何形狀的力量，在黑暗中悄悄接近她的嶄新角度，她甚至不敢直視。

「別這樣嘛，小薩。」安索一邊說一邊走近。「在妳離開之前，請妳原諒我。」

他的臉近在咫尺，明亮而毫不掩飾，悲愁而俊俏。安索伸出手，一隻手指貼近薩菲鎖骨的凸起處。她想起在農莊裡死去的嬰孩，小小的腳趾、嘴唇、眼睛和手指。想起被偷走些什麼所代表的意思。

她不情願地點點頭。好。原諒你。

安索往前踏一步，擁抱薩菲。那感覺並非她所預期，他溫暖的身體緊貼著自己。她感到麻木與昏沉，他的碰觸使她飄飄然。這是第一次，薩菲厭惡自己。她在強烈的意識之下厭惡自己，這時的她不像個女孩，反而更像個女人——承載著憤怒、絕望與羞恥。這是潛伏在淺灘的怨恨，咬牙切齒，是她身為自己最醜陋的一件事。她伸出手輕摟著，歡迎這股怨恨的到來。

八小時

啼哭聲淹沒，啼哭聲吞噬，啼哭聲像洪水——一旦開始，你就被困在此地，在廢墟中等待。小寶寶尖聲啼哭，被某種你無法撫慰的痛楚蒙蔽，時間處於靜止狀態，恐懼直接繪上你的頭骨，你知道，在這個你待了一輩子的地方，再不會有其他人聽見這啼哭聲，它注定是為了你一人存在。

帕克寶寶有些事情想告訴你，可是他還太小，無法訴諸文字。

※

你在水泥地板上像胎兒一樣蜷曲著身子，從體內發出極度痛苦的呻吟。

在你最初來到波倫斯基監獄時，他們叫來一位醫生。那位醫生檢查你的脈搏和血壓，也聆聽你的心跳聲。你沒事，醫生說完後就再也沒來過。獄警經過時假裝沒看見你，你用雙手摀住耳朵，在地上搖擺身體，猶如孩子在玩某種執拗的遊戲。行刑觀察記錄需要每十五分鐘來巡察一次——現在你對獄警感到畏懼，他們目睹了你的痛苦。你知道這看起來是什麼樣子，脆弱只會讓憤怒加劇。

莎娜看過你這副模樣，僅僅一次。她就在你開始尖叫時出現，手裡端著你的午餐盤，擔心地站在門邊的模糊身影。在像寶寶的嚎啕大哭之間，你不可能道出任何言語。她的存在隱約顯現，令人受辱。

當莎娜隔天再回來時，她臉上的溫柔是你前所未見。如此矛盾的情況令你感到有趣：你的脆弱將她融化了。她目不轉睛地看著你，為你的脆弱帶來的興奮感所吸引。

這點是你可以利用的。

你知道如何讓莎娜呆若木雞——當你說她的雙眼是阿第倫達克山脈雲杉木的顏色時，喜悅之情熱切地在她的臉上蕩漾。珍妮以前也是如此，在你用大拇指滑過她的鼻樑時，她的身體會打顫。當你試著對莎娜這麼做時，莎娜像個孩子一樣咯咯笑，聲音尖銳而惱人。你的嘴角擠出一個溫柔的微笑。在大多數的時候，你很了解女人——通常比她們自己還了解。

然而有些時候，你仍是錯得離譜。

※

那位警探是一名女性，在你命運中的所有諷刺情況當中，這一回似乎顯得格外銳利鮮明。

她有著一頭長及後背的黑髮，半垂的雙眼和柔軟的女性肌膚。她說話時很平靜，慢慢探究你的際遇，直到你雙肩垂下。你在偵訊室雖只待了幾小時，但到了最後，感覺就像她把冰錐的尖端刺進你的腦袋裡。在那位警探說服你娓娓道來之前——在她洩露自己的陰險與欺詐手段之前——你已經好久沒想起那些無辜女孩們。她們就像另一段人生裡的故事，處在一個截然不同的世界。她們從不曾困擾過你。

你當時在想什麼？之後警探問起。你好累，感覺到淚水沿著臉頰汩汩流下，某種延遲的生理反應。

我很好奇，安索。你當時還很年輕，才十七歲。你在殺害那些無辜女孩的時候，腦中在想些什麼？

你想告訴她事情不是那樣的。當下你沒有一絲想法，也沒有任何可依循的軌跡。你想告訴她啼哭聲的事，還有你迫切需要的安靜。你覺得像回到了孩提時的自己，無助地站在那裡，想要招認：有時候我會做些就連自己都無法解釋的事。這股需求是尖銳又持續的。這種行為是不是錯的並不重要——這似乎是最微不足道且無關緊要的細節。

為什麼是那三個無辜女孩，在那年夏天？警探問道。為什麼在休士頓之後你就收手？

⁂

你緩緩爬到牢房角落那冰冷的早餐盤旁，從布滿螞蟻的蛋底下拿出叉子。你用鞋壓碎叉子，將尖銳的叉子碎片放在掌心，仔細尋找最銳利的那一片。當你把塑膠碎片用力壓進手腕的柔軟處，它並未刺破皮膚，也未能阻止記憶湧現。

你當時在想些什麼？你真的沒有答案。如果有，你會好好解釋。你有沒有傷得如此嚴重過，你但願自己能問出這個問題。你是否曾傷得如此嚴重，導致你完全失去了自己？

⁂

第一個無辜女孩是個陌生人。

你十七歲時獨自生活。在你最後一個寄養家庭中，你是唯一的小孩。那是普拉茨堡附近的一間小屋，屋主是一名七十多歲的女子。在你高中畢業後，她把你安置在森林邊緣的拖車裡，每個月五十美元。你在公路旁的冰雪皇后速食餐廳有一份暑期工作，而後你用皺巴巴的現金買下一輛車。突然間，你變得無拘無束。獨居讓人感到難以應對，猶如浸泡在冷冽刺骨的水裡。

十七歲，世界有了嶄新的稜角。隱蔽的角落很殘酷，太尖銳了，於是你在拖車那張發霉的沙發上度日，在自我與自身的問題裡鑽牛角尖。上學的感覺很奇怪，女孩們尖聲訕笑，男孩們讓彼此出糗，炫耀自己的高壯。然而獨自一人處在熱氣中的感覺更詭譎，經過好幾個小時的沉思之後，當啼哭聲愈來愈大、猛烈肆虐，近乎震耳欲聾，你發誓你在窗外望見了母親的身影，她就站在森林邊緣處，但總是一出現就消失不見。

事情發生在六月中旬。你整個夏天都在冰雪皇后追求你的同事，她是個高中中輟生，頭髮挑染，肩膀上常有頭皮屑。你對她說些奉承的話，照著學校別的男生的樣子和她打情罵俏。她終於來到你的拖車裡，躺在沙發上，解開胸罩。當她幫你口交、令你渾身發顫時，那尖銳的啼哭聲悄悄來到你身邊。帕克寶寶無止盡的哭泣聲太令你分心，導致你幾乎看不見。你的陰莖垂下。沮喪感只會讓事情變得更糟——在你的同事離開之前，她笑了，笑聲宛如重疊在寶寶啼哭聲之上的醜陋音軌。你開著燈就這麼坐到清晨，痛苦的回音仍在耳裡徘徊不去。

隔天上班時，她甚至不看你一眼。等到你關店，把垃圾丟到大垃圾桶，鎖上冰雪皇后的門時，你退回過往的自己。開在公路上，你沿途心跳得很快，漫不經心地開著那輛噹啷作響的福斯金龜車在黃線上急轉彎，風在你的耳邊呼嘯而過，那無窮無盡的啼哭聲令你難以忍受。

她出現在你的車頭燈前。

月光下，第一個無辜女孩只是長長車道盡頭上的一道影子，髮絲如波浪般起伏飄動。那女孩在亮晃晃的車頭燈前瞇起雙眼——她的臉龐活像隻動物，脆弱而困惑。

你煞了車，打開車門，腳踏到礫石路上。

⁂

如今，時間會融化。你聽見獄警潦草填寫觀察日誌時，筆所發出的沙沙聲。他的腳步咚咚作響，緩慢而笨拙地離去，毫無用處。你陷入這汙穢之地，陷入狂暴的黑暗中，牢房一會兒變大，一會兒又縮緊，直到你不再是個人，而只是一顆小球。你將額頭貼在水泥地上，向帕克寶寶苦苦哀求，求求你，別再哭了。

如果珍妮在這裡，她會知道要將你抱住，她會把你摟緊，輕聲說些安慰的話語——事情會過去的，珍妮會這麼哼著，她的皮膚就像成熟的水果般彈潤，一向都是如此。

珍妮在你最脆弱的時候來到你身邊，在你最想要忘卻的時候。

她的頭髮在褪色的枕頭套上呈扇形展開。

她在沖澡過後的腳印，濕漉漉地印在浴室的地板上。

海柔
一九九〇年

海柔對自己的第一份記憶也是她姊姊的記憶。

那種記憶會在腦海中揮之不去，潛伏在她的骨隨裡。當海柔的脈搏加速時，這個記憶就會浮現——每當她踏上舞台，或者在公路上開得太快，她都會被帶回那段回憶裡。記憶中，海柔只是一團抽動的組織，模糊而漂浮。在她周圍是一片黑暗，還有著像鼓一樣的跳動聲。

母親在床頭櫃擺的那張超音波照片正是這段時期的證明，在銀色相框之中，海柔和姊姊是兩個小斑點般的分子，一同在黝暗又原始的空間裡成長。母親也喜愛這張照片，就在妳們兩人長出耳朵或腳趾甲之前，妳還是看得出來兩隻有蹼的小手伸向彼此，彷彿深海生物無聲地對話。

在海柔生命中的每個重要時刻，她都能如幻覺似地聽見姊姊的心跳與自己的心跳交疊，猶如她們還一同漂浮在子宮裡。這是一種熟悉的切分音，最令人安慰的怦怦聲。無論她們相隔多遠，有多大的差異或距離，海柔永遠都會舉起手牽住珍妮。

⁂

這天早晨，珍妮從大學回到家，海柔坐在淋浴間裡，任憑水在她彎起的背上揮打滾燙的鞭子。爸媽在浴缸角落裝了一張椅子，椅子在她裸露的大腿底下顯得滑溜，海柔小心翼翼地用肥皂塗抹膝蓋，用沐浴海綿刷洗疤痕組織。醫生為她縫合皮膚之處依舊是憤怒而猛烈的紅色——她可以看到自己的韌帶被重建的確切位置，從一個在手術之前往生的陌生人身上換來的。海柔時常看著自己的膝蓋，想著這位現已化成灰燼或骨頭的無名人士。

她很快地洗了頭，然後把水關掉，頭髮上的水珠滴落在浴室地上時，她仔細聆聽。海柔的父母在樓下忙成一片——母親在廚房裡大動作地忙著醃漬聖誕節牛胸肉；父親的鏟子則在車道上發出刮擦聲，為珍妮的車子清除積雪。他們已經處於極度慌亂的狀態好多天了；母親在幾週前就包裝好禮物，它們從那時起就在聖誕樹下擺著，亮面包裝紙上積了灰塵。海柔的父親在家裡工作，母親為了這個節日而將他的辦公室變成客房，在某個寒冷的晚上，她從百貨公司抱了窗簾、床單，和一幅鑲有框架的普通海邊日落照片回家。當她發現把枕頭套忘在結帳櫃檯時還很激動，我想如果妳用舊的，他也不會在意的。海柔坐在下沉的沙發上對母親說，那是她習慣坐的位子。

海柔謹慎地起身，抬起右腳以減輕膝蓋的負擔——她在滑溜的瓷椅邊緣彎下腰，傾身拿毛巾，但手臂卻因伸展而抽筋，肌肉因為好幾個月沒使用而疲弱無力。她單腳跳到馬桶蓋上坐下來，扭一扭包著頭髮的毛巾，心想珍妮現在究竟在哪裡。

這是她們小時候玩的遊戲，她們稱之為「召喚」。

妳不舒服的時候我會知道。珍妮曾這麼說過，她會在學校通知老師之前，就先去小學的保健室報到了。而且妳難過的時候我也知道。珍妮會在半夜三更時把海柔叫醒，將她從最可怕的惡夢裡拉出來。我能讀出妳的心思。珍妮會這麼說，而當海柔被這樣的侵入聲明給嚇到時，珍妮只是一臉困惑。什麼？她會說。難道妳不能讀出我的嗎？海柔會深掘自己內心，試圖召喚出珍妮的內在，就像珍妮所做的那樣。她從來都沒能讀出珍妮的心思，但儘管如此，她還是不斷嘗試，而且總是聲稱自己也具有同樣的感應能力。妳在說謊。她會猜測珍妮是假裝肚子痛的。妳喜歡那個男孩。當珍妮在中學的置物櫃旁雙臂交叉在胸前時，她會這麼調侃。海柔不會說這是一種「召喚」，至少不是珍妮能做到的那種。這只是一種直覺，多年來的觀察。海柔很了解姊姊的表情。

珍妮現在應該在開車，從北佛蒙特大學開車到她們家位於伯靈頓市外的郊區住宅只要一小時。車上會播放著超脫樂團的歌曲，從收音機噼啪地傳出曲調，珍妮的雙手在方向盤上擺動。她的新男友會坐在副駕駛座上，不過這個影像對她而言褪色而模糊。

海柔拄著拐杖將鏡面的蒸氣抹去。在昏暗的冬日光線下，她顯得臉色蒼白、一臉愁容，了無生氣。她看起來和珍妮不一樣，她看起來甚至不像她自己。

✲

海柔的真實自我並非不是浴室裡的這個鬼魂，真正的她在灼熱的燈泡光源下有著紅潤的臉頰，頭髮用髮膠往後梳，在後腦杓綁成一個光滑柔亮的髮髻。她會在眼瞼黏上又黑又長的睫毛，鎖骨在緊身胸衣的帶子底下突起，胸衣往下逐漸變窄，下半身是一件訂製的芭蕾舞裙，亮粉巧妙地沿著她的胸線塗抹，刻意讓她在一個轉身或跳躍時能反射舞台的光線。

在那珍貴的一刻，海柔不再倚著潮濕的洗手台，而是在樂團奏出《天鵝湖》的開場旋律時，隨著交響樂隊的樂音舞著天鵝絨的翅膀。那氣味像是橡皮圈與松香。她穿著足尖鞋踏著滑步，沉浸在膕旁肌群優雅的拉伸中。觀眾屏息、注意、等待著她的到來。她陷入了漫長而焦慮的時刻，接著邁步踏上金色的舞台。

跳舞時的海柔是真實的自己，但她不僅只是如此。她是羽毛，她是呼吸，她是幻覺，是只對音樂與回憶有所反應的海市蜃樓。她飛翔。

✲

樓下的大門被用力關上。家裡的巴塞特獵犬格蒂爆出了狂吠，海柔的媽媽在輕聲安撫她。海柔的頭髮還濕濕冷冷的——她爬到珍妮的單人床上瞥向窗外，珍妮的老式旅行車在車道上噗噗作響。

大學開學以來，珍妮總共回家過兩次，兩次回來都是為了吃晚飯。她拒絕在家裡過夜，只將剩菜裝進塑膠容器裡後把行李打包放回車上，她可以將剩菜放在宿舍房間的迷你冰箱裡。海柔試著用珍妮那嶄新的世俗眼光看這個家：與周圍的房子幾乎長得一模一樣，位在一個能遮風避雨的小鎮邊緣。珍妮回家時，認為伯靈頓市從沒讓人覺得那麼純樸又愚蠢過，盡是些冰淇淋店和登山用品店。珍妮的兩次晚餐都是在海柔的膝蓋受傷之前來的，所以她還不能確切指出珍妮有了哪些改變。

海柔的臥房窗邊依舊被珍妮的約翰．休斯海報圍繞，從窗戶向外遙望，珍妮的改變顯而易見。儘管技術上來說她和珍妮是手足關係，但她們看起來總是幾乎一模一樣。海柔很詫異兩人的關係會隨著年紀而漸行漸遠。

她聽過兩人出生的故事許多次了，感覺就像一則寓言。珍妮先出生，滑溜溜的，輕而易舉。她的離開使海柔整個身體偏離產道，於是一位護士幫媽媽按摩腫大的腹部，直到海柔踢著腳出來，臉色發青，臍帶纏在她的脖子上。我們以為已經失去妳了。海柔的媽媽總是這麼說，到了最近海柔才意識到，她的父母曾經有好幾分鐘都以為珍妮會是她們唯一的孩子。現在看著自己的姊姊，海柔可以想像當時的情景。珍妮又變得更漂亮了，臉頰上的酒窩更加明顯。珍妮有一張瓜子臉，柔軟而迷人，反觀海柔的臉總是瘦削，像極了巫婆。當然，還有雀斑。當媽媽把珍妮擁入懷裡，海柔本能地伸手去觸摸。

雙胞胎，這是她們學著認識自己的方式。在睡衣派對、學校活動、校外教學與家庭假期中，她和珍妮都是一個單位，一個名字，一間貼著粉紅色壁紙的臥室。小時候，海柔和珍妮會鬧著玩，趁下課時間交換衣服穿，故意讓老師們搞混。她們以前會穿同一套服裝的雷同版本，例如珍妮穿紫色，海柔穿藍色。這有讓妳覺得困擾過嗎？海柔曾經這麼問過珍妮，當時有個中學的男生開玩笑說要邀請雙胞胎一起去春季舞會。妳知道，身為雙胞胎這件事？珍妮當下望著她的眼神狹隘又冷漠，海柔知道她是以這個目光來掩飾自己的受傷。海柔還記得曾用舌頭舔過自己的犬齒，她的犬齒比姊姊還尖，也比較突出，她記得自己用力咬下，直到嚐到一股溫暖的血腥味。為什麼這會讓我困擾？珍妮這麼反問，說話的聲音聽起來就像森林裡的生物。海柔現在想起這個問題仍感到羞愧不堪。只有在過去的四個月期間——珍妮在學校的日子——是海柔獨自回應別人喚自己的名字。在她這一輩子，一向都有珍妮的名字在房間裡迴盪，而海柔會轉過身，準備應答。

現在，海柔左眼下方的痣感覺一如以往，一個突起的肉痣，有點類似淚珠的形狀。人們很喜歡指出這顆痣。海柔，他們會說，然後敲敲自己的臉頰，辨認出她來，彷彿海柔需要別人來提醒自己的不完美。

⁂

珍妮就在那裡，在樓梯的底部。當海柔從令她費神的枴杖抬起頭來，她看到珍妮正咧嘴笑著，溫柔且充滿期待。姊妹相同的眼睛、相同的嘴巴，珍妮那身為姊姊的完整自我就在等著。她穿著一雙大而厚重的軍靴，一件海柔從沒看過的軍裝風格大衣，繫了像寇特妮．洛芙[6]的大鉚釘腰帶。珍妮給海柔一個大大的擁抱，門廊充斥著她的氣味，就隱藏在某個陌生的味道之下。新的肥皂品牌，或者是洗髮精，甜膩的水果味，讓海柔很想打噴嚏。

「回家真好。」珍妮驚嘆道，同時彎下腰來摸摸小狗，格蒂正用她小小的胖爪子拉扯珍妮的牛仔褲。

她轉向身後的男孩。

珍妮的新男友和海柔預期的不同。海柔知道姊姊總是被壯碩的肩膀和肌肉發達的頸脖所吸引，那些看起來像樹幹的男孩。高中畢業前，珍妮和海柔已將世界均分為二：海柔擁有芭蕾舞，一系列交替使用的足尖鞋和雪紡裹身裙，還有複雜的排練時間表能用來當作使用她們倆共有的那輛車的籌碼。珍妮則是在學校大放異彩，有出眾的考試分數、成績單和高中榮譽學生會。海柔通常會看到姊姊在獎盃櫃旁燦笑，身體自然地靠在一位曲棍球選手、美式橄欖球中後衛或是州鉛球冠軍的胸前。海柔會知道那些男生的事，只因為珍妮開車載她到舞蹈教室時會對她訴說——海柔會很仔細聽，聽得入迷，但同時也產生反感。

站在門廊的男子絕對不是運動員，他身材瘦削、身體僵硬，一副過大的眼鏡鬆垮地戴在

6 寇特妮．洛芙（Courtney Love）是九〇年代的搖滾音樂家，亦為超脫樂團已故主唱柯特．科本（Kurt Cobain）的妻子，以沙啞嗓音、前衛不羈的大膽衣著與瀟脫的個性，帶起壞女孩風潮。

鼻樑上。他的褲子有點太短，只到腳踝，褲腳下露出粗硬捲曲的腿毛。

「妳一定就是海柔。」他說。「我是安索。」

安索微笑時，笑容在他的臉上蔓延開來，像是一顆水分過多的蛋裂了開來。當然了，海柔心想——珍妮當然會吸引這樣的人，簡直是個人類磁鐵。海柔為受到關注而臉紅，意識到此刻她的際遇，她被簡化的存在。她是珍妮的分身。

「安索。」海柔說。「我聽說過好多關於你的事。」

這並非事實，海柔很後悔自己這麼說。當安索充滿自信地伸出手，海柔聚集起腹部的肌肉——整個身體都圍繞著核心打轉。她從金屬拐杖舉起汗濕的手臂，和他握了手。

⁂

那晚登台之後，珍妮並未打電話來。

經過三小時的手術，卡片和鮮花就快淹沒海柔的床邊，然而就在她的雙臂因為推輪椅在醫院走廊裡行走而變得粗壯之後，珍妮仍未捎來任何消息。就連在接下來的六週，海柔暫居在父母的沙發上，偶爾才會拖著身子上樓沖澡，都還是沒等到珍妮的隻字片語。海柔試過打電話到她的宿舍兩次，留言給那位活潑的宿舍助理，但珍妮並未回電給她。

她在想妳。海柔的母親幫她遞來一碗湯時說，但一點說服力也沒有。

當海柔在沙發上虛擲度日，格蒂的下頷垂肉會把她的大腿弄得滿是口水，此時海柔試著想姊姊。在氫可酮的麻痺下，她想像珍妮在週五晚上的一場派對上，穿著那年夏天她們在二手商店買的牛仔裙。週三早晨，珍妮會在餐廳裡把哈密瓜從不新鮮的水果沙拉裡挑出來，或者在漫步前往教室時一邊用隨身聽播放珍珠果醬樂團的歌曲。海柔無法想像珍妮上課的樣子——海柔從沒去過真正的大學校園，而當珍妮和她們的爸爸那次開車去大學巡禮的時候，海柔因為滿滿的預演行程而抽不出空來。她想像著斜紋軟呢外套和鈕扣襯衫，姊姊的手指握著一枝鉛筆。這些影像感覺是海柔自己虛構出來的，不太像是召喚，而是很可能和珍妮的現實生活毫無關聯的幻想。努力這麼做令海柔生氣。*妳在哪裡？*海柔會懦弱地乞求，膝蓋像皮膚底下的槌子一樣敲打著。

海柔的父親把行李箱搬到門廊上，十二月的刺骨寒風從結霜的死巷吹進了家裡。海柔面對著姊姊，在那悠長又緊繃的一刻，姊姊看起來難以明確指出哪裡不同。珍妮的眼睛快速掃過海柔的膝蓋支架，接著視線又往上移，她什麼也沒說——但海柔看見她眼裡的一絲光芒。在珍妮的目光中，有某種滿足，閃亮而睿智。彷彿珍妮明白這意味著什麼，作為姊妹之中能屹立的那一個。

大家都在準備晚餐時，海柔坐在桌前。通常她和珍妮會一起擺餐墊，為了要使用哪些紙巾而鬥嘴。但現在海柔的拐杖就斜倚在玻璃滑門上，讓她有了豁免權。

母親端上雞肉時，珍妮拿著一瓶開了的酒向海柔示意，海柔搖搖頭回絕了，她一向不喜歡酒的味道，也不喜歡酒精使她腦袋恍惚的感覺。除此之外，她還有些止痛藥得吃。母親每天早上都會數那些藥的數量，因為她堅持要海柔慢慢戒掉。*妳得小心才行*。母親曾說。*妳的血液會上癮。看看妳祖父就好*。海柔百無聊賴地咀嚼雞肉，那半顆膠囊淹沒了她的身體系統，使她膝蓋的陣陣作痛變得遲鈍。每個人的牙齒都被紅酒染成紫色，母親在問安索關於學校的問題時焦慮地輕拍頭髮，而安索也盡責地回答。他說自己主修哲學，目標是讀研究所。*我想當學術寫作者，思想是你能留下最純粹的東西*。他的聲音很輕柔動聽，如墨般滲入海柔的內心。他的皮膚是乳白色的，前臂內側簡直像是一張白紙。他長得很英俊——是那種愈看愈耐看的帥氣。

當他喚她的名字時，她嚇了一跳。

「海柔。」安索說，聚光燈在旋轉。「珍妮跟我說妳是芭蕾舞者。妳的膝蓋還好嗎？」

「她快痊癒了。」海柔的母親插口道。「就只要再用拐杖幾星期，然後接受物理治療就好了。她很快就又能再繼續跳舞。」

海柔禮貌地點點頭。安索的目光停留在她身上，真誠而好奇——已經好幾個月都沒有人這麼看她了，目光裡不帶有憐憫或不安的情緒。她從他的微笑裡看見閃現的敬畏，那是她在表演了一連串完美旋轉之後，從觀眾眼中接收的敬意。

「我要宣布一件事。」珍妮說，將安索的注意力拽開。珍妮的嘴唇上有些紫色的沉澱物——海柔突然萌生一股她控制不了的厭惡情緒。

「我一直在想我們出生的故事。」珍妮說。「關於那位救了我們的護理師。我們從來沒能知道她叫什麼名字，可是多虧她，我們才能活下來，或者至少是海柔能活下來的原因，對吧？總之，我已經決定要主修什麼了。我想學護理，更精確地說，是學習生產方面的專業。」

海柔的父母在桌子對面眉開眼笑，不由得滿臉驕傲，誇張而幾乎令人厭惡。房子裡感覺很冷，每個人都比前幾分鐘的自己醉得更厲害、更散漫，這整個場面突然變得毫無意義。當父親舉起他的威士忌敬酒，珍妮高舉她汙濁的酒杯時，海柔只是握緊水杯，眼睛直勾勾地盯著廚房的燈，直到燈泡的亮度讓她暫時失明為止。

那天晚上，海柔夢到了一段回憶。

來嘛。珍妮說，她細長的手臂吊著最遠處的單槓，陽光照在炙熱的遊戲場上。珍妮正穿著她們求媽媽買的那件衣服，是她們會分著穿的閃亮小禮服，有像黛妃的衣袖。恐懼在海柔的胸口成形——她已經透過謹慎的評估吊了兩節單槓，而那使她肩膀疼痛。珍妮穿著飄逸的白禮服，看起來好遙遠，海柔的手指因為流汗而濕滑。妳要相信自己做得到。珍妮說。用全身的力量，海柔，然後擺盪。

聖誕節的早晨，薄薄一層雪白覆蓋了街區——天才剛亮，太陽升起時以柔和的橙色照亮閃著雪光的郊區。海柔躺在床上，感到愚蠢又焦慮。珍妮和安索一起待在客房，因此在她對面那張空著的單人床看來格外空蕩蕩。

打從意外發生後，海柔的身體變成了連衣服都認不得的形狀。她的腹部和大腿變厚，小腿的肌肉縮小了，睡褲的縫線也感覺過緊。海柔把手伸到鬆緊帶下面，將它撐開。她的身體令她感到陌生，這可以是別人的手，滑進她的內褲裡，到那簇毛髮底下，進入濕潤之地。她想著安索，想著他那柔軟光滑的皮膚和笑逐顏開的模樣。有如電影般上演，周遭盡是輕柔的黃光——安索在上方，海柔身體開展躺在她的床上——他的肩膀緊實，在她指尖之下的肌肉結實，他腹部繃緊的皮膚，細小的毛髮一路延伸到他的腰帶，格紋四角褲滑落在他的臀部上。他傾斜著身子，用兩隻手指分開她，他的誘人輕笑，具有感染力⋯⋯

海柔還沒準備好就迎來高潮，她的手指還在體內，在蜷曲身子時發出一聲稍縱即逝的顫抖喘息，雙腿在被子底下抽搐，令人窒息的黏稠。一份指控。當她再把手抽出到空氣中，手指閃亮且滑溜，皮膚起了皺紋，彷彿她在水裡待了太久。

海柔的父母在樓下等著，她年邁父親的頭髮有失尊嚴地亂翹，母親則是笨重地坐在扶手椅上，身上那件起毛球的浴袍拉得很緊。格蒂在沙發上打呼，流了一灘口水在她最愛的墊子上，電視新聞在含糊播送著。海柔很想沖個澡，但戴著膝蓋支架太難辦到——她能聞到自己的汗臭味，和自己慾望的腐敗惡臭。

「他們有說幾點會起床嗎？」海柔的母親問道。

「我沒聽說。」海柔說。

過了半小時後珍妮和安索才出現，珍妮的頭髮因為剛洗過澡還濕濕的，安索穿了一件緊身的燈芯絨褲。海柔注意到那件褲子在他的膝蓋處團團皺起，她感到一陣羞愧。

他們一次打開一份禮物，珍妮收到一個新的後背包，是真皮製的，而且是從一間不在伯靈頓市內的商店訂購的。海柔的母親必定是跑了大老遠去買。這給妳裝教科書。母親說話時閃現著驕傲。海柔匯聚她全身上下的力氣來表達驚嘆，他們送給她一套奇幻小說，她從小就喜歡這類型的書。在今年之前，她每一年都收到和芭蕾舞有關的禮物。海柔在收到書和毛衣時咕噥著表達感謝，然而大家卻很明顯地別開視線。

安索是下一個，他很不自在地撕開包裝紙，同時海柔的父母眉開眼笑地望著他。珍妮特別叮嚀過他們不要為他準備禮物。安索的童年過得不順遂——他們不該問起這件事——他不喜歡家人一起過節。但儘管如此，珍妮的母親仍買了一件睡褲和一本關於靈長類動物的書。

安索向他們道謝，很明顯地感到尷尬，同時珍妮橫眉豎目地怒視著父母。

最後兩份禮物是最好預測的，只剩兩個包裝得一模一樣的包裹擺在聖誕樹下。海柔和珍妮四目相接，此刻的她們又回到孩提時候，匆匆一個眼神就能交換她們的祕密語言。

這是傳統，一次中會有兩次，在聖誕節和她的生日當天，海柔會收到一件與珍妮相同的衣服。她們會拆開包裝紙，海柔的臉頰因假笑而疼痛。這回是一件棉質長袖洋裝，是那種在晚宴派對或上高級餐廳時穿的。海柔想不出她會在什麼場合穿它，不過仍擠出壓抑的苦笑，舉起洋裝擺姿勢，她的是淺灰色，珍妮的則是橄欖綠色。

母親拍拍手，非常滿意。

「好。」她說。「吃鬆餅吧。妳們爸爸買了一種特別的糖漿……」

「等一下。」

是安索，他的聲音嘶啞。他整個早上幾乎沒說話，渾身散發一股奇怪的緊張感，心不在焉。

「我有一樣東西，一份禮物。」

海柔靜靜地坐著，聆聽安索的身影消失在樓上時的腳步聲，和他打開圓筒旅行袋拉鍊的聲音。海柔的父母不自在地變換姿勢，珍妮撿起地毯上的小碎屑。

安索回來時雙拳緊握，他那稜角分明的五官注入一種虛假的興奮，讓人感覺很生硬，幾乎是冰冷。

「我很抱歉。」安索將握緊的拳頭攤開，說道。「我沒用包裝紙包起來，不過這個給妳，珍妮。」

大家看了目瞪口呆。珍妮用一手摀住嘴。

那是一只戒指，不是訂婚戒指，不過海柔很確定她的爸媽交換擔憂的眼神時，腦海中一定閃過這個想法。這只戒指沉甸甸的，也很復古，是那種顯然曾經屬於別人的飾品。它有個未經拋光的黃銅戒環，寶石很大，而且是紫色的，若非那個顏色，整個戒指可能就顯得俗豔。那是輕柔美麗的淡紫色，紫水晶。

「安索。」珍妮讚嘆著說。她似乎既開心又難堪，海柔太了解自己的姊姊了。珍妮想翻轉這段敘事，讓這在之後重述時成為一件更重大、更美好的事，而且她但願父母並未坐在那裡，目睹這一面倒的事實。缺乏熱忱的表現，搭配超凡脫俗的閃耀戒指。「你真的不需要這麼做。你從哪裡買的？」

安索咧嘴而笑，聳了聳肩。「它讓我想起妳。」

當珍妮將戒指滑進手指，當母親咕噥著說要它該調整大小時，海柔無法點明心中頹喪的感受。她看著寶石在清晨的光線中閃耀，在如白雪般的光亮中折射出光芒——她不知道這股不對勁是與戒指有關，還是與男孩、她的姊姊，或是與海柔自己有關。妳為她高興。海柔命令式地告訴自己，強迫自己接受。但這份濃厚的感受卻仍逕自擴散，在她的喉嚨後方厭惡地凝結成塊。

⁂

那晚的聖誕大餐，海柔試著引起珍妮的注意。在媽媽的慫恿之下，她們不情願地換上那件款式相同的洋裝，不過珍妮已經把紅酒灑了一點在洋裝正面了。那只紫戒指在她的手指上閃閃發光——海柔的爸媽想假裝正常，但媽媽目光時不時飄到珍妮的手上，那隻手在拿牛胸肉時看來新奇又陌生，彷彿使她年紀變大了些。

珍妮堅定地告訴海柔和爸媽不要過問安索家裡的事。情況很複雜。她這麼聲稱，但海柔的爸爸正在喝威士忌。

「那麼，」爸爸紅著臉頰說。「安索，你們家聖誕節都會做什麼？」

這句話如同壞消息一般令人震驚，屋裡出現了緩慢而灼熱的停頓，一種涓滴而落的恐懼。她能想像父親的問題具體地懸在餐桌上空，她好想伸手去抓那些字句，把它們塞回爸爸的嘴裡。海柔的目光直盯著盤子，被啃過的骨頭在一灘肉汁裡陰鬱地怒視著她。在她腳邊，格蒂滿懷希望地抬頭望，眼睛濕潤，流著口水，幸福地對發生的一切一無所知。

「我在寄養家庭長大。」安索說。海柔看到她父親的臉部表情扭曲，極度尷尬，這才意識到自己犯了錯。「我們並沒有什麼傳統。」

「我很抱歉……」媽媽結巴地說。

「沒關係。」

難堪在空氣中徘徊不去，之中還混雜著別的東西。根據海柔多年在舞台上的經驗，她認得這樣東西——她的觀眾以前是如何需要她。安索讓大家持續被吸引著，為他迷惑。

「我四歲時父母就離開了。」他說。「我不記得和他們一起過節的日子。我曾經有個弟弟，不過他死了。」

這令人震驚，海柔太孤陋寡聞。她對此人一無所知，也不知道珍妮和他共度了多少時光。她渾然不覺外面的世界是什麼樣子。海柔就在這裡，在這棟她視為理所當然的無趣卻舒適的屋子裡，聖誕襪裡滿是禮物，剩菜變質時隨手扔棄。在這個美麗的小鎮裡從不曾有任何壞事發生。她的父母並不富裕，但他們的生活還過得去。她從不曾渴望某個她真正無法得到的東西。

「我最近讀了很多哲學的書。」安索說。「特別是洛克[7]，他否定身體連續性的概念，也就是認為是我們的身體使我們成為自己的想法。反之，他緊扣住記憶。記憶是讓我們成為獨立個體的事物，是將我的人類意識與你的有所區分的東西。我是這麼想的，我想也可說是一種論點，那就是世界上沒有所謂的善或惡，而是人們擁有回憶與選擇，我們全都生活在光譜的不同光點上。我們是由發生在我們身上的事情和我們選擇成為的人所創造而成，總之，我想感謝你們，你們所有人，謝謝你們讓我加入這個家。珍妮，謝謝妳的一切。如果我只是一

7 約翰．洛克（John Locke）為著名英國哲學家與教育家，亦是最具影響力的哲學家之一。

連串的選擇，那麼我很高興它們把我帶到了這裡。」

就在那時，海柔懂了。就是這股魅力將珍妮迷住，慢慢地將她偷走。海柔感到喘不過氣，心中充斥斷續的腎上腺素與震驚的好奇心。悲劇有一種質地，一個乞求被解開的結。那些海柔渴望的事物無法言喻、難以捉摸，太模糊而觸摸不到——那些她渴望的事物已屬於她的姊妹。

⁂

廁所是個陰涼的黑色洞穴。海柔跌跌撞撞地衝進去，拐杖哐啷地倒在地上。她連開燈都省了——她並不想看到牆面米白色的油漆和歪七扭八的風景畫，還有母親每週清理的那一小碗貝殼。她弓身彎向馬桶，把臉直接塞進馬桶缸裡，距離惡臭的汙水只有幾吋之遙。海柔隔著門聽著叉子的清脆叮噹聲和模糊不清的禮貌對話聲，一邊反胃作嘔。

她討厭珍妮，是真心厭惡，痛苦而自知。海柔吐了，但願能將自己的軀體，這充滿仇恨又自私的東西所擁有的悲傷與恐懼全都驅逐。但她知道無論如何這一切感受都會逗留，直到它再度變回自己一直以來所熟悉的愛之後才會漸漸消散，而這份愛將沒有邊界。姊妹之情並非像她在書裡所讀的樣貌，也不是電影中令人欽羨神迷的模樣。姊妹的情感自成一格，是默默存在於血管裡的體認，儘管珍妮身在好幾哩之外時亦是如此。姊妹的愛就如同食物、空氣或記憶本身，是由分子組成的，是她獨有的，然而卻並非是她所選擇的，對此，海柔總是憎惡這部分的自己，那個害怕——或是希望——永遠不會像愛珍妮那樣去愛任何人的自己。

※

一聲敲門聲。

海柔平躺在她的單人床上，CD播放器在播放布魯斯．斯普林斯汀的一張舊唱片，那是她在市區的唱片行找到的。

珍妮在走廊昏暗的燈光下成了一道影子，她穿著睡褲和一件她以前留下來的褪色大T恤。海柔對這件T恤再熟悉不過了，有時她對自己的衣服感到厭倦，她會踮著腳走到珍妮的衣櫥前面翻找抽屜，把珍妮遺忘的超脫樂團演唱會T恤蓋上自己細瘦的肋骨，也扭著屁股穿上珍妮沒那麼愛所以沒帶去學校的過時牛仔褲。

現在，珍妮爬到海柔的床上，雙腿抱在胸前。海柔將她的耳罩式耳機摘下來。在她對面的那張床，珍妮的床墊上空無一物——媽媽把她的床單拿下來了，不過還留著珍妮當時沿著牆面貼的海報。

「妳有覺得好一點了嗎？」珍妮在昏暗的燈光下問。「媽要我來看看妳。」

「我沒事。」海柔說，不過這句話聽來鋒利。

「妳生氣了。」珍妮說。

「我沒生氣。」海柔告訴她，而這是事實。她很疲憊，迷惘又難堪。海柔恨不得自己生氣，這會比如此廣泛而孤獨的虛無好一些。

「我看到了。」珍妮說。「我看到妳晚餐時看我的眼神。」

「噢，妳注意到了？妳從回家就正眼都沒看過我一眼。」

兩人停頓了好長一段時間，氣氛緊繃。

「海柔，很遺憾妳的膝蓋受傷了。」珍妮終於開口說。

她的坦承令人覺得渺小。這是珍妮第一次提及這起意外。海柔詫異地釐清頭緒，她這才明白為什麼珍妮一直以來避而不談她膝蓋的事。原因並非珍妮不在意，不是這樣，珍妮清楚知道海柔的膝蓋意味著什麼——她的失敗意味著什麼——對她們兩人來說都是。只是不去面對是比較容易的做法。

「艱難的困境會改變妳。」珍妮說。「這是安索教我的。我不知道真正的磨難為何，妳也是。」

海柔原本想提出反面意見，為自己所受的苦辯護，但珍妮繼續說。

「海柔，我們擁有了一切。這間無趣的小房子，三間房間，米黃色的地毯。我們有愛著我們的父母。」

珍妮停頓半晌，咬著嘴唇。

「安索就不是這樣。他曾經待過四個寄養家庭，而他的弟弟，那個他在晚餐時提到的？在今晚之前我從沒聽他說過，我不知道他的弟弟死了。安索從沒告訴過我這件事，但他會在睡夢中尖叫。小寶寶，他說。小寶寶。」

珍妮總是讓人感覺她比海柔還大——小時候，她會一直提醒海柔那三分鐘的時間差。現在坐在她兒時的床上，一隻絨毛長頸鹿娃娃就被壓在海柔的大腿下，這種落差感覺很強烈，天壤之別。

「安索和其他人不同。」珍妮說。「他無法和其他人一樣感受事物。有時我甚至會納悶他到底有沒有任何感覺。」

「如果他什麼都感覺不到，」海柔緩緩地問。「那妳怎麼知道他愛妳？」

珍妮只是聳聳肩。

「我想我不知道。」她說。

她們兩人的差異大到震耳欲聾。珍妮吐著威士忌的氣息，眼線暈開模糊，她已經被別人觸碰，被他形塑、建構出樣貌。她已經不再是海柔的另外一半——現在的她是躍動、熱情洋溢的自我。回來啊。海柔想懇求，雖然她知道這麼做徒勞無功。她已和從前的姊姊大相逕庭，她們兩人已不再是我們，而是兩個不同的個體，以不同的步調成長，一人清醒而耀眼，另一人則形貌難看，貪得無厭。

當珍妮起身時，牆上的印痕把她的頭髮弄亂了，她的髮絲直直豎起，形成靜電的蓬蓬頭。她在門口停下腳步，身影再度成了剪影。

「很遺憾。」珍妮說。「妳的膝蓋會這樣。很抱歉我沒有回家，很抱歉我沒打電話。」

這些話感覺一無是處，太過表淺。

「為什麼妳沒有？」海柔問。

「我可以感覺得到。」珍妮說。「就像我們小時候那樣。我當時正在圖書館念書，事情發生的當下我就感覺到了，像是我自己的肌腱斷了一樣，海柔，那很痛。這是我第一次感覺到那樣的力量，而且但願自己並未擁有它。」

等珍妮離開，海柔的房間讓人感到空蕩，有所改變。珍妮在毛毯上留下一根閃亮的頭髮。海柔從尖端拾起，看著髮尾在空氣中優雅地搖擺。她把那根髮絲拿到嘴邊，放進嘴裡用舌頭滾動，它一點味道也沒有——海柔僅能感覺到它的形狀，堅決的存在，一隻在舌上的蜘蛛。

⁂

那場演出的開場就和其他沒兩樣，天鵝湖。舞台燈光炙熱，海柔的舞鞋柔軟地踏在舞蹈地板上。這雙鞋是海柔最後一次穿了，在這之後她就會為一雙新鞋縫上緞帶。她並未感覺到腳趾頭的異狀，雖然也許她應該要感覺到。她幾乎快跳到終曲，最後一段獨舞，她感到沒有極限，身體充滿能量。當海柔開始做弗韋泰旋轉時，觀眾不斷迴旋後恢復正常，數八圈後再一次，她的頭部輕輕擺動，好跟上身體飛快的動作。

事情發生時，她正全神貫注投入在舞步之中。海柔還記得在最後的時刻對自己感到感激。她感激自己的雙腿帶領她做出準備跳躍的動作，在大跳之前的兩個跳躍步，亦即布雷舞步。就在落地之前的無垠時刻，在她的膝蓋往側邊彎而扭曲碎裂之前，海柔心想著：愛是傾慕，愛是驚嘆，愛是一段高難度的演出，愛就是如此。閃現而過的永恆，在金色的聚光燈下絢爛奪目。這是她唯一曾知道自己想要的。

⁂

在被狗吠聲驚醒之前，海柔不知道自己睡了多久。

她還穿著那件聖誕洋裝，裙子皺起並捲到腰部，雙腿不舒服地跨在被子上。房間裡一片漆黑，沉悶而寂靜，然而這份靜謐被格蒂的吠叫聲打擾，從後門傳來並持續迴盪著——他們已經學會要對這隻狗充耳不聞，海柔要自己再繼續睡。但當格蒂依舊繼續發狂似的吠叫，海柔挪動身子從床上起身，單腳跳到窗邊。

突然的動靜令她停下腳步，玻璃後面有東西快速移動。海柔揉了揉睏倦的雙眼，用力眨眼好確認自己不是在作夢。

是安索，他在月光下清晰可見。他站在爸媽家後院的楓樹下，把法蘭絨睡褲塞進冬靴裡。他的身子倚著車庫拿來的鏟子，鏟起一團團白雪與溼泥，露出了外套底下的手腕。他每鏟一次就猛力拍打一次，海柔就這麼看著安索挖了一個洞，她困惑不已。那個洞也許有一呎深，他一直挖到前臂被洞穴的深度遮住為止。等到他把手上的泥土拍掉時，格蒂已經安靜下來了。海柔溜回床上，聽著玻璃滑門呼地一聲關上，還有安索拖著腳步上樓的聲音。

時鐘顯示凌晨四點十六分，珍妮當然在睡覺，對一切渾然不覺。海柔不可能再入睡，腦裡狂亂地想著她所目睹的怪異景象。五點鐘，接著是六點鐘。到六點半時，窗外的天空已經轉白，變換成甜美而自由的藍色，走廊上傳來先前沒有的聲音。起初聲音很微弱，海柔傾耳聆聽。

竊竊私語，窸窣聲。

這回，海柔在昏暗的光線中摸找拐杖，打開房門時並未發出任何聲響——她輕踏著地毯往前走，無精打采但保持警戒。在她走到客房之前，她就知道自己會發現什麼了。

他們在被子上方赤身裸體，門嘎嘎作響地微微敞開。在清晨的光線下，他們都閉著眼——珍妮背倚著安索的前胸，安索的一雙大手捧著珍妮的乳房，同時以規律的節奏進入她，汗濕的身體閃著亮光。他的雙手已經洗過，潔白無瑕，如今絲毫沒有泥土或鏟子的痕跡。海柔納悶那一幕是否是夢中的景象，這一切是否全是她的想像。珍妮雙腿打開，頭往後仰著。她的脖子在冬日的破曉中是如此脆弱，未受保護。在這片寧靜的光線下，珍妮的身體不一定是珍妮的，她也可能是海柔，全身覆滿汗水的光澤，淫靡地嬌喘著。海柔，沉迷在這使人變得睿智、分離與真實的姿態。

安索睜開了眼睛。

海柔來不及從門口移開，也沒時間藏起來。在那膽戰心驚的毫秒間，她往後跌在自己的拐杖上，安索的目光直勾勾地盯著她。在他身上有某種前所未見的野蠻氣息，像一顆被翻開的岩石底下那滿是蟲子的潮濕土壤。她目睹了院子裡的祕密，原本該保持隱藏的東西。而如今海柔正看著安索回來，從隻身一人轉變為兩人世界，而後再度回到珍妮體內。他身體裡有一股駭人的強烈渴望，傳達的訊息顯而易見。

宇宙並不在意你如何去愛，你可以像這樣表示愛意——急切而溼滑，像是對女友或妻子。你也可以像姊妹、或甚至是孿生手足那般愛人，這都無妨。

但兩個相連的個體必定終究會走上分歧之路。

七小時

午餐是肉汁。整團濕軟的東西滑進你的牢房，膠狀結塊的食物澆在少得可憐的火雞上，附帶半杯浮在水裡的青豆。今天沒有咖啡——成排的牢房發出此起彼落的哀號聲。A囚室規劃得井井有序，所以你無法見到任何人，不過你認得每一位獄友獨特的聲音，今天的他們飢腸轆轆。當你把不成形的物質用湯匙餵入嘴裡時，你想像自己不是在吃肉汁，而是在享受起司漢堡，一口咬下一塊嫩煎慢燉的粉色肉餅。

快樂是愛的遠親，你曾讀過這樣的話。如果你無法感受到愛，至少還有它這個弱化版的親戚在記憶裡撩撥：享受肉的滋味、煮得恰到好處，在舌尖融化開來。你知道如何吞嚥，只要閉上眼睛，欣喜愜意就行了。

⁂

莎娜走路時會滑步，和邁步重踏的男性迥異。腳步緩慢拖行，時常對自己不確定。帕克寶寶的啼哭聲已過去，你坐在床的邊緣，穩定而深沉地呼吸。寶寶死了，你這麼對自己說。

寶寶死了。你還記得小時候帶你坐下來的那位社工人員，她的指節粗大且粗糙：現在你的弟弟在更好的地方了。她說，太忙或太心痛而無法直視你的眼睛。

莎娜經過你的牢房，被派來跑腿做其他事，她焦慮地從你的窗口窺探。其他獄友一直騷擾她，趁她經過時對著玻璃自慰——射倒她，他們會這麼說。但對於莎娜而言，你是與眾不同的。她的目光裡帶有恐懼，也有興奮。在還沒看到她的臉之前，你就聽見她的靴子在水泥地上的躊躇刮擦聲，這令你明瞭：莎娜是活在他人觀感之下的那種女人，是最容易被控制的類型。她在好市多購物，會咬指甲，而且從不曾真正學會如何化妝，所以她的雙眼底下有些藍色條紋。莎娜是那種喜歡被明確告知該做什麼的那種女人。

你曾與莎娜竊竊私語，你曾與她密謀計畫，也曾違反規定互傳紙條。在你牢房兩側的獄友很可能全都聽見了——但傑克森和多利多知道不要招惹你。你是西洋棋高手，也因此你擁有十二號樓所有最具價值的食品雜貨，這是此地唯一能讓人討價還價的力量。當你贏得一場西洋棋賽——有時一天贏兩次，在大廳裡大喊「將軍！」——打賭者會把你所贏得的東西綁在床單尾端傳給你。你把其他獎品滑給傑克森或多利多，額外的大蒜貝果洋芋片或堅果威化餅乾，因此他們不會多說話。

現在，當莎娜曳步離開時，你的內心湧起一股驕傲。那雙眼睛燃燒著狂熱，莎娜正在自己嚇自己。距離你移監到高牆監獄還有四十九分鐘，莎娜正要抵達一座她不知自己能攀越的高峰。

你對於莎娜這個人大致了解，她下班後會回到那棟雙寬拖車屋，她先生的襯衫依舊摺好放在塌陷的抽屜裡，大衣原封不動地掛在寫著歡迎光臨的塑膠門氈上方。他不到一年前過世了，死於一場鏟車意外。她總是煮義大利麵調理包來當晚餐，在電視雜訊前喝一瓶百威啤酒。

那是舒適的小地方，在你和她商量計畫的細節時，她這麼對你說。

我逃出去之後，我們會做什麼？你問。跟我說說妳的計畫。

嗯，我們會做一頓豐盛的晚餐。莎娜說。在陽台上烤牛排，然後我們會喝一瓶葡萄酒。

這真的很瘋狂，莎娜竟然相信你打算住在她家，距離波倫斯基監獄僅二十哩的距離。她竟沒考慮到那些警犬或直升機，還有她勢必會接受的盤查。很可能莎娜有考慮過這些事情，但最後仍選擇活在自己的幻想裡——無論是哪一種都不重要，你需要她。你需要她幫你執行任務，在那之後，你還得仰賴她確保讓你的「人生真理」公諸於世。她同意把你的筆記本洩漏給媒體，並交遞給出版社。只要她辦到這些事情，其他都不重要了。

大家都說我人太好了，那晚莎娜小聲說，同時用顫抖的一手摀著嘴。

她看起來是那麼脆弱，彷彿你若將她彎得太低，她也許會斷裂一樣。

我的愛，你低聲說。我的愛。那怎麼可能會是一件壞事呢？

⁂

事情將發生在正午的移監行動。

莎娜好幾週前溜進典獄長的辦公室，找到那疊詳述你移監行程的文件。廂型車的車號以及路線。她今早的紙條把一切都告訴你了。

我做了。

今天早上，莎娜偷溜進員工停車場，用撬棍撬開那輛廂型車的車門，將她先生以前的手槍放在駕駛座的座椅下。

莎娜向你描述了她家附近的公路，還有周遭森林蓊鬱的地區。你會得用腳把駕駛座底下的槍勾過來，用上銬的雙手拿槍指向獄警，同時說出你的需求。莎娜用鉛筆在探視表後方畫了一幅簡陋的地圖，你將以之字形穿過樹林。等你抵達她所描述的溪流時，你會把囚衣脫掉，再走半哩就會看到她的拖車，裡頭的廚房流理台上有一盒染髮劑和一副有色隱形眼鏡，還有一套她先生以前的工作服。

有一種可能，甚至可說是非常可能會發生的事，那就是事情的發展會出紕漏。移監小組將有突擊步槍裝備，你會腦袋吃子彈。或者你會被一隻訓練有素的羅威那犬撕成碎片，或在穿越公路時被一輛卡車壓成肉泥。但這些選項都比那間房間好。輪床。

帕克。

⁂

典獄長的嗓音粗啞，在你的牢房門口以沙礫般的聲音說話。

典獄長正大聲嚼口香糖，下巴因此而在顫動。他鼻子上的毛孔是你最先注意到的地方，油膩而顯眼，平頭理得均勻又平整。有時他會戴著婚戒，不過今天沒有。

我想確保你已經準備好了，典獄長說。你知道接下來會發生些什麼吧？牧師有跟你說過程序嗎？

你點點頭，悄悄瞥一眼手錶：距離移監時間還有三十五分鐘。再三十五分鐘，你就會被銬上手銬，護送到那輛等待著的廂型車上，典獄長相信那將把你帶到高牆監獄，進入那棟臭名昭著的建築裡，在那裡會有一間牢房，一張供牧師坐的椅子，還有一通道別電話。

一想到一件事就令你臉頰脹紅：上述的所有事物你一概不會見到。你想像再過幾小時典獄長會是什麼表情——在新聞媒體前感到難堪。他會雙頰發紅，脖子冒青筋。

典獄長，你說。你可以幫我一個忙嗎？

眼前的男子在胸前交叉結實的手臂。

我的見證人。你說。你可以告訴她我很抱歉嗎？

你聽說過典獄長的殘酷事蹟，也親耳聽過他對其他男人大吼，從口袋裡拿出電擊槍，將他們向後逼到牆邊。你聽過他們的慘叫聲，可是你並不笨。你懂得對付女人，也懂得如何掌控某些類型的男人。你了解像典獄長這種男人，站立時雙腿張得老開，擺出一副佯裝權力的姿態。你謹慎地正襟危坐，保持俯首之姿以示尊重。你從不曾站到與典獄長一樣的高度，而總是讓這個男人高你一等。也因此，你可以說你的笑話，甚至和他分享某些你的「人生真理」。你是他在整個波倫斯基監獄裡最喜歡的囚犯。安索．P，他會這麼大聲說，彷彿你們只是哥兒們坐在沙發上看橄欖球賽。他會在你通過柵欄進入放風區時和你互擊拳頭。

典獄長將口香糖繞在舌頭上，吹了一個泡泡。你聞到唾液和肉桂的味道。

確保你的物品都準備好放在門口。典獄長說。

你把這個回應當作是答應了。

⁂

典獄長只有一次讓你生氣——你在波倫斯基監獄七年來就唯獨那一次。他並未用電擊槍，也沒用蠻力壓制你。你與眾不同。你的自尊心被激怒了，摻雜著回憶的羞愧。你需要一種特殊的技巧。

你一直在談你的「人生真理」。

解釋給我聽吧。典獄長說，百無聊賴地倚著牆。那是德州炙熱的盛夏，成排的獄友不斷散發出汗味和濕滑腳臭味，攝氏三十七度的空氣令人無法呼吸。

嗯，你說。這是有關善與惡的「人生真理」。

寫下來的嗎？他問。像是一本書那樣？

當然。你說。我每晚都寫。

好吧。典獄長說。那你的論點是什麼？

你從床底下拿出其中一本筆記本，從門底下滑出去。

假說51A，典獄長大聲唸出來。「關於無限」？

沒錯，你說。「關於無限」探討選擇的概念。我們擁有無數種可能的生活，成千上萬種不同的宇宙，那就像溪流在我們當今的現實之下流動。倘若道德是由我們的種種選擇來判定，那麼我們也必定要考慮在其他宇宙中，我們做出了不同的選擇。

那麼，在那些宇宙裡面，你在哪裡？典獄長問道。

我在哪裡？

在那些其他的人生裡，如果你不是在這裡，那你在哪裡？典獄長問。

我不知道。你說。選擇是無限的。我們的不同自我都生活在其他維度上，在我們的視線之外成倍地增加。我可能是作家、哲學家或是棒球選手，有無限可能。他們會證明我是誰——我的善或惡——這是波動的。道德並非固定的，而是流動而且不斷變化的。

典獄長似乎在思考。

那麼她們現在會在哪裡？典獄長問。

誰？

那些無辜女孩，安索。在另一個世界，一個你並未殺死她們的世界裡，她們此時此刻會在做些什麼？

這個問題令人驚愕，冷不防的攻擊。典獄長突然的針對刺傷了你。你盯著雙手的血管，直到他噗哧笑出來。他敲了敲鐵門，彷彿在提醒你自己身陷囹圄的苦境。

所以你是會發表宣言的那種人？

這不是宣言。你說。

你們這種人都是一個樣。典獄長說。全都是這副模樣，像在為自己編造正當理由。安索．P，你所做的事情沒有正當理由，但天曉得你多的是時間可以繼續尋找。

語畢，典獄長走開了，獨留你自己與憤怒的氣息共處。這是多麼危險的一件事，你心想，多麼徒勞無功，多麼愚蠢，揭示即使只一小角的自己——而且那樣的自己，據他們說法，是個禽獸。

⁂

現在典獄長走了，你靜靜等待，距離移監還有九分鐘。有時你確信這就是你的本性：在動與不動那稍縱即逝的瞬間。做某件事，或者不做某件事，有什麼差別嗎？你心想。選擇在哪裡？靜與動之間的分隔界線又在哪裡？

⁂

第二個無辜女孩是在餐館裡的女服務生。

那年夏天你還是青少年：一九九〇年，邦喬飛與香草冰[8]。好幾週過去了，搜索小組解散了，失蹤人口的海報褪色了，新聞節目也不再播送相關消息，你只有在最不經意、如夢境般的時刻才會想起自己做過的事。你殺了某人，一個無辜女孩。你只記得一些行為片段：你解開皮帶，軟垂蜿蜒，雙手因拉扯而長繭。這件事實令你感到超脫自身，彷彿只是某個與你些微相關但不太急迫的事。你睡在拖車停車場裡，會在半夜聽見規律的聲音醒來，你會想像腳步聲，警笛聲，嘎吱作響的鐵鍊聲。你會蜷縮在便宜粗糙的被子下，確定這一刻終究到來——他們終於來抓你了。

但他們從未前來，就這樣六月過去了，接著是七月，他們依舊找不著她。

深夜時分，你開車到那間餐館。你把車停在下了公路之後的一處黑暗角落，餐館在午夜十二點打烊，你喜歡趁著人們昏昏欲睡的時刻坐在後排的雅座啜飲咖啡，逃離拖車帶來的愁悶。你最喜歡的女服務生把一頭金髮紮成充滿活力的馬尾，臉頰上散布著雀斑——她一邊幫你盛滿咖啡一邊和你聊天。她很年輕，大約十六歲，很容易臉紅。安琪拉，你讀她圍裙上的名牌。舉凡淋浴時、走在街上，和在大型冰櫃裡整理香草冰淇淋時，你都會重複念著她的名字。

實際情況是：嬰孩啼哭聲又開始在你耳邊響起。

有那麼幾天，在第一個無辜女孩之後，你以為自己已經完全擺脫那些聲音了。一切都變得容易一些、美麗一些。你納悶這是否就是人們在講的感受，是否這就是快樂。夏天你仍在冰雪皇后打工，遞給面帶微笑的孩子們冰淇淋甜筒，稱讚女同事的髮型好看。她會歪著頭，喃喃又困惑地說著謝謝。她的話語裡帶著一絲懷疑，一抹令你憤怒的沉默恐懼——於是嬰孩的尖聲啼哭聲正一點一滴慢慢回到你身上，像是天花板漏水那樣。

那晚天氣很潮濕，七月中旬，你猶記得汗水如何浸濕了你的T恤。透過發著光的餐館窗戶，你看見安琪拉疊起椅子、拖了地板，關上店裡的燈。終於，她走出餐廳，把皮包夾在腋下——她撥弄鑰匙，把店門鎖上，然後瞇起眼穿過人行道，朝她的車子走去。起初她沒看見你，你就站在空蕩蕩的停車場中央，一動也不動。接著她聽見你的氣息而嚇了一跳，隨即感知到危險。安琪拉尖叫，叫聲穿透你的耳膜，但你用單手摀住了她的嘴。

在那之後，一切都不同了。

解脫趨於無聲，是沖淡，是微弱、無力的飄飄然之感。這位無辜女孩再也不像一開始那樣擁有感知。等到你拖著她的四肢進入你的車裡，等到你用拖車後面的獨輪小車在蓊鬱的森林裡切出一條小路，等到她加入另一個無辜女孩的行列，躺在杳無人跡的森林地中央，那聲音就消失了。一種釋然，彷彿從未存在過一樣。你的身體布滿泥巴，陽光眼看就要穿透樹木構成的蒼穹。你的雙手刺痛，皮帶撕扯著你的皮膚而起了水泡，女孩的珍珠手鍊在你的手指

---

8 香草冰（Vanilla Ice）為羅伯・馬修・范・溫克爾（Robert Matthew Van Winkle）的藝名，他是一名美國饒舌歌手與演員。

間扭轉纏繞。

一段埋藏已久的記憶浮現。你的母親幫你在脖子上戴了一條項鍊——它會一直保護著你。你把臉埋進汗穢的掌心裡，嗚咽哭泣。

⁂

他們隨時會抵達，莎娜和移監小組。

你起身把小藍的信從架子上拿下來，那封信只有一頁，你盡可能將它摺至最小，塞進褲頭的鬆緊帶裡。這張單薄的紙會跟你一起走，在你逃向外面的世界時，它會有一個小角落戳刺著你的大腿。

但那張照片呢？你不知道該如何處置那張照片。

那張照片給人一種可怕的感覺——當你將藍屋拿起來貼近臉頰，影像變得模糊。如此近的距離，你幾乎能看見鹽和胡椒罐，還有積了硬皮的番茄醬瓶身。你幾乎能聽見汽水機的嗡嗚聲，和小藍在廚房門後的咯咯笑聲。但當你深吸一口氣，卻只能聞到亮面相紙的味道。

當你伸出舌頭，相紙的表面嚐來有一股苦味。金屬味，還有墨水與化學物質的味道。

你面露難色，撕下相紙的一小角，那是草地邊緣，小藍停車的地方。你將它像洋芋片一樣丟進嘴裡，墨水麻痺了你的喉嚨，一抹甜美而帶毒的灼熱感，這時你知道該怎麼做了。你把這張珍貴的照片撕成長條狀，到你的臼齒能咬爛的程度。墨水在齒間令人難受，你不予理會仍嘎吱地咬嚼吞下，直到整張照片消失在你的喉嚨裡，直到藍屋永遠成了你的一部分。

⁂

你真的相信多重宇宙，和它賦予的種種可能。某一個版本的你就在那裡——一個孩子，未被遺棄的孩子。一個男孩，放學回家後有媽媽念故事給你聽，睡前親吻你的額頭道晚安。有個版本的你不曾把那隻狐狸放到薩菲．辛格的床上，他用別的方式成功驅趕帕克寶寶的啼哭聲。一個版本的你從未與珍妮結婚。一個版本的你失去的事物就和其他人沒兩樣。你喜歡想像每一個不同的自己終究都會找到藍屋。

但在這之中，最令你困惑的一個版本，也是你無法認同的版本，就是某個安索．帕克同樣做出這一切的行為，卻從未被逮到。

薩菲
一九九九年

在他們找到失蹤的女孩們那天，薩菲想起了潔瑪小姐後院那道長長的斜坡。叢生的雜草，蔓生的香蒲，還有從前的她是如何到處探索，尋找祕密。

如今，薩菲見過的死亡多不勝數，每次都為之反胃。她原本期望這股現象會隨著時間改善——現在薩菲已經二十七歲了，在紐約州警局晉升為調查員剛滿三週——但面對死亡，薩菲仍感覺像被處以電刑。莫瑞蒂警長蹲在薩菲的靴子旁，一手捧著一個泛黃的顱骨。薩菲站在屍體旁，想起兒時在草地上玩偵探遊戲時，自己是多麼的篤定。她是那麼輕易地相信每一道謎團都能被解開。

「辛格。」莫瑞蒂瞇起眼抬頭看。「把刑事鑑識人員帶回來這裡，告訴他們有三具屍體。」

那個顱骨一半被埋在土裡，只有一個空洞的眼窩從土裡往上窺探。十月的陽光依然無情，穿透樹林映照出金色光束——火紅的樹葉為森林地覆上陰影，他們已經在此地找到三具股骨。薩菲看見女孩細長頭髮的剩餘部分，散落且細薄，依舊成團連接著頭骨。她拿起腰際的無線電，心裡早已對於真相有個底。在這三具股骨被尋獲之前，一名登山客找到了一個後背包的殘破碎片。薩菲立刻認出這個背包——紅色尼龍材質，口袋上手工縫製了一塊補丁，是從一件舊牛仔褲剪下的正方形補丁。在薩菲桌上有一張照片，那只後背包就掛在一名青少女的手臂上，在快門按下的那一瞬間她回頭看了一眼，接著又繼續往前走，對於自己被拍下毫不知情。

這些屍體被埋在一條溪流旁，被埋下後的幾年間地貌變換，受到雨水與上升的溪水翻攪，所以這些人骨被打散，在林地各處再度歇息。當鑑識攝影師蹲在這具失去色彩、落單於土壤中的顱骨前，莫瑞蒂轉頭面向薩菲，她正用一手擋住刺眼的光線。

「再跟我說一次這附近有什麼？」莫瑞蒂問道。「住家？農場？」

薩菲朝群樹構成的穹頂抬起頭，試著驅走腐臭味。莫瑞蒂來自外地，家鄉在亞特蘭大。她不可能像薩菲那樣了解這片土地，不可能知道這片森林在夜晚的隱晦難辨。

「大多是農地。」薩菲說。「大約一哩外有一間便利商店，在那後面有一個拖車停車場，住有十幾個家庭。其餘都是荒野地保護區。」

「這些樹木太密集了，車輛無法進入，甚至連自行車都無法。」

「他可能是用手推車之類的東西。」薩菲說。「或者他體格壯碩。」

「妳想他會是分三趟嗎？他不可能一次把她們全部帶過來吧。要不是分三趟，就是這裡就是犯罪現場。」

薩菲搖搖頭。「這裡面太盤根錯節了，刺藤太茂密，感覺這裡比較像是藏匿的地方，而不是逗留之處。」

莫瑞蒂嘆了一口氣。「我們會在停屍間確認，不過就是她們無誤。腐爛的屍體，還有那只該死的後背包。她們就是從九〇年就失蹤的女孩。」

薩菲看著法醫鑑識小組翻找泥土，確認這些人骨是否屬於一九九〇年的那些女孩。它們至今已在這裡超過九年了，而任何可能的腳印、纖維、指印或掉落的髮絲也早已自然分解了。

「辛格，老實說。」莫瑞蒂嘆了一口氣。「我原本不認為我們找得到她們。」

莫瑞蒂警長的眼神中透著懇求——薩菲後來看出那是種悲觀的希望，是這份神祕莫測的工作最誠實的表現。一面完美的鏡子，揭示了這個瘋狂世界、暴力，以及與一種絕望的信仰交織而成的悲劇。

「我來處理目擊證人。」薩菲提出協助，留莫瑞蒂自己一人深思。

那位登山客驚魂未定地裹著保暖毯，坐在長滿青苔的圓木上。當薩菲朝他走近時，他表情痛苦——他是個年紀稍長的男人，在沾了泥巴的小腿後方有一道深長滲血的傷口。他在急著下山找付費電話時跌倒了。

「我已經回答你們所有的問題。」他看著薩菲的緊馬尾、合身的深藍色外套和匆匆一笑時疲憊地說。

「很抱歉。」薩菲說。「不過我們需要一份正式的證詞。」

她小心翼翼地坐在圓木上，轉身面向那名男子，注意到他滿是汙垢的臉上有淚痕，淚水曾滾滾流下他的粗硬鬍鬚。寫下證詞就帶他回家吧。莫瑞蒂在男子哽咽著說出事發過程時喃喃地說。他只是倒楣罷了。薩菲的直覺也有同樣感受。在最基本的層面，警察的工作是一門研究如何讀懂人的學問，而薩菲這輩子對這件事都很在行。

「你有摸任何東西嗎？」薩菲問。「也許在你一發現這個犯罪現場的時候？」

「沒有。我先發現那個後背包，然後我伸手想撿起來，因為我最討厭人家在步道上亂丟垃圾，不過就在那時我看到那個頭骨，於是我馬上衝下山找電話。」

登山客的陳述簡短易懂，不太有幫助但卻是必要的。重點在於立案。莫瑞蒂時常這麼說。在到法庭上成為重要事實之前，沒有任何東西是重要的。

「妳做這份工作看起來太年輕了，不是嗎？」男子簽署完自己的證詞後，一邊喝著從刑事鑑定人員的棚子裡拿的杯裝水，一邊對薩菲說。

的確是如此。薩菲很清楚自己的臉龐還帶有些許青春期的稚氣，再加上她的棕色皮膚時常令人驚訝，她時常在陌生人的眼中看到疑問。當她獲得升遷時，她的年輕容貌對她並沒有幫助：以創紀錄的二十六歲之齡在艾蜜莉亞．莫瑞蒂麾下受訓，莫瑞蒂是紐約州唯一的女性高級調查員。其他州警知情後非常惱怒，確實薩菲擔任州警的時間只有規定的四年，而且莫瑞蒂是直接寫了一封熱烈讚揚的推薦信給局長，然而當一名滿臉粉刺的男子在停車場堵她，而且此人還是她從在奧爾巴尼的警校就認識的警察，這件事還是令她大感受傷。賤人。他直接吐一口口水在薩菲的黑色厚軍靴上。下次試試自己努力吧。

薩菲幾乎想提醒他杭特那件案子，雖然沒人忘得了這個案件。當那位名叫杭特的男孩失蹤時，薩菲每晚都在警局待到很晚，穿著硬梆梆的羊毛制服捱到午夜過後。小咪咪。其他州警會像吵鬧無聊的男大生那樣嘲笑她。她到底會不會說英文啊？他們會擅自打開薩菲的櫃子，在裡面塞滿食物，是他們在鎮上唯一的印度餐館買來、放了好幾天的外賣。只有在薩菲說服莫瑞蒂開車前往杭特空手道教練的破舊小屋之後，他們才善罷干休。杭特的教練當時不在屋裡，前往每月一次的釣魚之旅。可想而知，男孩心靈受創，但還活著。當男孩倒在他泣不成聲的母親懷裡時，薩菲隔著警局的窗戶看著他們。

「來吧。」薩菲說，不理會男子的問題。她站起來，把褲子上的青苔拍掉。「我載你回家。」

她協助登山客坐到福特維多利亞皇冠的後座，截至目前為止，後座多半用來載那些按日計酬的酒醉散工從酒吧到警局。薩菲把車開離登山口，再轉到她已經記住的那條便道，後視鏡裡的山巒綿延起伏，一片翠綠。回憶似乎跟隨著她，像車輪底下的塵土般隨風揚起。她清楚知道這片土地的陰暗面，她聞過花朵腐敗那令人作嘔的氣味，也看過幽靈在夜色中朦朧飄盪。她明瞭這片土地有什麼能耐。

女孩們是在九年前失蹤的，一九九〇年。

薩菲還記得那年夏天，那近乎停電的黑暗中，煙霧緩緩飄散在空氣中的模樣。空地上有一團熊熊燃燒的營火，粗糙的睡袋裡滿是沙子。針筒、啤酒罐和沒洗的頭髮。那些女孩失蹤時，她十八歲，她記得那些輟學的朋友們所說的話──那些失蹤的女生好像不只是在一個城鎮之外的地方，而是身處另一個世界，彷彿這件事永遠不可能發生在她們身上。

然而，薩菲很了解災難的習性。它是隨機的，一個憑空冒出、伸出瘦骨嶙峋的手指指著，而且還露出詭秘笑容的東西，彷彿在說：我選擇你。

在潔瑪小姐寄宿之家之後，薩菲被送往北邊三個城鎮外的一個寧靜家庭。那時她十二歲了，和另一個寄養兒童一起住，一個總是在流鼻涕、需要關愛的幼童，兩人共用的臥室總是充滿了尿布的臭味。大多時候，薩菲會在寄養父母開車穿越加拿大邊境去賭場時負責照顧這個小寶寶。中學時期的她時常流連在籃球場上，只為了避開那個家，手腕處過短的運動衫使她瑟瑟發抖。薩菲滿十六歲那個月，她又被送到最後一個寄宿家庭，那是一對年邁的夫婦，有一個無人監管的地下室。此時薩菲得以擁有自己的出入口和一扇有鑰匙的門，她把鑰匙繫在脖子掛繩上。她還有一個微波爐和一個露營煮食爐。她迷失了自己。

那些青少年的歲月在模糊與光點中度過了。她還記得學校輔導員沮喪地哭泣，社工人員以失望之情所做出的徒勞威脅，發霉的橫樑沿著地下室的天花板發出嘎吱聲響。十六歲到十八歲是一段迷霧歲月，一段原本會持續一輩子的荒唐錯誤。直到那年夏天，一切都變了。

那些女孩失蹤了。

伊姿．桑切斯最先失蹤，當時薩菲十八歲，剛脫離寄養系統的束縛，和男友崔維斯同居，他是個少了臼齒的大麻販子，也是薩菲取得古柯鹼的管道。崔維斯喜歡所有毒性強的東西，不過薩菲完全為古柯鹼著迷，喜歡它從內而外使她充滿能量的方式。她聽說伊姿在光線昏暗的客廳裡，厚重的窗簾遮住窗戶，胡椒鹽合唱團的歌震耳欲聾地從音響傳來。崔維斯有個朋友目睹了那一幕。他目光呆滯地訴說過程，煙在他長滿青春痘疤的雙頰旁盤旋迴繞。伊姿當時十六歲，在一場像這樣的派對外頭等人載她一程，最後被看到她站在一條長長車道的盡頭，接著她就消失了，憑空不見，絲毫不留痕跡。

第二個女孩是在她之後幾週失蹤的。薩菲在崔維斯拖車裡的沙發上看到這則新聞，身旁被墨西哥捲餅的包裝紙和滿溢的煙灰缸包圍。安琪拉．梅爾，也是十六歲，當時她就在離薩菲幾哩外的餐館值大夜班。薩菲雙腿往胸前伸、雙手環抱住雙腿，在磨損的沙發上汗流浹背，窗戶風扇呼呼地吹來潮濕的風。崔維斯已經在折疊床上昏睡了，在昏暗的光線下，他手臂上的針孔印記就像血管一樣。

薩菲沒有高中文憑，也沒有真正的朋友——曲棍球隊的那些女生老早就拋棄她了，唯一還有聯繫的只有克莉絲汀。克莉絲汀在離開潔瑪小姐之家後被送往南方，她上了一所比薩菲更好的高中，也比薩菲早一年被解放，如今在距離這裡半小時車程的購物商場附近租了一間屬於自己的破舊公寓。克莉絲汀很可能會上社區大學，成為一個讓社工人員感到驕傲的成功案例。克莉絲汀很勤快地每隔幾週就打電話來，只是想打個招呼。多數的夜晚，薩菲會在崔維斯麻痺自己之後獨自一人坐在那裡，把冰塊放進運動內衣裡，努力不去想自己未來的黑洞──當她聽聞安琪拉的遭遇，那黑洞似乎擴大了，一顆超新星。

接著又有第三個女孩不見蹤跡。

第三個女孩參加男友的龐克樂演出，就在道格拉斯港附近的一間廉價酒吧。當時她走到酒吧外面抽菸，於是就此消失。恐慌不斷攀升──第三個失蹤人口，正式成為一種頻發現象──儘管那名女孩引起的公眾注意最少。新聞上沒有哭泣的母親，也沒有悲情的正常家庭。第三名女孩和薩菲一樣是高中中輟生，沒有家庭成員接受採訪。但她是第三位，所以她的名字仍在電視上刺耳地被提起。

萊拉．馬若尼。

薩菲聽聞萊拉的遭遇時，想起她們從前那間共享的臥室。萊拉躺在下鋪，膝蓋上的皮膚有劃痕和結痂，那是她想用貝莉的除毛刀刮腿毛時弄傷的。多年來，她和克莉絲汀偶爾會看到萊拉，她們會在電話中更新彼此的近況。萊拉現在染了一頭藍髮。萊拉穿了鼻環，是那種看起來像公牛的。萊拉輟學了，聽說她在二手商店打工。萊拉失蹤了，她和薩菲從前有重疊的朋友圈，有時會出沒在同一場派對中，不過很少聊到什麼有內容的對話。所以當薩菲看到那則新聞時，她想起從前那個穿寬大T恤的小女孩，臉上會用鬼魅般的手電筒燈光照亮，說話時總會因為不合尺寸的牙齒固定器而發出咻咻的聲音。

「喂。」沙發上的崔維斯一臉吃驚，他的關節尖端閃爍著橘光。「薩菲，搞什麼？」

薩菲這才發現自己在哭泣——上氣不接下氣地啜泣。拖車像在跳動，令人暈眩。她套上牛仔褲，用力甩上紗門離開。崔維斯的凱美瑞有被撞凹的保險桿和四分之一的油箱，但薩菲最後還是去了普拉茨堡，看著油表指針逐漸指向燃油用盡。

警局裡一片混亂，盡是新聞台的攝影機與慌張的家長，警察在記事本上匆匆寫下證詞。停車場裡燈火通明——傍晚的古柯鹼仍在薩菲的身體系統裡擾動，令她更加可憎。她用手掌邊緣擦了擦眼睛。

這純粹是幸運，是機會，也許是命運。當薩菲帶著遲疑與不安走進警局，她找到的人正是艾蜜莉亞．莫瑞蒂。

薩菲以前從沒想過會有像莫瑞蒂這樣的女人。她以銳利的鷹眼審視現場，亮眼而剛毅，睿智聰穎。莫瑞蒂那時才三十出頭，婚戒在明亮的燈光裡發出耀眼光芒。她看起來就像是晚餐時會配上一杯美味的白酒，而且用價格不菲的面霜使臉上細紋看來像溪流滑過柔軟土壤的那種女人。走近時，薩菲覺得自己乾扁又邋遢，無精打采。

「不好意思。」薩菲沙啞地說。「我想提供協助。」

莫瑞蒂看到薩菲的眼袋、鼻子下方剝落的皮膚，還有她用一把鈍鈍的兒童剪刀剪過的露臍背心，但儘管如此，她仍聽取薩菲對萊拉的相關證詞。等到薩菲說完了，莫瑞蒂遞給她一張名片。如果有聽說什麼消息就打給我。薩菲並未聽聞消息，但隔天早上還是打給了莫瑞蒂，自願參加公民搜索的工作。

薩菲就是如此發現警察這項差事。她好喜歡這份工作中明快有效率的指示、不帶感情，以及他們徹底搜查草地叢生的山麓時，莫瑞蒂眼神中的堅定與溫柔。

她的人生原本可能有各種結局。她可能在地下室過著漫漫的派對生活，也可能三年前就因崔維斯用藥過量而死在他身旁。她也有可能以別種方式戒毒。薩菲不喜歡質疑驅使她去找莫瑞蒂的力量，還有她考取高同等中學歷、讀社區大學，接著再參加紐約州警局的能力審核測試。當她去質疑這些驅使她向前的力量時，她只會愈發明白它們實際上有多麼脆弱。

⁂

等薩菲回家，來到閃著燈的電話答錄機前時，時間已經接近午夜了。這天過得很瘋狂，證據被記錄下來，現場也已鉅細靡遺地拍攝建檔。明天消息就會公諸於世了。

薩菲把鑰匙和槍放在流理台上，她的公寓在陰影之下顯得陰暗又冰冷。她換上一件以前紐約州警的運動衫，洗了臉，解下原本緊緊繫在整齊馬尾上的橡皮圈。警校少數的幾位女性曾建議她把頭髮剪短，但薩菲不想失去這股宣洩的感受，讓整頭髮絲自由垂落的釋放令人放鬆。

「嘿，是我。」克莉絲汀的聲音愉悅地出現在薩菲滿是灰塵的答錄機中。「妳星期六還要值勤嗎？傑克會去參加研討會，我租了《電子情書》。」

那傢伙。

克莉絲汀會想知道萊拉的事，在潔瑪小姐家的那些年來，她們三人總是形影不離——薩菲、克莉斯汀和萊拉。她們一起編織友誼手環、爬樹和自創遊戲，還有在上下鋪裡窸窣傾訴祕密。但儘管如此，薩菲仍無法回克莉絲汀電話，說出那些話。電話答錄機以低沉單調的聲音說出：沒有新留言。薩菲就只是愣著站在流理台前。公寓裡有股霉味，像老舊的地毯和髒碗盤的氣味。這間公寓已經比她租過的任何地方都好了，距離薩拉納克湖幾個街區的舊維多利亞建築翻新過的房子，這是克莉絲汀的男友幫她爭取到的划算交易，她男友即將繼承家族的房地產事業。妳得要好好照顧自己。克莉絲汀總是這麼說——上週薩菲買的向日葵在花瓶裡垂下了頭，裡面的水已呈棕色，變成一池毛茸茸的沼澤。薩菲用火爐加熱一罐湯，然後在等湯放涼時睡著了，倒在電視發散的藍光之中。

※

驗屍官在當地醫院的地下室裡有一間陰暗的辦公室。薩菲提前十五分鐘抵達時，莫瑞蒂已經在電梯旁等著了。她的下巴緊咬著她總是在嚼的薄荷口香糖，頭髮平滑有光澤——在昏暗的光芒下，薩菲可以看見她疲勞雙眼下方的眼袋。

「辛格。」莫瑞蒂說，同時臉上露出狡猾的笑容。「正式決定了。副隊長把妳從薩拉納克的搶案調過來，妳現在和我一起調查這個案子。」

那股熟悉的喜悅再度湧現，薩菲的心裡升起一股暖意。那是被莫瑞蒂選中、受到信任的閃亮光環。

「副隊長也派肯辛頓參與這項任務，不過肯辛頓遲到了。」莫瑞蒂看著手錶，按下電梯按鈕。「我們不等他，就先開始吧。」

肯辛頓是個油嘴滑舌、狂妄自大的警探，而且牙齒看起來異常發白。大部分時間他都是個平庸的警察，不過他能在偵訊中讓即使最冷酷無情的嫌犯也卸下武裝，在他面前一五一十地供出實情。而副隊長毫不掩飾他的理由：他們無法讓一個團隊裡只有女性，大眾觀感不好。

驗屍官帶她們前往停屍間時，薩菲試圖不吸氣，但周遭的氣味仍吞沒了她，一股冰冷的甲醛味撲鼻而來。骨頭被擺在三張桌子的塑膠防水布上，像是考古挖掘出來的古文物，來自某個被遺忘的年代。驗屍官紀錄了每個碎片，以白色的小旗標清楚標示。

「我們還在等牙科紀錄。」驗屍官一邊說，一邊用手撥了一下白髮。「不過腐爛的狀況似乎沒錯，在八年到九年之間。她們就是妳們在找的女孩。」

「死因呢？」莫瑞蒂問。

「很難講，其中兩人的脊髓有些損傷，不過以這種侵蝕程度來說，我無法給出任何確切的結論。」

「會是勒死的嗎？」薩菲問。

「有可能。」驗屍官說。「顱骨或其他骨頭都沒有受到傷害。其中一個女孩手臂有骨折，不過在死前就已經痊癒。」

「安琪拉・梅爾。」薩菲說。「她在早春時玩全地形車時摔斷了手臂，服務生的工作因此得中斷幾週。她的老闆說她被謀殺時，才剛回到工作崗位不久。」

驗屍官聽了揚起眉毛。

「她的記憶力很好。」莫瑞蒂解釋道，在薩菲臉紅時對她眨了眨眼。

「那妳們可以告訴隊長，我們已經確認身分了。」驗屍官說。

當他再繼續詳述報告的其他內容，提及哪些他們找到的骨頭，還有許多仍不見蹤跡時，薩菲努力讓自己不去猜想。哪些股骨是萊拉的，哪些不完整的肋骨是她的。驗屍間裡濕冷、毫無生氣，一切事物都是一抹令人不快的綠色。擺出來攤在桌上時，女孩們的殘骨看來更像是動物，而非人類。

肯辛頓總算衝進門時，驗屍官已經在報告上簽名，再把報告好好地放進莫瑞蒂的公事包裡了。肯辛頓氣喘吁吁、上氣不接下氣，西裝有皺褶，頭髮用一大坨髮膠往後梳成油頭。

「嗯。」肯辛頓正要支支吾吾說些什麼的時候，莫瑞蒂果斷地拍了一下手說：「我想我們這裡結束了。肯辛頓，你可以去通知家屬了。」

⁂

回到警局，薩菲讓這份快樂延續。在這之前，她的輪班工作內容包括處理搶案和家暴事件，並沒有特別具有爭議性的事情——這是一份新的悸動，能經手好案子的興奮感，而當她跟著莫瑞蒂到警局時，即使是那些州警也無法將她打倒。她對於尋常的待遇視而不見，用一手遮掩的窸窣笑話，還有壓低音量使她無法尋得來源的輕笑聲。在她這一生中，陌生人、老師、同儕和同事都使她時時刻刻意識到自己的深色皮膚。她在這裡土生土長的這件事似乎一點也不重要，而且她從來沒去過印度，那個她時常幻想的地方——她小時候曾在地圖上用一根手指描繪出印度的形狀，小心翼翼地勾勒出國境邊界。在一群吃著嚼菸、將泥濘的靴子跨在桌上的男生周圍，薩菲永遠都會覺得自己格格不入。

「我們會把這裡當調查室。」莫瑞蒂指揮道。這裡的會議桌上散布著仍在輪流偵辦、破案到一半的案件：薩拉納克搶案、千禧蟲危機的系列陰謀威脅案，還有肯辛頓已經偵辦好幾個月的孩童綁架案。

「我把舊檔案給妳。」莫瑞蒂說。「肯辛頓和我記得的太多了，而妳完全是新的切入角度——我希望妳把所有資料都讀過一遍。」

「那確切來說我在找的是什麼？」

「任何會帶我們接近那片森林的資訊。」

在調查室角落的電視螢幕上，記者會的畫面正刺耳播送著。隊長一臉嚴肅而謹慎地用單調的聲音發表聲明，只在說話的少數空檔看底下的記者們。鏡頭切到一些照片上，是女孩們年少的模樣。伊姿和安琪拉在高中畢業照的藍色背景前微笑著——安琪拉穿著繡有黃色圓點的襯衫，伊姿則是臉頰上有一粒粒的青春痘。萊拉沒有學校的照片，她男友在她失蹤時提供了唯一一張薩菲熟知的照片。照片裡的萊拉站在雜草叢生的人行道上，紅色背包單肩揹著，往後看朝著攝影師微笑。

「妳沒問題吧？」莫瑞蒂問，這個問題別有用意。莫瑞蒂沒忘記萊拉一直是座燈塔，那晚直接指引著薩菲從崔維斯的拖車來到這裡。就是這個案件將她拉向光明。

舊檔案似乎能讓薩菲分散注意力，也使她鬆一口氣——四個布滿灰塵的箱子，由一位一臉不悅、腋下冒出汗漬的州警拖進來。

「我想這些現在是我的了？」薩菲說。

莫瑞蒂感到抱歉地眨眨眼。「我去幫我們買午餐。」

等莫瑞蒂離開後，薩菲在佈告板排上犯罪現場的新照片。鑑識小組發現了女孩們的物品，腐蝕的程度不一。鞋子、耳環、萊拉的背包、安琪拉的皮包。伊姿的母親是第一個發現的——伊姿最喜愛的珠子髮夾不見了。她的母親很確定當天晚上伊姿戴著它。安琪拉的母親提到一條珍珠手鍊，那是家族的傳家寶，她的女兒從不曾拿下來。莫瑞蒂相信那個飾品是她與嫌犯起衝突時不見的，萊拉則沒有任何物品被拿走。不過，薩菲指出這一點，那就是萊拉並沒有父母，沒有人在照看著她。小飾品，薩菲曾向嘴唇緊閉的莫瑞蒂做出假設。也許嫌犯會拿走物品留作紀念。

薩菲蹲在磨損的地毯上。第一個箱子裡有些目擊證人的偵訊內容——箱子的底部已經破了，因為報告的數量太多而往下垂。她必須從頭再檢視一遍，記錄新的證詞。

在這疊資料的最底部，薩菲發現了那張照片的原始檔：萊拉的照片。那是用即可拍拍攝的，布滿灰塵且已褪色，萊拉的笑容蒼白無血色。這時薩菲想起克莉絲汀——她在美容院有份穩定工作，顧客說她看起來像珍妮佛・安妮斯頓，纖細優雅的身段讓她成了十足的衣架子。克莉絲汀一向知道自己必定會有更好的未來，努力追求穩定的生活，也毫無疑問地接受了它。薩菲定睛看著照片裡的萊拉，一個只剩下一張褪色快照的女孩，心想她是否一直都有這種感覺：一個在她們兩人之間搖盪不定的鐘擺，從不知道自己可能會成為何種模樣。

萊拉的照片底下有一個袋子，一綹黑髮柔軟地躺在透明的塑膠袋裡，這是一位警官在伊姿消失的車道底下找到的證據。薩菲倚著調查室的後牆，大腿上擺著伊姿的頭髮，此刻她被帶進了跟著她多年的幻覺裡，一個令人作嘔的平行宇宙，幾近致命地無窮無盡。

黃昏時分的公路，一頭黑色長馬尾閃現而過，伊姿在十六歲時死亡，在此處的她卻是十九歲，或者也許二十歲了。窗戶敞開著，風颼颼地吹，收音機傳來一首舊時的藍草音樂。曾經有個男孩就坐在副駕駛座上——伊姿不會愛他，不會在這裡，也許永遠不會，但這並不重要，在青春的熱潮中，他那長繭的手指漸漸爬上她的大腿，阿第倫達克山脈的山峰後方的地平線滲出血紅。

在這個模稜兩可的世界裡——一個像白日夢取代了現實的世界——伊姿絕對不是桌上的

一堆屍骨。她是明亮、金黃，平凡的耀眼瞬間，也是完美無瑕的絢爛。

※

薩菲從最初的案子開始追查證人——安琪拉任職餐館的老闆，伊姿派對上的朋友們，還有那晚和萊拉出去的那位友人。當地人對於看見薩菲等在他們的家門前感到困惑、謹慎也異常興奮。當薩菲坐在下陷的沙發上，婉拒溫熱的茶水時，莫瑞蒂則負責阻止隊長插手干擾，而肯辛頓則處理人們源源不絕提供的情報。大多數的目擊證人都記不得太多，她蒐集不到新的資訊。

在這漫長又令人口乾舌燥的一天，薩菲的最後一位證人是一位名叫奧琳匹亞·費茲傑羅的年輕女子。薩菲在一棟半成品房屋前停車，這是在一大片遼闊牧場上的單層牧場住宅，建築工具散落在發黃的草地上。十月的阿第倫達克山脈看起來像一幅明信片，薩菲坐在車裡，快速地查看文字記錄，細節在頁面上漸漸褪色。奧琳匹亞在一九九〇年時是二十歲，她的偵訊長達七分鐘，而後負責的偵辦員才放她走。太陽無精打采地垂掛在地平線上，天空是一片磁性藍，薩菲把檔案闔上，疲憊不堪而無法把內容看完。

一位穿著破舊天鵝絨運動衣的女子來應門，她灰白的頭髮像稀疏的鬃毛。屋裡有個老爺鐘的內部零件散落在客廳地上。一位年輕女子——奧琳匹亞，應門那名女子的女兒——正把一雙赤腳搭在咖啡桌上，旁邊放了一瓶打開的螢光橘色指甲油。

「什麼事？」薩菲亮出警徽時，奧琳匹亞興致缺缺地問。薩菲恨不得擁有莫瑞蒂的聲音，絲綢般順耳卻也嚴厲，帶著自然散發的幹練。

「一九九〇年時，妳和艾爾布萊特警長談過關於本地三位失蹤女孩的事情。」

奧琳匹亞終於抬起頭，把指甲油的瓶蓋關上後重重地放在桌上。她的母親大步走進客廳，站到沙發後方，雙手保護性地搭在奧琳匹亞的肩膀上。她們並未請薩菲坐下，於是薩菲不自在地走到磨損的扶手椅旁。

「我知道。」奧琳匹亞說。她用掌心把一綹油膩的髮絲向後推，手指甲還濕濕亮亮的。「我看到新聞了。你們找到她們的屍體了。」

「沒錯。」

薩菲說。

「我把知道的都告訴他了。」奧琳匹亞的聲音沙啞，是慌張的表現。「之前的那位警官。我知道的全都跟他說了。」

「奧琳匹亞，我們又重啟調查了。我想聽聽妳記得的事情。」

費茲傑羅太太向女兒點點頭——奧琳匹亞遲疑了一陣，同時她的母親輕輕按摩著她的頸脖。

「那些女孩失蹤的那年夏天，我在公路旁的那間冰雪皇后打工。當時有個同事，一個男孩，他比我小一點，才剛高中畢業。」

「請繼續。」

「我記得伊姿・桑切斯失蹤的那晚。」奧林匹亞說。「我記得很清楚，因為那晚也是在他和我……之後的事──呃，我們整個夏天都在調情。我去了他家，就在你們找到屍體的森林旁邊那個拖車停車場裡。我們談話調情，然後……我們想要做那檔事，妳懂的，可是他無法，所以我離開了。隔天上班的時候，他表現得很奇怪，完全不像他。我試著想再跟他說話，可是他有種眼神，好像他想傷害我的樣子。那是好多年前的事了，可是我永遠忘不了。我讓他自己關店，那就和伊姿失蹤是同一晚。」

「他叫什麼名字？」薩菲問。

「安索。」奧林匹亞脫口而出。「安索・帕克。」

那個名字。

薩菲的下顎內積著唾液，胃酸逆流，一陣作嘔。

「妳有注意到其他事情嗎？」薩菲顫抖著問。

「很抱歉。」奧林匹亞說。「我記得的不多，不想記得。我花了很長一段時間想忘記這件事。」

記憶不可靠，薩菲心想。記憶是個讓人細細品味或謾罵痛斥的東西，從來就不值得信任。

「妳當時有笑他嗎？」

女子張口結舌，停頓了好久仍無語。

「請妳回想。」薩菲說。「奧琳匹亞，妳記不記得？這件事很重要，聽起來他是感受到威脅或覺得丟臉。妳記得當時有取笑他嗎？」

奧林匹亞的表情透露出一抹羞愧，薩菲得到她的答案了。屋裡聞起來有聖誕蠟燭和煙燻肉的味道。這時薩菲忽然領略到什麼，一種似曾相識的感覺。一團橘色毛皮血淋淋地黏在薩菲的手掌上；萊拉十一歲時圓睜的大眼，手裡拿著碎裂的燕麥葡萄餅乾。那些松鼠的冰冷屍體被一字排開，一隻、兩隻、三隻，還有那隻狐狸，兩隻手被高舉過頭，像在投降。莫瑞蒂的手指勾住那顱骨的眼窩。毛皮、皮膚被死神從容地從骨頭剝離的方式。

⁂

費茲傑羅家的浴室裡貼著剝落的粉紅壁紙，費茲傑羅太太在洗手台上放了一排小工藝品——天使與牧羊人，還有長著翅膀的天使陶瓷娃娃。水龍頭旁放了一碗百花香，因為放了很久而顯得硬脆，花瓣上積了一層灰塵。薩菲打開冷水，將冷水潑在臉上。

隨著時間過去，薩菲對母親的記憶愈來愈少。一些枝微末節沒向她道別就逕自溜走，母親最愛的一雙鞋是紅色漆皮鞋，薩菲已經記不得那雙鞋的形狀了。她還記得母親的深色唇膏，但母親犬齒的傾斜角度卻已消失在記憶裡。薩菲雙手倚在人造大理石流理台上，時間的代價對她很不公平。在鏡子裡，薩菲還能看見一點母親的影子，只不過母親是白人，也因此，薩菲永遠都會長得比較像爸爸。當人們問起她的故鄉——不對，是她真正的根在哪裡——薩菲會告訴他們。我的父親是印度人，但我從來沒去過印度。對，我以後會想去。然而每一次，她都感到深及入骨的疲憊感。

薩菲但願母親此刻就在這裡，她會能解釋薩菲從胸口劇烈燃起的改變。一個怪物正怒吼著那個名字：安索・帕克。

薩菲還留著那個相框，裡面有母親的手寫字跡。現在相框就擺在她的床頭櫃上，玻璃被擦拭得很乾淨。*Felix culpa*，她的母親曾這麼寫著，愉悅的錯誤。通往美好結果的可怕之事。當薩菲未說再見也沒解釋就衝出費茲傑羅家，她想著父親，不知他是否在成長過程中也學到類似的宗教短語，就像她在寄宿家庭時被迫學習聖經裡的話語一樣。因上帝認為，從惡中產生善，總比不允許惡的存在要好。

※

「我們有線索了。」薩菲上氣不接下氣地說。

莫瑞蒂看起來筋疲力盡，兩人坐在深夜鴉雀無聲的警局裡時，她的頭髮一反常態地雜亂不堪。幸好警局裡目前無人照管，莫瑞蒂已經讓肯辛頓回家，就在他惱怒地把當天的報告重放在會議室桌上之後。自從召開記者會，舉報電話就蜂擁而來，因此肯辛頓整天都在聽一連串不正常的鎮民發表各種理論。女孩們是被一個七〇年代的連續殺人犯綁架的；女孩們是撒旦邪教裡的成員；女孩們發生爭執，然後互相殺害彼此。舉報電話是必要的，莫瑞蒂這麼對發脾氣的肯辛頓曉以大義，當時他從外套裡拿出一個扁酒瓶，公然大口喝了起來。他們每條線索都得逐一確認。

不過現在，薩菲有了一條真實存在的線索。

安索．帕克。

薩菲的衣服聞起來仍有費茲傑羅家的霉味，在辦公桌燈的光源下，她詳細轉述奧琳匹亞的話，並說明她對於安索．帕克還是男孩時的認知。

「他表現出我們的嫌犯所有的特徵，個性火爆，但又並非一直是如此。缺乏男子氣概，總是試著證明自己的能耐。他的社交能力足以避開人們對他的關注。這很合理——我以前看過他被羞辱。那些在院子裡的動物，還有被埋在小河邊的。警長，他總是一次殺三個。」

莫瑞蒂用一種懷疑的眼光看著薩菲，那讓人感覺近似於憐憫。

「所以妳和他們兩人都有過私人交情。」她緩緩地說。「受害者和嫌疑犯。」

「是的。」薩菲承認。在他們部門裡的案件也幾乎都有類似的矛盾情況——阿蒂倫達克地區是個小地方。

「這兩件事是有差別的。」莫瑞蒂溫柔地說。「一是相信某件事是真實的，二是有證據證明某件事是千真萬確的。妳懷疑什麼或是妳認為什麼都不重要，除非妳收集到能在法庭上站得住腳的證據。」

即使打從心底篤定，薩菲仍無法提及那隻狐狸的事。她從不曾對任何人說起安索做過的事，那屍體是如何放到她的床單上——這件事感覺太過寫實，太私人而無法與外人透露。那起事件住在她的心裡，她會在最慘澹的日子裡戳刺這分恥辱，只為了看它是否改變形狀。然而它從未改變。

「那拖車停車場呢？」薩菲問道。「要是他還在那裡呢？」

奧林匹亞鉅細靡遺、由裡到外描述了安索的拖車，她也形容他怪異的行徑和偏執的呢喃。他總是在談論關於宇宙的事。奧林匹亞說。還有多重現實之類的東西。

「不太可能。妳的證人不是說他要上大學嗎？辛格，她什麼證據也沒有。」

「那些小飾品呢？那些首飾？萬一他有那些東西呢？」

「還是太牽強了。」

那晚令人感到沉重，窗外清冷的秋風吹打著樹木，夏天的小動物們都閃避不見蹤影。薩菲任由寒意攀上她的背脊。

「聽我說。」莫瑞蒂開口，語帶令人難以忍受的溫柔。「我知道這是什麼感覺，希望某件事是真的，但卻無法真正讓它成真，妳不能讓這份感覺遮蔽了你的判斷力，或對其他線索視而不見。我們這裡的做事方法不同，重要的是我們不要讓情感妨礙我們的理性。有時——有時我們的工作就是不要讓自己有任何感覺。妳了解我在說什麼嗎？」

⁂

克莉絲汀的家看起來宛如電影場景。房子是鄉村風、漂亮的小木屋，還有偌大的窗戶鳥瞰山丘，以及中央暖氣空調。即使從門前的階梯，屋子聞起來都有空氣清新劑和昂貴蠟燭的味道。那是個週六的夜晚，時間接近萬聖節，太陽光線如鬼魅般落在樹梢上。薩菲用克莉絲汀給她的化妝樣品化好妝容，那是她們美容院收到的免費贈品——粉底液總是比薩菲的膚色淺兩個色階，不過如果這麼告訴克莉絲汀可能會令她尷尬。

「嗨，嗨，請進。」克莉絲汀說。「我剛把披薩放進烤箱，希望妳不是太餓。」

薩菲脫鞋子時，克莉絲汀一邊和她閒聊。克莉絲汀的房子原本是傑克的，直到六個月前他要她搬進來同住——薩菲已經可以看出她朋友對這間房子帶來的改變了。小小的手寫藝術字和繡著名言錦句的枕頭，有歡笑是良藥和及時行樂！[9]的字樣。克莉絲汀的美容工作圍裙在前廳有專屬的掛勾，圍裙布料沾上了亮粉。克莉絲汀對於即將到來的千禧災難很著迷，而隨著時間愈逼近新年，她對此的癡迷程度只增不減。她已經把家裡的每個櫃子塞滿罐頭食物和瓶裝水了。

「妳介意嗎？」克莉絲汀不好意思地問，同時從冰箱拿出半瓶夏多內葡萄酒。

薩菲搖搖頭。莫瑞蒂自有一套不可打破的規則——無論多麼隨興的情況下都不碰酒精和

9 原文為 It’s 5 O’Clock Somewhere!（必定會有某個地方現在時間是五點！）下午五點是多數餐館和酒吧「快樂時光」（happy hour，指餐廳或酒吧優待顧客、飲酒減價或免費供應小吃的時間）開始的時間。

毒品。薩菲申請紐約州警時就已經完全戒毒，沒有證據證明她的過去，也沒有逮捕紀錄或犯罪指控。

「妳還好嗎？」她們在沙發坐下時，薩菲問道。克莉絲汀用手指撥弄著酒杯的杯腳。

「我沒事。」克莉絲汀說。

接著兩人沉默許久。

「萊拉。」薩菲終於開口。

她和克莉絲汀很少談論過去那些年的日子，那時薩菲在這座無情的小鎮底層漂泊，與萊拉的自甘墮落很相像。如今，薩菲想告訴克莉絲汀毒品的感覺，那是如何融入她的血管裡，她是如何整天躺在布滿灰塵的床墊上度日。她了解萊拉過的是什麼樣的生活，接著又是如何脫離那種人生——而萊拉從沒有機會做同樣的事。

「克莉絲汀。」薩菲開始說。「妳還記得安索．帕克嗎？」

「當然記得了。」她說。「那個小孩超怪的，他後來也被送走了，在潔瑪小姐生病的時候。妳不是在辦那宗搶案嗎？」

「莫瑞蒂讓我調來偵辦這個案子，萊拉的案件。」

「老天啊，那女人還真愛妳。」

「我不知道她為什麼……」

「噢，少來。」克莉絲汀說。「妳是他們這十幾年來有過最優秀的年輕探員。此外妳的故事還很勵志，薩菲。叛逆少女翻轉了人生。妳就像電視節目裡的警探一樣，那個被過去束縛的可憐孤兒。再加上妳全憑一己之力找到那名失蹤男孩……」

「安索．帕克。」薩菲打斷她。「妳還記得有關他的任何奇怪的事情嗎？有什麼令人擔憂的？」

「我記得他盯著人看的眼神，好像他想知道你會對他有什麼用處一樣。」

「還有呢？」

「拜託，薩菲，他當時只是個孩子，這樣回想不太合理。」

但還有什麼方法？唯有回溯過去一途，循著從彼端到此刻的時間線，從過去追溯到現在的自己。

「妳知道，」克莉絲汀說話時下巴在顫抖。「就一名警探而言，妳的觀察力不是太敏銳，對吧？」

她舉起手時的笑容像天使。克莉絲汀左手的無名指上戴著一只鑲了許多閃耀鑽石的小戒環。

薩菲無以名狀這股絕望，這種短淺、粗野，像牛奶壞掉的酸臭味。然而這份感受她僅表露片刻，而後隨即轉換心情，擺出適當的喜悅之情。克莉絲汀發出一聲興奮的尖叫，薩菲把朋友擁入懷中時，心中的苦澀消散褪去。她讓克莉絲汀的洗髮精香味將自己吞沒，同時想著自己早已意識到的一件事——克莉絲汀是薩菲唯一的家人，然而過不久，克莉絲汀將不再屬於她。

她們聊了一整晚，把電影和披薩都拋在腦後了，那披薩完全燒焦，廚房裡煙霧瀰漫，導致她們只能吃最上層已經焦黑的辣香腸。她們像以往那樣入睡，頭對著腳，克莉絲汀的腳窩在薩菲的肩膀下取暖。

無法擺脫的念頭在夜裡的某個時候鑽入思緒。薩菲醒來時仍穿著牛仔褲，一手夾在沙發座墊之間，那股陳舊難聞的氣味在她的喉嚨裡繚繞不去。濕軟的青草、防曬乳、腐爛的皮膚。那些松鼠的腐肉氣味，小小的手無助地向外張開。克莉絲汀不在這裡了——必定是傑克在某個時候回家了。薩菲仔細看她們今晚製造的垃圾，那血淋淋的披薩被剝去了乳酪外皮，克莉絲汀的酒杯上殘留油膩的指紋，她感到一陣噁心。

星期日的清晨，鄉村的街道仍空無一人。薩菲搖下巡邏車的車窗，讓新鮮空氣親吻她即將迎來的頭疼。秋日陽光在樹林間燦爛照耀，沿著人行道一路舞動影子。

終於，她來到了拖車停車場。

他的拖車距離其餘的拖車很遠。奧林匹亞這麼告訴她。幾乎是在最後面，看起來完全不像會有東西的地方。

就在他們發現女孩們的屍體大約一哩外，薩菲數到有十二個拖車屋，在早晨的霧氣中若隱若現，約略排列成一個V字形。她聽見一隻小狗在狂吠，還有電視機的呢喃聲音，帶痰的咳嗽聲。薩菲下了車，悄悄地經過一隻繫著鍊繩的羅威那犬，牠聽到薩菲靴子踏地的嘎吱聲時鼻子正在抽動。

奧琳匹亞說的沒錯，在這片土地的最邊緣處有一輛拖車，就在距離其他拖車五十呎的後方，幾乎隱身在濃密的深紅色樹林下。薩菲繞著這塊地走了一圈，掌心裡輕握著警徽，身上仍穿著前一天的牛仔褲和皺巴巴的上衣。

她一步步走上嘎吱作響的階梯，清了清喉嚨，然後敲門。

應門的是一位中年男子，穿著一件破舊的四角褲，臉上有毒癮留下的疤痕。她可以看見背景有一台電視播著電視雜訊，一張桌子上擺滿了喝過的啤酒瓶，還有一隻看起來好像餓了好幾週的貓。

「怎樣？」

在那令人難受的一瞬間，薩菲吸進了汙濁的煙味和酸臭的氣息。她不知道她以為自己會找到什麼，也許是安索曾經存在的證據，也許是些什麼，什麼都好。現在就連她自己都沒了頭緒，這讓人感覺相當危險。

「嘿。」男子在薩菲轉身要走時叫住她。「妳要幹嘛？」

薩菲拔腿就跑。

薩菲破了杭特的案子時，少校很興奮。*妳挖到寶了*。他對莫瑞蒂說，恭賀她。但薩菲並不覺得自己哪裡特別，她很想問莫瑞蒂是不是每個案件都會有這種感覺：令人眩暈的篤定感，隨之而來的是折磨人且野性的恐懼。一份竟令人異常上癮的恐懼。薩菲的細胞裡有某個活生生的東西，貪婪地以如此的疑惑為食——它是病態的、受了汙染，而且已像一棵樹般成長，好奇地向上扭曲延伸。它將她逼到多年前的毀滅邊緣，驅使她做警察工作，也迫使她直接來到這個拖車停車場裡。

等到薩菲開車上了公路，她感到頭痛欲裂。她踩下油門，頭髮隨著引擎更高速運轉而落在臉上，直到她的車速達到一百英里時，她確信自己的心裡已經什麼都不剩，她朝著空蕩的公路張開嘴，吶喊出最深沉黑暗的尖叫聲。

⁂

接下來的幾天，薩菲的書桌處於失控狀態，這個案子吞噬了她，將她捲入逆流之中。警方找到女孩們的屍體已過了一週，薩菲想不起自己上一餐好好吃飯是什麼時候。她幾天前吃過得來速，在那之後她就把咖啡和麥片棒當正餐了，坐在辦公桌前飢腸轆轆到深夜。她只回公寓兩次，是為了沖澡和打包一整袋的衣服。

隊長要他們追查一位他屬意的嫌犯：一位名叫尼可拉斯．理察斯的遊民，曾逃過多起毒品指控。這也許是個人積怨，他們全都被下令優先處理這條線索。薩菲的辦公桌上堆滿了電話紀錄和證人證詞，然而在那之下，她的懷疑仍蠢蠢欲動，不容忽視。

安索．帕克的文字紀錄顯示他先前就讀北佛蒙特大學，不過就在取得文憑之前輟學了。他在最後一學期申請哲學研究生獎學金，紀錄中包含一位梅．布朗教授褒貶不一的推薦信。

薩菲在梅教授的答錄機裡留下四通留言，她不知道安索現在人在何處。他從一個現已不存在的地址支付稅金，那是在那所大學附近的一間公寓大樓，多年前就已拆除。安索在警方這邊沒有紀錄，甚至連一張超速罰單都沒有。

莫瑞蒂經過時，薩菲把她的工作藏到一個未命名的檔案盒底下。辛格，其他事情都不要做。莫瑞蒂語氣堅定地警告過她。我們需要更多線索調查隊長的嫌疑犯，這是命令。他們就快逮到他了——尼可拉斯．理察斯非法在埋葬地點附近紮營。如果林地管理員能在三天的日期都確認他的位置，那麼警方就會採取行動。莫瑞蒂傳達這則訊息時帶著一股自信的篤定，使得薩菲的心疲憊又挫折地怦怦跳。

因此當電話響起時，就在莫瑞蒂準備結束當晚工作的前幾分鐘，薩菲帶著為時過早的失望情緒接起了那通電話。

「薩芙綸．辛格。」

「您好，我是布朗教授，回覆您的來電。」

薩菲把話筒貼近耳朵，試圖降低州警們的嘈雜聲。在調查室窗戶的另一頭，他們令人費解地把一個保險套注滿刮鬍膏，大夥兒用它來搥打對方，等著它破掉。距離他們幾呎遠處，莫瑞蒂正彎向一疊電話紀錄，一邊專注地用螢光筆敲打嘴唇。薩菲對著話筒小聲說話。

「您曾經提名一位名叫安索．帕克的學生領取哲學研究生獎學金。」薩菲說。

「啊，沒錯。他最後沒獲得獎學金，我記得他是……該怎麼說呢？一位普通的學生，認為自己理應得到更多。最後是由另一位女同學得到獎學金，我想他不太能接受這個結果，過不久就輟學了。」

「您還可以再多告訴我一點他的事情嗎？」薩菲問道。「您知道他現在人在哪裡嗎？」

「我不清楚。」布朗教授停頓半晌後說。「妳和他的女朋友談過了嗎？」

「女朋友？」

「他在大學時交的女朋友，如果我沒記錯的話，他們當時交往蠻認真的。她總是在他的課堂外面等他，我想她也有修我的物理學入門課。珍妮，珍妮．菲斯克。她當時在讀護理系，還是心理系？很甜美的女孩，妳可以聯絡她看看。」

薩菲掛斷電話，腎上腺素令她頓時腦袋很清醒。莫瑞蒂起身，掏出她的車鑰匙，穿上她那件柔滑的設計師大衣。

「妳看起來好像找到什麼了。」莫瑞蒂忍著哈欠說。

薩菲搖搖頭。「沒什麼。」

她一直等到莫瑞蒂的車尾燈從停車場消失才開始行動。舊式的撥號上網系統顯示有四個珍妮．菲斯克，還有三位叫珍妮佛的——其中有半數年紀太大，一位已經過世，而另一位因吸毒入獄。不過還有一個珍妮．菲斯克就住在佛蒙特州的一座小鎮上，那裡距離安索就讀的大學僅數哩遠。

當薩菲按下電話號碼時，她注意到自己的手指在顫抖，興奮之情在她的喉頭激增。

「喂？」

一名女子的聲音，薩菲聽見背景有水在流動的聲音。

「我找珍妮．菲斯克。」

「請問哪裡找？」

「我是薩芙綸．辛格，紐約州警。請問妳有空可以說話嗎？我想詢問幾個問題。」

「抱歉，什麼……？」

「我在找一位名叫安索．帕克的人。」

珍妮愣住而停頓半晌。薩菲可以聽見背景有電視的喃喃聲與沉重腳步聲。

「什麼……什麼事情嗎？抱歉，我……我現在不能講話。」

「請問何時比較方便呢？」

「我是說……呃，我明天會在醫院，大約正午時間，東北地區醫院。」

說完珍妮掛斷了。空蕩蕩的警局像在她周圍跳動，薩菲仍舊記得將能量吸入血管時是什麼感覺。現在這股感覺更甚以往，令人無法抗拒。

※

急診室的燈光像霓虹閃耀，薩菲亮出警徽，櫃檯後的女子看了面露不安。

「珍妮．菲斯克？」她睜大雙眼。「我來叫她。如果需要的話妳可以坐一下。」

薩菲在一張滿是刮痕的椅子上落坐，她前一晚回家過，穿上睡褲後躺在鋪得整整齊齊的床上，直到時鐘顯示時間已是清晨。當薩菲開車繞過尚普蘭湖，進入佛蒙特州時，她啜飲保麗龍杯裝的冷咖啡，試著勸退自己。這就和當時引領她找到杭特的感覺相同，不過現在這股感受更為強烈，一份難以消除的恐懼。這是一種狂熱，或者記憶某種扭曲的版本。莫瑞蒂的命令非常明確：放下其他線索，專注在隊長的嫌疑犯，直到他被逮捕到案或證明無罪為止。薩菲一整個早上都沒回覆她的無線電，莫瑞蒂會氣瘋了。但當她坐在距離普拉茨堡警局往東行三小時的等待室裡，她卻感到思緒狂奔、激動不已。

急診室裡很安靜，在星期五這天步調緩慢，化學消毒劑的氣味飄在空氣中。薩菲腰帶上的呼叫器發出兩次、三次聲響，她看都不看就調成靜音。

「嗨。」

一名穿著粉色工作服的女子遲疑地站在手術室的入口處。珍妮・菲斯克的手臂上有斑點，中分的長髮造型，左右兩邊各夾一個蝴蝶髮夾。薩菲猜測她大約二十五歲，從直覺認出珍妮這種類型的人必定是高中校花。她可能就和克莉絲汀一樣受歡迎且身材姣好，身穿露出上腹部的衣服。她的臉很對稱，不顯眼但很可愛。

「妳好。」薩菲堅定地伸出手。「非常感謝妳願意談話，妳介意到外面去嗎？」

一切就發生在珍妮伸手回握之時，薩菲辨認出從珍妮纖瘦的手指散發的閃爍與明滅，詫異不已。

這是紫水晶的光芒，不會錯的。

萊拉的戒指。

案件解開時總有一股特別的感覺，令人振奮不已，就像水源奔湧穿過水壩，或是成熟的水果從中間流出鮮嫩的汁液。

然而當薩菲握起珍妮的手，她感到暈眩與驚愕，這與她料想的感受不同。她並未感到欣喜若狂，而只湧現一段回憶：萊拉皸裂的嘴唇，還有她用嘴唇吸吮戒指的紫色寶石的模樣。很噁耶。當萊拉的手指滿是口水時，克莉絲汀曾這麼抱怨。妳為什麼要那樣把它放進嘴裡？萊拉只是聳聳肩，頭髮依舊糾纏打結。它很好吃啊。她會這麼說，好像這真的可以當成原因一樣。萊拉的笑容，齒間露出縫隙，和她一副作白日夢的模樣。萊拉戴著黃銅戒環的纖瘦手指。

「有什麼事嗎？」

珍妮身子倚著急診室外的磚牆，紫水晶戒指在閃閃發光。薩菲在戒掉其他東西時一併戒菸了，不過當珍妮遞菸給她時，她還是收下，猶如這能掩飾她顫抖的雙手。珍妮沒帶外套出來，裸露的手臂起了雞皮疙瘩，秋日的寒風格外寒冷。薩菲忽然恍悟，極度確定此事的真實性。她好想哭。

「我在找妳以前約會過的對象。安索．帕克。」

珍妮拿著打火機傾身向前，身體因警戒而緊繃。她從嘴角吐出一口菸，問道：「妳想要知道他的什麼事？」

「妳知道他在哪裡嗎？」

珍妮瞇起眼睛，評估情勢。她抬起手，朝戒指比了比。

「妳……結婚了？」薩菲結巴地說。

「訂婚了。」

薩菲的喉嚨為糾結成塊的憤怒哽住，她控制不了自己的身體，像突如其來遭到鎖喉。她從未想像過，甚至從來沒考慮過像這樣的結果。那些腳步聲，昨夜迴盪在電話裡的聲音。

「妳現在還是……」薩菲脫口而出。「很抱歉。那只戒指，是安索給妳的嗎？」

珍妮的拇指輕撫著寶石。「這很重要嗎？」

「很重要。我們在調查一件舊案子。」

「妳看起來不像警探。」

薩菲自己也這麼覺得，她忽然覺得自己很赤裸，彷彿珍妮看過某項她私密的事物。

「他做了什麼？」珍妮問。她長嘆了一口氣，摻雜著不確定的情緒。「不好的事嗎？」

就是這個，薩菲正是為此而來。她但願能將此刻封存，留待以後作為證據。珍妮斜眼看她的模樣和她嘴唇的顫動，她對於這個問題並不感到驚訝，反而只說了這幾個字：不好的事。珍妮在等著我揭露什麼。

「我們在調查一起謀殺案。」薩菲和緩地說。「三名女孩遭到謀殺，是在紐約發生的。」

隨後的停頓很尖銳、深具穿透力。自動門嗖地打開又關起。珍妮把菸在牆上捻熄，磚牆上留下一道菸灰的痕跡。她小心翼翼地把菸屁股放在掌心，不是那種會隨地亂丟菸蒂的人，然後打了個寒顫。薩菲這才意識到，一切都太遲了，對話結束了。珍妮已經封閉住自己，在她轉身時，一道簾幕似的頭髮落在臉頰旁，從中作梗。

「別走。」薩菲說。「我只是想談一談……」

「妳搞錯了。」珍妮咕噥著說，一邊走回自動門。「拜託請不要來找我們麻煩。」

說完她便離開了。一輛救護車呼嘯而過，而薩菲就這麼被遺棄在這裡，手上的菸灰掉落在人行道上。

⁂

那是什麼感覺？克莉絲汀有一次曾這麼問。妳知道，就是和崔維斯和他朋友在一起？

薩菲無法形容那些年的日子——雖然表面上她試過了。她告訴克莉絲汀那些祕密派對和臨時搭起的營地，還有以濃密煙味的窗簾覆蓋的巢穴。他們一行人時常遷徙、參加無數個派對，對彼此漠不關心且行事衝動。曾經薩菲覺得安全，浮沉在這般魯莽的生活中：當你沒有真正面臨危急關頭的事情時，你很容易自我毀滅。而薩菲真正企盼的不是毒品本身或它們帶來的快感，廉價而脆弱，她渴望的是自由。是她知道即使走在生死的鋼索上，墜落在哪一側都無關緊要。

現在，薩菲步履維艱地回到車上，停車場的陽光把車子照得發亮。她知道自己該回到警局，她已經翹半天班了。但當呼叫器持續叫個不停，她認出一隅從前的自己，渴望像一顆啟動的炸彈般滴答作響。她把呼叫機扔到後車箱的運動衫底下，從口袋裡拿出潦草寫下的地址。

薩菲疾駛在公路上時感到焦躁不安，沿途經過一些時裝店和餐廳，接著蜿蜒進入一個近郊住宅區。這裡的房子零零落落的，散布得不太尋常，宛如大富翁遊戲裡被扔在板子上的配件。佛蒙特州看起來和紐約很像，薩菲心想，只不過這裡多了一層優雅。薩菲把車開到一間單層樓的屋前，屋子的油漆斑駁脫落，陽臺亂糟糟的，她在路邊停下車子。

他就在那裡。

安索。

在正午的陽光下，他蹲在車道的前端，戴著一副塑膠護目鏡。他看起來似乎沒變，身材隨著年紀發福了些，不過仍然是世俗眼光裡那種低調的好看。他正在鋸一張舊椅子的椅腳，不友善的噪音隔著車窗傳來。薩菲看著他操縱鏈鋸，灰塵在他的頭周圍飛揚。萊拉的戒指是她唯一真正需要的證據——不過她也需要眼前的景象。安索看待自己的方式，彷彿他的地位在一切之上。

一、二、三和那隻狐狸。

一、二、萊拉。

有那麼激動的一瞬間，薩菲考慮要接近他。她辦得到的。她可以直接走到他面前，一手擺在臀部的槍上以示威脅。

安索會瞇起眼看她，試圖回想。

薩菲。他會說。這次換她擁有權力了。她會是那個令他聞風喪膽的人。請妳原諒我，可以嗎？

薩菲並沒有朝他走去，她只有一次機會，這太重要了。她需要莫瑞蒂，需要她的自信、經驗和她那如指針般精準的專業。薩菲把車開出死巷子，朝佛蒙特州的邊界駛去，回到湖邊。她把無線電關上，任由公路將她緊裹，沉浸在只有這份工作能帶給她的活力，再沒有別人能感受到相比擬的感覺。

薩菲曾經有過短暫戀情，不過熱情都逐漸退卻、為時不久。在露天看台後方的男生，和在昏暗酒吧裡的男人。她談過一段認真的感情，麥奇・蘇利文，C組的州警，薩菲是在警校認識他的。她現在依然想念麥奇沖澡後的味道，身上飄著鬍後水和蒸氣的氣味。隨著耕地漸漸融入山景，薩菲想起他們共度的最後一晚。慵懶地吃過義大利麵配可樂娜啤酒當晚餐後，他們溜到床上，麥奇的手滑進她牛仔褲的腰帶裡。他會和往常一樣在她身上扭動，他的氣息像紅醬，手臂堅實得像個籠子。當他進入她的身體，薩菲感覺自己在膨脹，但卻頓時感到空洞，一個需要立刻填補的空缺。她伸手碰觸麥奇的手，將他的手掌擺在自己的喉嚨上。

掐我。她下令。

就在那一瞬間，他照做了。就在薩菲的視線變得模糊，房間開始旋轉時，她瞥見某個東西的影子，那是她從未察覺自己在追趕的。感覺像是一口氧氣，同時她大口喘息著——像是一個更年輕、更自由的自己，而那個自我一點也不在意生存與否。她已經錯過了那樣的危險，她已經錯過了那種解脫。

麥奇猛然跳開，氣喘吁吁。昏黃的燈打開了，他的厭惡在明亮中顯而易見。當他拿了鑰匙衝出大門，他的不自在令薩菲感到羞恥，她認出自己身體裡的怪物，一隻狂野猛獸正飢渴地伸出手，渴望著殲滅。

她在珍妮．菲斯克身上看到同樣的渴望——央求著受折磨。這對於一個女人而言是最可怕的一件事。這是一種跨越年齡的本能，一部分的妳清楚知道自己能在不受傷害的情況下擁有美好事物，但所擁有的卻不可能那般完美。

⁂

等到薩菲終於回警局時，太陽已西下，她已經翹了一整天的班。她順了順襯衫，很熟悉這種如以往翹課的感覺。那是一種決心不在乎，然而又伴隨著些許恐懼的感受。

警局裡的大夥兒異常忙碌，州警們散發出振奮的氛圍。然而當大家看見薩菲時卻都噤聲，每個人的襯衫都皺巴巴的而且沒紮進褲頭，外套前方留有咖啡漬。薩菲直接走到隊長辦公室，沒敲門就推門進去。

「警長……」

這一幕突然出現在眼前，緩緩放大聚焦：莫瑞蒂穿著高跟鞋絆了一下，抓住紅木桌保持平衡。她和隊長在薩菲一進門時趕緊分開，尷尬、臉紅，驚慌失措。

「妳一整天究竟跑哪裡去了？」莫瑞蒂開口說。

「我找到他了。」薩菲結結巴巴地說，決心動搖了。她從未看過莫瑞蒂這副模樣，笨拙而困窘。這一幕的片段慢慢拼湊成型，當薩菲一踏進門時，隊長精明地把手縮回來，當時他的指關節正托著莫瑞蒂後口袋的曲線。

「安索．帕克。」薩菲支吾地說。「我找到他了。他的未婚妻戴著萊拉的戒指。警長，那些飾品都是他拿走的。」

一陣緩慢、閃爍的停頓。隊長的聲音低沉而沙啞，目光色瞇瞇地彷彿將她的衣服剝光。

「莫瑞蒂，管好妳的下屬。」

「等等。」薩菲說。「我找到證據了，是真正的證據……」

「辛格。」莫瑞蒂插口說。「如果妳今天有來上班，或者回覆我的呼叫，妳就會知道我們已經將犯人逮捕到案了。尼可拉斯．理察斯早上會被提訊。」

那位遊民，隊長最屬意的嫌犯。傾洩的光線令人感到壓迫，辦公室變得輕薄透明——薩菲感到疲憊感襲來，重重突襲在她的肩上。她的魯莽彷彿從身體裡濕漉漉地滲出，譴責著她，就像沾上血跡的內褲。

「妳不服從我的命令。」莫瑞蒂說。「我的指示很清楚，而妳明確地充耳不聞。肯辛頓已經幫我們準備好所需的一切。」

「我很抱歉，可是我找到……」

「辛格，這件事不是關於妳，不是關於什麼童年的私怨。這是警察的工作，事情關乎真相、事實，到頭來這是關乎於這個部門的事。」

「所以就這樣嗎？這就是妳說的工作？」薩菲比向莫瑞蒂和隊長，兩人的臉依然脹紅。「部門的事？」

一陣狂風改變了風向。薩菲以前從未對莫瑞蒂頂嘴。

「停職處分。」隊長輕蔑地說完經過她們兩人身邊。「兩週無薪假。辛格，妳被停職了。」

當他離開時，莫瑞蒂只是盯著破舊的地毯。薩菲剛才所目睹的震撼——她剛才所打斷的事——猶如一記重拳打在她的胸口，只是時間延遲了。莫瑞蒂一向都怎麼告訴她的？執法部門中只有不到百分之十是由女性組成的，沒有犧牲就無法成功。

薩菲顏面盡失地離開辦公室，在她回到清冷的秋日夜晚時，州警們在一旁暗自竊笑，此刻的薩菲確定自己目睹了她原本早該知道的事實。

⁂

惡夢降臨，薩菲驚醒時渾身濕透著顫抖，她大口喝下放在床頭櫃的隔夜水時，堆疊在地上的待洗衣物就像童年的怪獸。

有時惡夢裡會有那隻狐狸，令人作嘔地徘徊在薩菲的眼角餘光裡，一團腐肉。更多時候，萊拉會出現在夢裡，就站在薩菲公寓的門邊。十一歲裝著牙齒固定器的萊拉，或者穿了鼻環、青少女時期的萊拉，抑或是已腐爛、頭骨上還連著幾團頭髮的萊拉。但在最駭人的那些夜裡，萊拉仍然活著。

她會是二十六歲，一件黃色無袖連身裙，一片綠油油的後院。七月四日。萊拉會容光煥發，身上滿是花粉和防曬乳，和一群朋友坐在陽台的塑膠椅上——她會雙手交握在突起的肚皮上，那只紫戒指閃閃發亮。三十二週。反胃且即將生產，孕吐逐漸為脊椎疼痛所取代。她應是飢腸轆轆，聞到核桃木燻肉時大肚子在咕嚕咕嚕叫；她必定是疲憊而欣喜的，焦慮與興奮參半。在蒼白的月色下，螢火蟲快速飛行。她光裸著的腳踝，沉潛入鬆軟的泥土中。

⁂

到了停職期間的尾聲，薩菲獨自來到酒館。

她已經好幾天足不出戶，而在這期間，她兩度開車到安索．帕克的家，坐在車裡觀察屋子裡的一舉一動。她知道這麼做很不健康，也知道這麼做不合情理，但她與莫瑞蒂交涉的失敗只是更堅定她的決心。

她選擇在吧檯最尾端的那名男子，對方說自己是個旅行銷售員，一邊說一邊眨眼迎向自己的好運。他只在鎮上待幾天而已。你賣些什麼？薩菲問道。釣竿。薩菲原本計畫告訴他自己是個服務生，不過這個問題從沒被提起，他反而問道：「妳是阿拉伯人嗎？」他的發音像是啊——拉伯人。

回到薩菲的公寓，她並未打開燈，因為她不想看到水槽裡積累的髒碗盤，也不想稀釋在她血流裡奔騰的伏特加通寧。她把那位銷售員推倒在沙發上，解開他的領帶，輕咬著他頸脖上的肉。她從褲子裡掏出他勃起的陰莖，在窗外街燈的光源下硬挺卻也平常——她把那話兒塞進嘴裡。然而當她聞到沙發墊飄來的氣味時，她忽然作嘔想吐，想著自己理應得到什麼。這是個深具野心的想法，公平正義。她想著一個人的命運可能奠基於自己的選擇，你可以為之奮鬥，也可以自毀前程。在那一瞬間，她想著要打退堂鼓，但他身上的鹽分嚐起來像某種渴望。薩菲把身上的牛仔褲抖落，將他推進自己。他悶哼一聲，她發出呻吟。她幾乎沒有任何感覺，於是扭動得更用力，直到他大口喘氣、結巴，手指擰著她的乳頭，直到薩菲心想，好了。銷售員的溫暖體液射進她的體內。好吧。這至少是她尋求的炸裂。她知道如何在殘骸中過活。

⁂

克莉絲汀是在四月的一個星期日結婚的。

薩菲和克莉絲汀在美容院的三個朋友一起站在聖壇前，穿著她根本負擔不起的絲質紫色洋裝。克莉絲汀穿著一襲精緻的白紗，她的背脊看來是那麼優雅，薩菲想往她的脊椎骨撲身而去，保護它不受殘酷世界的侵擾。在克莉絲汀後方的傑克看來宛如目睹天堂之門開啟，薩菲不得不讚揚一下這個男人，他不像那些壞胚子。

薩菲復職了，冬日漫長又幽暗，而且很多事情感覺起來都不同了。莫瑞蒂對她冷淡而疏遠，當她們到犯罪現場時，她依舊會小聲給薩菲建議，也仍然會在上班時多帶一杯咖啡給她，然而她們之間還是多了一層以前從未存在的冰冷。莫瑞蒂變得更不可觸碰，更讓人難以捉摸、望而生畏，而多數的時刻，薩菲都努力不為這些事傷心。

伊姿、安琪拉和萊拉的審判在即，大家都知道他們會輸。警方逮捕的那位遊民成了最新冤案事件的焦點，委員會籌措大量資金保釋他，並聘請一位高級律師。當時熱衷於逮捕遊民的隊長並未料到這種情況。這個案子搖搖欲墜，證據單薄到站不住腳。薩菲知道他們抓錯人了，冷酷而又帶點自鳴得意地認同這件事，陪審團也會看清事實。尼可拉斯．理察斯是無辜的，他可以無罪獲釋。

薩菲沒有對任何人提起自己開車盯梢的事，不過正當克莉絲汀的頭紗在風中飄揚的時刻，她忽然想起那幾次的探視。她在佛蒙特州度過了連假，就只是為了要在安索．帕克的家門前停著車，等待某些蛛絲馬跡會洩漏他的作為。她看著安索把雜貨從貨車車斗上搬下來，也看著他在車庫的工作台彎身做事，還看著他在廚房的窗前洗碗。這並非癡迷，也絕非上癮，不過她所花在追蹤安索的時間確實填補了對於這兩者的渴望。

這是遲早的事。薩菲知道一個人無法永遠隱藏自己的真面目，無論看起來是多麼正常，真相最終會顯現。

「無論生老病死……」克莉絲汀正在說。起風時，薩菲的手臂起了雞皮疙瘩，遠方聚積了一場暴風，雖然淡黃色的陽光依舊照耀在婚禮賓客身上，但逐漸逼近的烏雲徘徊在群山上方。薩菲祈求雨靠近一些。

這是關於愛的一天，但薩菲一向對於權力更感興趣，它的黑暗與怦然的心跳。權力是她的警徽敲在廚房櫃檯時的叮噹聲，是掛在腰際那把槍的重量。當她站在聖壇旁，風吹拂她用髮夾精心別起的髮髻；當新郎親吻新娘時，遠方的雷聲轟隆響起；薩菲思忖著自己內心的羅盤，讓她持續走在人生道路的指針，讓她不致踟躕不前、退縮或全然放棄的指針。而當她猛然發現自己的人生裡根本沒有羅盤時，她感到驚恐。她的人生中，唯有一天又一天的日子，與她在度日時所做的選擇，如此而已。

六小時

再會了牆上的每個裂紋，再會了圖書館的書，再會了收音機。再會了馬桶的酸臭味和薄薄的腐敗物。再會了，天花板的大象。你說。

再見，老朋友。

⁂

你伸手觸碰手銬。

手銬叮噹作響。

莎娜站在其他獄警的身後，頭低下來看著鞋子，因此你無法和她四眼相接。她在熟悉的兩位男獄警之間弓著背，他們都臉色蒼白、有著抖動搖晃的大肚腩，大家聚集起來目送你離去。一位矮胖的獄警往前站，肩上背著你的紅色網袋。你把「人生真理」留下了，那疊塞在床底下的紙張，莎娜答應之後會去拿，然後會在亨茨維爾多印幾份，將書稿寄到各個新聞平台、脫口秀和大出版社。

帕克，東西都帶齊了嗎？典獄長問，神情透著使他蒼老的哀傷，一種帶著雙下巴的萎靡憐憫。典獄長曾以此神情陪著數百名其他囚犯走在這條水泥路上，殺人犯、戀童癖、幫派份子和酒駕司機，在這五十呎的路上他們都毫無區別。

是的，你說。我準備好了。

當他們領著你從牢房走進狹窄的白色走廊時，你最後再偷瞄一眼莎娜。她無法跟來，不過你試圖用眼神告訴她：我們能辦到的。她緊張地滿身大汗，皮膚在發亮。一滴眼淚滑過她的臉頰，優雅動人。經過多年和珍妮的練習，你知道該如何表現出使她消除疑慮的表情，你了解愛情該有的模樣，於是你朝著莎娜悄悄換上那副表情，而她肉眼可見地心軟了。

當你走在長廊上迎接命運時，周遭牢房的囚犯全都鴉雀無聲。這就是傳統，一陣空白又令人不安的寂靜。看著他們的臉令人惶恐，在條紋玻璃後方嚴肅的列隊，這場道別令人沮喪、狂躁，而且錯誤地將目標指向你。你想安慰他們，說你有個計畫，你的結局會和其他人不同。

你往前走，穿過監獄閘門、金屬探測器和放風區。

倒抽一口氣。

你在外面了。

這些是你早已忘記的事情。雲朵，那像棉花糖泡芙般的雲朵，慵懶、輕鬆、像在半夢半醒間。放風區只能透過屋頂的板條透出幾絲光線，而你早已忘了陽光的質感與細節。人行道的氣味，在陽光下曝曬的酷熱。汽車廢氣。停車場另一頭的樹木在失控的熱氣中靜止，綠葉幾乎絲毫未隨風顫動。你早已忘了太陽搔抓著你臂膀肌膚的感受，在典獄長將你拽向前之前，你停下腳步享受一抹甜甜的氣息。

世界充滿生氣，如夢似幻。很快世界就會再度歸於你。

卡車正在鐵絲網柵欄旁等著。

你原本以為那裡會有一群呆頭呆腦又醉心權力的獄警，但並沒有，取而代之的是六名穿西裝打領帶的男人，你認出其中一名為堂長，另一名為副執行長。他們被一群由監察長辦公室派來的治安人員簇擁著，那些彪形大漢身著迷彩服、手持突擊步槍。你想起莎娜描述的那把小手槍，她先生的老式史密斯威森左輪手槍，你感到胃裡有股不適感。

你走向那台轟隆作響的車，四面皆為其他車子所圍繞。典獄長推開滑門，那一瞬間你被極度的恐慌吞噬——那把槍就在前座的車底等著你。而當他們將你推到廂型車遠處位置的車窗前時，你的焦慮感稍微減輕了，因為那正如同莎娜向你承諾的，就在駕駛座的後方。廂型車聞起來有橡膠靴和舊黑膠的味道。你知道這些獄警會隨行，緊跟在後的還有裝甲車輛和一列警察車隊，但你沒想到這份感覺會如此具有威脅性。

礫石嘎吱作響。當車子搖搖晃晃開出停車場，你呼出悠長的氣息，將雙腿伸至座椅底下，也就是莎娜放置那把手槍之處。你的鞋子碰到某個堅硬的東西，金屬類的，但你並未因此而放心。你想像著莎娜的臉，她那脫皮的皮膚上泛起的侷促紅暈，你赫然發現這個計畫並不完美。

這根本稱不上是一份計畫。

沒過多久你就會來到那條河畔，公路將帶你穿過零星散布的屋舍、乾涸的土地、沼澤池塘與老舊的製造工廠。最終，你會經過山姆．休士頓紀念碑，這就是信號。

在那之前你都耐心等待。駕駛座的車窗微微打開，外頭的空氣聞起來像四月——香氣從一吋寬的縫隙裡飄進來，肆意地散發著夏日的花香，挑逗而清新。

那帶你回到過去。

⁂

第三名無辜女孩緊接著第二位來到，那是一場試煉，在那年深不見底的夏日。

你獨自一人來到酒吧，點了一瓶可樂後掃視人群。失望之情徘徊不去，隱隱滲入你內心。你懷疑自己再也無法找到那樣震撼人心的解脫感，但你總得試一試，再一次就好。你不在乎那意味著什麼，平靜只在暴力行為後才出現，而且僅僅是偶爾出現。那感覺比較不像是選擇，而是一種需求——你必須追尋那份寧靜。

有個龐克樂團正在演奏歌曲，一聲尖銳刺耳的聲音使你分散了注意力，汗濕的身體在高溫中摩擦擠壓。當你注意到她晃動的頭頂，她從側門走出去抽菸，你尾隨在後，向她討了一根菸。第三個女孩看起來有點眼熟，她把頭髮染成藍色，鼻骨上有個像牛一樣的鼻環。你不記得我了嗎？她說。她的眼神在試探，像在開玩笑和挑釁。你點點頭。你向她撲去。

酒吧裡持續播著音樂，震耳欲聾的喧鬧聲淹沒了她的喘息。你原本期望危險與被逮到的可能性會使你更有效率，更何況她就在門邊幾呎之處大口喘氣。但沒有，最後這一位不好處理，她回擊了，狠狠地踢你眼睛，使你眼冒金星。接著是一陣扭打，一聲尖叫，她一度把你按在牆上。然而最終你的體型仍勝過她，你花了好久時間才將皮帶繞過她的脖子，將她拖到車旁時她仍在抽搐，你害怕會有人目睹這一切。幸運的是，沒有人看見。

當你鏟起泥土，撒在她的四肢與無用的軀體上時，你感覺到一股強大而令人憤怒的虛無。她死了，而你還是原本的那樣，沒有任何事情是重要的。

在陰冷的月光下，你檢視從她的手指拔下的戒指。

你認得這只戒指，這是潔瑪小姐家的。你想起送給那些女孩餅乾時，她們隔著門訕笑的樣子。這一切似乎不可能發生，同一個女孩正在你面前癱軟著，世界竟以這種方式將她帶給了你。你的頓悟就像父母的掌摑——站在這三個無辜女孩之上，你多希望自己能讓一切倒轉。

你不該做這件事的，你有病，你錯得離譜。更糟的是，你一點也沒改變。

你的「人生真理」在這時擴展壯大，當月光照在紫水晶上時，有一件事實被驗證了。你做得出最卑鄙的事。當壞人並不難，邪惡也不是你能點明、承受、支撐或驅除的東西。邪惡會在各處的角落隱藏起來，詭祕且肉眼不可見。

在那之後，你踉蹌地穿過樹叢，上了車之後雙手瘋狂顫抖，你口袋裡的那只戒指正戳刺著你的大腿。清晨四點，你把車開上公路，憤怒的淚水滑落你的臉頰。你認命地駛向醫院。

你從沒訴說過這段故事，也不知道為何會想起這段往事，也許是因為那個小女孩的笑容，在潔瑪小姐家的電視機前面開懷笑著；又或者是因為殺人已經不再讓你有快感——倘若就連快感也沒有，那麼你真不知道自己為何殺了她們。

你把車停在急診室前，車子沒熄火。醫院裡燈火通明，一片白與藍，令人生畏、了無生氣。你呆滯地走進灼熱的燈光裡，清楚知道自己看起來會是什麼樣子，全身發抖、身上沾滿了泥土，黑眼圈上被重擊的瘀傷已滲出紫色、逐漸腫大。

有什麼需要幫助的嗎？一位女士在櫃檯問。候診室空無一人，聞起來像乳膠和消毒劑的氣味。

拜託。你低聲說。

什麼？

拜託。你說。我不想變成這樣。

女士站起身，她穿著淺色的工作服，上面印有微笑泰迪熊的圖樣。她瞠目結舌地看著你，帶著困惑與你所熟悉的驚訝眼神，那些社工人員、寄養家庭的家長和憂慮的老師亦是如此。當下你意識到一件事。倘若你能受到幫助，那麼他們老早就這麼做了。當你退到急診室的滑門外時，關於你人生的唯一事實浮現胸口，令你無法忽略。你沒救了，無藥可救。你永遠都會是這副模樣。

⁂

風將你帶回此刻，從移監車的車窗呼嘯灌入，使勁地打在你的臉上。從回憶探出表面後，你發現你們已經過了那座湖，而山姆·休士頓紀念碑就在前方，在亨茨維爾的邊界聳立著。這是莎娜的暗號。當移監車加速駛近，紀念碑巨大的大理石雕刻赫然顯現。

世界似乎慢了下來，沉入此刻的糖蜜當中。關鍵的時刻轉化為一種焦慮的快感，你的耳朵開始嗡鳴，血液像鼓聲一樣在你的身體裡砰然作響。

未來在你的眼前開展，逃跑會是一件可怕的事。刺激、危險、渴望、困難。你沒有一份計畫，只求基本的生存。你會躲在排水管裡，你會爬上火車車廂的頂端，而即使你永遠也看不到藍屋了，光是它的存在就能推著你向前行。它是一份提醒，一個證明：你能夠變得更好。你能夠繼續活下去。

⁂

就是現在。

分分秒秒延長為永恆。好幾週以來的計畫，多年來的等待全都滙聚成關鍵的三秒鐘。你做出一個優雅盡失的動作，將身子往前傾到手銬所能及的極限——將一腿伸到駕駛座底下時，你的腳搆到了金屬。

你死命地往回拉。

然而滑出來的並非一把手槍。它不是槍，而是一條壞掉的跨接線金屬線頭。

⁂

要是我真的做了呢？

昨晚你問莎娜這個問題，你的額頭抵著灰霧條紋玻璃。

做什麼？

妳知道，就是大家說我做的事。

為什麼？莎娜問道。你為什麼會想做這麼糟糕的事？

我不想，你告訴她。可是假設我真的做了，哪怕只有一秒，妳還會愛我嗎？

你曾經很有把握，你曾確信自己已將莎娜拉得夠遠，相信她準備好接受這個可能性——在此之前，她都是在假裝幻想，其實在內心深處，她早就知道事情的真相。她眼神中的厭惡像一記重拳，那是令人著迷的憎惡，摻雜著一股陌生的懷疑。你曾相信莎娜的媚笑和羞澀的渴望。你曾確信她會輕易地答應。

我當然沒做這件事。你說，說得有點太快了。

接著你們許久沒說話。你不禁思忖自己是否搞砸了，所有你對莎娜所做的努力全都因為這個小小的失誤而崩裂。你試圖收回自己所說的話，但她的臉已經垮下來了。

那都寫在我的「人生真理」裡，你連忙接著說。妳讀的時候就會明白，善與惡只是我們對自己闡述的故事，只是為了證明我們還活著而創造的內容。沒有一個人會是全然良善的，也沒有一個人是邪惡至極。每個人都應該得到存活的機會，妳不覺得嗎？

日光燈發出刺眼的白光，莎娜嘴角的痘痘讓她的臉看起來像瘀青了。

我得走了。她結巴地說，準備離開。我明天早上會給你答覆。

⁂

你出奇不意的前仆動作把隨行警察嚇了一跳，他們驚恐地掏槍、怒吼著警告你。你盯著這條跨接線，上面全是鏽蝕的金屬和脫落的電線。

現在你知道發生了什麼事。

以下是你的選擇：你可以用頭用力撞車窗，你也可以伸長雙腿，用腳踢駕駛座，你可以開始尖叫大喊，索求你計劃獲得的東西，可以戴著手銬、綁手綁腳地去拿那條跨接線。無論你做什麼，真相與令你驚訝的事實都令你喘不過氣。你是八十幾公斤的血肉之軀，雙手銬在塑膠座椅上，周圍有五名受過軍事訓練的武裝人員。你對莎娜託付了信任，一個你嚴重高估的人——她證明了你對女人唯一的了解：

她們總會丟下你隻身一人。

菈凡德
二〇〇二年

菈凡德對著紅木說話，有時它們也會與她對話。這些樹特別會說一種語言，一種低語呢喃的理解。這些聲音在清晨時最清楚，當薄霧蜷曲在沙沙作響的樹葉之中，菈凡德仍能聞到那一夜的味道，煙霧般地在紅木的樹皮裡徘徊不去。

雖然菈凡德不信神，但她相信時間。過去二十三年來，她每天早上都來到這裡，這些紅木見證了她的蛻變。當她還是個女孩時，她懷著破碎的心，穿著骯髒的牛仔褲來到這裡，它們歡欣迎接她——而如今，它們撫慰她的心靈，四十六歲的她已是截然不同的人。氣味總是將她帶回過往：帶她到農舍後方的露臺，吹著雪松的微風，聆聽高山的嘆息。有時菈凡德會聞到奶香味，嬰兒噘起的嘴唇，擺動的小手，而在這些時刻，她會將頭倚著斑駁的樹皮，暗自祈禱。

菈凡德在昏暗的晨光中在嘎吱作響的地面行走，越過那棟雲杉木大樓，接著行經白楊木、木蘭和蕨類大樓。紅杉這棟主要建築高高矗立在山丘上，一絲光線照耀著廚房的前半部，桑夏恩已經在廚房裡揉今天的麵包，在她布滿傷痕的通紅手指下滾動麵團。菈凡德悄悄經過彷彿有乾淨蒼白的鬼魂在翻飛的曬衣繩，路過在馬廄裡做著夢的馬匹。當她進到森林裡，她專注在自己的呼吸上，就像她在團體課中學到的那樣費心計算。清新的寒氣穿過她的鼻竇，喚醒她昏沉的頭腦。

菈凡德來到林中空地，跪在那棵樹下。

巨杉——一種紅杉，巨大且其存在不可撼動。當她把眉頭靠在碎裂的木頭上時，一股偌大的寬宏征服了她。這棵樹也愛她，而菈凡德並未視為理所當然。

不過今天她有疑慮。今天她想著強尼、那間農舍和她的寶貝兒子們，一幅早已過了數十年，但至今仍在她的骨子裡揮之不去的景象。當微風穿過林間樹葉而發出嗚咽聲，菈凡德問出了這個她小心翼翼深藏心中的問題——喃喃說出這句話仍感覺像小聲道出一個祕密一般。

我做了什麼好事？

這棵樹從不會回應絕望。菈凡德將嘴巴靠著樹皮，樹汁刺痛了她的嘴唇。

⁂

等到菈凡德溜回山谷時已是日正當中，山丘沐浴在乳橙色的光芒中。溫柔谷在她的腳下分裂，鬱鬱蔥蔥、氣勢磅礴。蔬菜園與果樹矗立在田原中央，雜亂中帶點秩序的排列著。她們都醒了：紅杉的煙囪冒出蒸氣，菈凡德可以聽見她們在遠處的笑聲，迴盪在早餐杯盤的叮噹聲中。

在紅杉林待過之後，菈凡德時常覺得渺小、平凡而脆弱。事情總是令人失望：太陽會升起，事實會一再重演。無論菈凡德去到多遠的地方，農舍裡的那個女孩總會緊跟在後、如影隨形，渴望著解脫。

然而今天，她就會有答案了：她要前往舊金山。就在今天，她將找出那個女孩創造了什麼。

⁂

菈凡德打包行李時，赫夢妮坐在旁邊。

「覺得焦慮也沒關係的。」赫夢妮說。她正以一種在團體課裡使用的聲音說話，一種刻意的溫柔。赫夢妮在喝醉時聽起來完全判若兩人，聲音是各種矯揉造作的樣子，像來自她所遺棄的某種世界。尖銳的哼氣聲、帶著鼻音的大笑——和眼前這副甜蜜的平靜截然不同。經過多次群體地位的政治紛爭後，赫夢妮總算被遴選為團體課的領袖，現在她似乎急著想證明自己。

「妳確定妳不介意開車？」菈凡德第三次問道。

這麼問一點用也沒有，赫夢妮不會放棄。女人們已投票表決過，決定將那台廂型車讓給菈凡德，而赫夢妮更是安排了她在教區一個朋友那裡過夜。開車進市區只要三小時的車程，但在過去二十年裡，菈凡德只是偶爾離開溫柔谷，陪著桑夏恩去到門多西諾，她們會在那裡的五金商店、批發市場和銀行稍作停留。

菈凡德把一袋香脂塞進圓筒行李袋，赫夢妮遞給她一雙捲成球狀的襪子，她的表情轉變成了一種專注的同情。

自從菈凡德告訴那些女人之後，情況就不同了。真相在六個月前揭露，在一場進行到深夜的團體心理治療課中，她道出了自己的人生故事。許多年來，她一直將自己的祕密掐得緊緊的，原本以為吐訴也許會有近似解脫的感覺。但迄今為止，這份努力只換來一種可感知的疼痛，在菈凡德的腹部匯聚一股不安，壓下某種有毒的東西。現在這毒物住在她的身體裡，一個蠕動的病毒。當菈凡德萌生踏上這趟旅程的念頭時，她很後悔自己告訴了她們。當然，她對於大家給她的支持相當感激，她們費盡心思、用一切力量想協助她治癒，然而感激之情一點也無法減輕焦慮。我們希望能協助妳找到妳的核心。赫夢妮這麼說時，坐在地上圍成一圈的每個人紛紛點頭。去面對讓我們支離破碎的東西之後，我們才會完整。甚至就連朱妮珀也對此表示支持，在點頭贊同時皺了皺她那張飽經風霜的臉。因此當她們聘請私家偵探、寄送電子郵件，並代替她回覆同意時，她並未表達異議。是時候了。赫夢妮說。該面對妳的心魔了。

菈凡德想告訴她們自己對於心魔有多少了解。那往往不是心魔——而只是她在陽光底下隱藏起來的、殘破不全的自己。

⁂

菈凡德在二十三年前找到了溫柔谷。

當時她搭著巴士往海邊前進，路旁有個告示牌在閃爍著，用手指繪製的文字並飾以鮮豔的花朵，原始而友好。這個告示牌用紅色與黃色的草書字體書寫而成，明顯透露出某種女性化且具有生命力的特質。菈凡德起身，要求司機靠邊停車。

她在聖地牙哥待過漫長的兩年，一九七七年至一九七九年。那裡有沉浸在昏暗綠光的汽車旅館，有公路下的營地，還有微笑時滿嘴爛牙的男人伸出大拇指要求搭便車穿越沙漠。她在州際公路旁的一間俱樂部裡短暫工作過，穿著一套金色比基尼在一個高台上慵懶地昂首漫步，從那些說她長得像貝蒂・赫茲[10]的卡車司機手中輕易地拿錢。菈凡德在每一條公路的彎道上尋找茱莉的身影。她時常會在遠方看見茱莉：咖啡店窗內一名女子在開懷大笑，或在皮卡車上，一綹長髮隨風呼嘯而過。然而她從未真正找到這位朋友，儘管如此，多年來她卻能

10 貝蒂・赫茲（Patty Hearst）原名為派翠西亞・赫茲（Patricia Hearst），為美國報業大王威廉・赫茲的孫女，曾於一九七四年被極左派激進組織共生解放軍（Symbionese Liberation Army）綁架，該組織並要求赫茲發放四億美元救濟加州的貧民。而後貝蒂・赫茲並未遭釋放，反而發表聲明加入共生解放軍。

帶著一種令人訝異的強悍繼續在路上前進——知道茱莉先在這個世界上存活下來，這世界便顯得可堪承受。

她有過一些男人，有的有刺青，有的紮馬尾，有的剛從越南回來，眼神死氣沉沉。令菈凡德驚訝的是，她的生命中也有過女人。她是俱樂部裡的另一位舞者，手指滑過菈凡德的裙底時甜如蜜。她與那名女子度過心醉神迷的幾個月，她是一位藝術系學生，跳舞是為了奉養她那生病的母親，她愛齊柏林飛船，在公寓裡放滿盆栽。一天早晨，她在床上問道：「所以妳到底是哪種人？」同時大拇指在菈凡德赤裸的臀上漫步。菈凡德知道她在等待一個答案：同性戀，雙性戀，也許兩者皆非，或者兩者皆是。但她只是聳聳肩，大多數的日子，她甚至不覺得自己像個人。

那位舞者告訴菈凡德關於公社的事。開車到海邊，妳就會找到她們。那個地區到處都是像溫柔谷那樣自給自足的農莊，是人們共同生活、療養復原的靜地。很幸運地，菈凡德並未遇到很快就變得野蠻或成為邪教的團體——過去二十年來，幾乎其他的公社都起了內鬨，起因於領導缺陷、男性的自負等等。這是愚蠢而美好的運氣，明明外頭那麼多公社，但菈凡德卻找到了溫柔谷，並駐足在此：原有三十名女性，而後增加至六十人，由兩位心理學家朱妮珀和蘿思所創立。她們的使命宣言隱約與第二波女性主義運動[11]相符，小規模地瓦解父權體系與相關的眾多附屬，只專注於對受創婦女的行為治療。蘿思過世了，不過朱妮珀仍會在紅杉大樓裡主持心理治療課程。溫柔谷的女性完全依靠土地維生，她們以天然材料編織吊床，然後賣給全國各地的健康食品店和小飾品店，藉此賺取收入。菈凡德很喜歡溫柔谷的座右銘，不容爭辯地具有吸引力：睜大雙眼、敞開心扉。

菈凡德有時仍想念男人，他們粗裡粗氣的聲音，他們的難以駕馭，偶爾朱妮珀會同意讓一位男子逗留一段時間，可能是兄弟、兒子或丈夫，只要他們很清楚這座山仍屬於女性就可以。在他們居留的期間，能量會有所改變，氣氛變得緊張。菈凡德有時會想起那個問題——所以妳究竟是哪一種人？——而她喜愛溫柔谷的原因，就是在這裡，你是哪一種人並不重要。

二十三年前的那一天，菈凡德走下嗡鳴刺耳的巴士，走在通往那座山谷的礫石路上。當她第一次看見偌大的紅衫建築與太陽能板屋頂閃閃發亮，她忽然萌生了疲憊，對於此地完美的自然環境充滿了敬畏。巨大搖曳的樹木宛如守衛士兵，而撲鼻而來的氣味像是新鮮草地與野花。菈凡德一手緊攫住裝有她所有物品的圓筒袋，另一手則緊緊捂著肚子。她的身體從未回到原本的身形——皺巴巴又重疊的模樣讓她不斷想起自己的來歷，還有自己遺棄了些什麼。菈凡德一把抓住腹部的一撮皮肉，緊抓著這副肉身，這個能證明過去人生的東西，同時邁步走進塵土裡。

11 第二波女性主義運動（second-wave feminism）最早始於一九六〇年代的美國，而後擴及到整個西方世界，宗旨包括爭取性別平等、生育權、離婚、女性的工作權以及防治家庭暴力等議題。

⁂

現在菈凡德坐在廂型車的前座，繫好安全帶。心理治療課的所有人全都排排站在山谷小徑的路邊，一個接著一個走上前來，透過開展的車窗輕聲念出詩句。蕾夢引用里爾克的作品，布茹克引用葉慈的，波妮則念出瓊妮．密契爾的部分歌詞。對於即將面對外界的菈凡德而言，她們的模樣非常奇特，穿著自己縫製的衣服站成一排，頭髮剃得一模一樣，露出結實又帶點髮茬的頭皮（朱妮珀鼓勵她們勇於接受這種非女性化的髮型）。輪到桑夏恩時，她將菈凡德的手掌打開，在她的掌心放了一個小玩具，那是放在桑夏恩床頭櫃上的幸運佛像。

這是風光明媚的一天，空氣清爽，萬里無雲，一個完美的加州秋日。當赫夢妮把車開上布滿塵土的長路時，菈凡德仔細查看這個晶瑩剔透的玉佛像。它在她的掌心裡並不優雅，反而顯得廉價而渺小。她把佛像塞進衣服口袋，接著顫巍巍地吸一口氣，手指撫摸著文件夾的邊緣。

她不需要打開文件夾，因為她早已記得大多數的頁面內容。在廂型車的幽閉空間裡，這些文件令人寬慰——它們是菈凡德熟記於心的報告內容、她漫不經心抄寫的電話號碼，還有她在紅杉大樓的後方辦公室裡費盡心思印出來的電子郵件。如今正當菈凡德擺弄著放在大腿上的文件夾時，她終於理解到：她早已失去了控制權。她並不想要這些東西。然而她卻讓這群女人的善意掩蓋了一切，現在她就要橫衝直撞地闖入自己的夢魘了。

但儘管如此，有個名字是她一聽見就知道自己永遠不會忘的。

艾利斯・哈利森。

⁂

最糟還能怎麼樣呢？赫夢妮說服菈凡德雇用那名私家偵探時這麼問。妳還能遇到什麼最糟的情況？

菈凡德喜歡想像她的孩子們是幸福的。她的兒子們找到了各自存在這個世界上的方式，而且他們溫和而滿足。這是她所能做到的極限。這就是她在與世隔絕的溫柔谷裡將自己裹得如此嚴密的原因，因為在這裡她不必去看，她不必去想著當自己還是截然不同的人、幾乎還只是個孩子時，她所做的一項選擇產生了何種長遠的影響。她也不必看見那個選擇的力量是如何深入世界，還有無限個它們可能形塑的事實。

⁂

私家偵探先找到了帕克寶寶。

根據紀錄搜尋很容易就能找到。他在一九七七年被收養，只在醫院待了幾天。一個營養不良的兩個月大嬰孩。當菈凡德閉上眼睛，她還能想起他的模樣，最後一天他在農舍地板上，那稚嫩的四肢扭來扭去的樣子。

雪蘿和丹尼·哈利森夫婦當時填寫了正式文件，在州檔案裡仍能查找得到。他們給了帕克寶寶一個刻板的新名字：艾利斯。根據私家偵探的調查，艾利斯·哈利森已經不住在紐約市了，不過他在紐約長大。菈凡德試著想像那個骨瘦如柴的嬰兒長成了一個二十四歲的男人，她的心跳得好緩慢，誇張到她納悶自己的心是否液化了。

那安索呢？菈凡德遲疑地問。

安索現在會是二十九歲了，根據偵探調查，他住在佛蒙特州的一座小鎮裡，大學攻讀哲學，現在在一間家具店上班。聽聞如此，菈凡德驕傲地笑逐顏開。大學，當然會是如此，他一直都是聰明的小男孩。赫夢妮把安索的地址印在一張折起來的紙上，菈凡德故意讓它掉進梳妝台後方那布滿灰塵的縫隙中。

接下來幾週的心理治療課，女子們都在討論菈凡德的種種選擇。赫夢妮催促菈凡德寫一封信給安索——她不是一直都在腦袋裡寫信嗎？但即使是遙想都令人感到不可思議。要和孩子們再次見面的念頭令她感到作嘔，她們時常得提前結束課程，好讓她能躺下來。

尤其是安索。他會記得的。

最後大家想到一個折衷的辦法，她先從最遠的聯繫端開始進行，一種距離夠遠的互動，讓菈凡德能先蒐集一些訊息，而不會過於震驚。

親愛的菈凡德，雪蘿·哈利森回覆一封菈凡德和赫夢妮一起寫的信。我很高興妳主動聯繫。我下個月在舊金山有一場攝影展開幕式，屆時妳會想見個面嗎？我不知道妳想要些什麼，我也不確定自己能否幫上忙，不過我很樂意談話。如果妳想來藝廊，我的助理可以幫妳安排一下。溫暖祝福，雪蘿。

現在車子開上了高速公路，菈凡德想起強尼。儘管過了這麼多年，但他的鬼魂仍如惡魔般不斷在她的肩上窸窣細語。老天啊，菈凡德，妳這是什麼蠢主意。

偵探在報告的最後涵蓋一則備註，強尼已經死了。當時他沒回到農舍，而是躲避兒少保護機構，在一座農村小鎮開啟一段為期不久的新生活，該地僅位於農舍南方一小時的車程。十五年前，他酒醉駕車開在州際公路上，與一台聯結車相撞，車子在衝撞時爆炸導致他喪生。

菈凡德現在想起強尼，只能看見一團火焰而已。

⁂

城市在她們眼前顯現，躁動不息。赫夢妮隨著收音機裡的音樂哼唱，同時摩天大樓從迷霧中升起——菈凡德緊緊握住桑夏恩送給她的佛像，用力到它在掌心留下了印記。她在這短暫的人生中當過許多角色，農舍裡的那個女孩進化為她成熟的自我，這似乎是一件了不起的事。菈凡德學會冥想，她會倒立，也能烤出夠分給六十個人吃的蘋果派。她全然地將自己繭縛在其他女性的溫暖與在溫柔谷的節奏中——心理治療課程、晚餐讀詩時間，以及在花園裡的午後——她幾乎快要遺忘外面世界的尖刻。去年開始她不再讀報了，九一一事件太真實、太悲慘了。當舊金山的景色在遠方逐漸開展，在陰沉沉的天空下閃爍著威脅，菈凡德感覺自己失去了方向，像一個失重的軀體在太空中飛馳。她試著召喚出從前那個二十一歲的女孩，獨自旅行數個月，乳房裡滿是沉甸甸的奶水，然而現在看來，那卻像是一個迥異的宇宙。*有時我覺得自己在擺脫自我。*她曾這麼告訴桑夏恩，她是唯一了解的人。*有時就像我被困在地上，尋找自己皮膚的模型一樣。*

桑夏恩來到溫柔谷時已身懷六甲，雙手滿是燙傷起水泡的痕跡，而且拒絕開口說話，連一個字也不說。她來到時，菈凡德已經在溫柔谷待了將近一年，她認得桑夏恩那種會被每一次重踏的腳步聲驚嚇、某種發自內心的恐懼。

桑夏恩的寶寶在幾個月後出生，菈凡德毫無疑問地成為寶寶的教母——當護理師拿著一條冰冷的毛巾敷在桑夏恩的額頭上時，桑夏恩大口喘氣，而到了該想個名字的時候，她一如往常不發一語。當桑夏恩把寶寶遞給菈凡德，菈凡德感受到一陣愛意，令人震驚又熟悉，激烈到她幾乎要嚎啕大哭了起來。溫柔谷的女人多半以花朵、樹木或顏色為自己取名，但當她仔細看小嬰兒紅潤透薄的皮膚時，她想起一個人——那人是菈凡德之所以能活著站在這裡，掌心有顆小小的心臟在跳動著的原因。

*米妮。*她說，回想起多年前那間便利商店的女子。桑夏恩點頭表示同意。*我們就叫她米妮吧。*

身為教母，菈凡德善盡看著米妮成長的職責，米妮從一個牙牙學語的幼兒長成膝蓋總是黑成一團的八歲小孩，再到拒絕把頭髮剪短的惱怒青少女。最後，她成了亭亭玉立的女子，一天早晨打包了一袋行李就走出溫柔谷。米妮離開時，菈凡德和桑夏恩花了好幾天尋覓森林小徑，雙手交叉抱在胸前抵禦寒冬，靴子嘎吱地將乾枯的樹葉踩進土裡。

也因此，桑夏恩了解時間如何能成為一把刀，卡在體內，只消等待扭轉。當廂型車緩緩駛入一個擁擠的城市街區，菈凡德緊張地撫摸掌心裡的佛像，想像桑夏恩就坐在後座。桑夏恩會搖搖她像針刺般的頭，不帶評判地問出一個問題，一個真心的疑惑：為什麼妳從來沒回去找他們？

⁂

「妳準備好了嗎？」赫夢妮問。

她們在預計與雪蘿見面的咖啡店門外踟躕。藝廊就在對街，開幕儀式是一小時後才開始，不過這個街區似乎已經熱鬧不已，群眾引頸期盼。

「不算是。」菈凡德說。

「不會有事的。」赫夢妮回道，不過她自己的聲音也有些顫抖和不確定。「我會在迪娜家等妳，只離這裡幾個街區而已。菈凡德，妳很堅強，堅強得不得了。」

菈凡德沒耐心聽赫夢妮這些老掉牙的話，她抓起背包，從後視鏡裡查看一下牙齒後就打開車門。她的頭髮感覺油膩，頭腦甚至比以往更不清醒，因緊張而冒出的汗水浸濕過她的襯衫，乾了之後感覺涼颼颼的。她帶來的羊毛衫不夠厚實，無法應付帶點鹹味、吹拂在低矮而明亮的大樓之間的微風。菈凡德不發一語就下了車，身體裡湧起腎上腺素。

這座城市是一頭怪物，她踏進了怪物的嘴巴。

⁂

這間咖啡店新穎又時尚，每個窗台都擺放著多肉植物。菈凡德點一杯綠茶時，咖啡師打量了她的外表：光頭、珠子耳環和沾滿泥土的木屐。她笨拙地摸找現金，在給了過多小費的同時觀察這個地方——有幾桌是時髦的年輕人正在看書或小聲交談，菈凡德的喉嚨感到沙啞，焦慮，充滿後悔。這裡只有一個女人和她年紀相仿，她正獨自坐在角落的桌位。

雪蘿．哈利森。

當雪蘿起身招手，菈凡德發現她的個子很高，約一百八十多公分。她有一頭栗色的秀髮，優雅地束在一條打結的圍巾下方，她戴著精緻的圈形耳環，身穿一襲從手肘處飄起的洋裝。洋裝是以飄逸的綢緞製成，絲滑而隆重。當菈凡德在空位上落坐時，雪蘿如秋水般的棕眼上下掃視著她。雪蘿點了一杯黑咖啡，馬克杯上沾了她完美的一圈唇印。

「嗯，妳一定就是菈凡德了。」雪蘿說。

雪蘿的背又細又直，坐在椅子邊緣就像隻貓，菈凡德心想，高貴而優雅。雪蘿可能六十多歲了，不過她皮膚的質感令菈凡德覺得自己好鬆垮——她微笑時臉上毫無皺紋，只有眼周處的細膩笑紋。她穿了一雙高跟涼鞋，腳趾甲塗成紅色，宛如乾淨的小櫻桃。雪蘿拿起咖啡杯時，菈凡德注意到她的掌腹有一條黃色顏料。

「恭喜妳。」菈凡德不自在地說。「我是說藝廊的事。」

「噢，謝謝妳。這很令人興奮，對不對？我的先生丹尼在過世前鼓勵我投入攝影，真希望我早點這麼做。」

咖啡店店員送上菈凡德的茶——一個空馬克杯和一組複雜的茶壺。雪蘿的態度有種強硬，菈凡德心想，不過並非不近人情，而是智慧使然。那種自信似乎使菈凡德顯得畏縮。一年前，眼前這名女子可能還經歷過九一一事件，然而現在她就坐在這裡，創傷令人稱羨地已不見蹤影。

雪蘿瞇起眼睛，估量著她。「妳有被人畫過嗎？」

「呃，」菈凡德結結巴巴地說。「沒有。」

「這樣啊。」雪蘿說。「我的意思是，妳的臉有無數個故事可說。」

對此菈凡德不知該如何回應，而雪蘿似乎默默接受了，因為她換了個姿勢，洋裝的綢緞成團積聚在她的大腿上。在那瞬間，菈凡德似乎能清楚想像雪蘿的公寓：挑高的天花板、鍍金的窗戶、牆上到處掛滿了藝術作品，屋裡的一切都是色彩明亮且經過精心設計。時尚的沙發、翻新過的橡木桌、從國外買來的小飾品陳列在初版詩集旁邊。是那種菈凡德有時會想像的另一種富裕人生——從一開始就截然不同的一份幻想。

「所以，」雪蘿說。「妳想談一談。」

「我想請問妳，」菈凡德說。「他的人生過得怎麼樣。」

「我很高興妳來找我，而不是……呃，直接去找艾利斯。」雪蘿說。

「他知道嗎？」

「他一向都知道自己是被領養的，沒錯。不過他不知道我們要見面。我不想再增加他的煩惱。」

菈凡德感覺喉嚨有股異物感正不受歡迎地悄悄隱現。

「他快樂嗎？」菈凡德問。

「噢，很快樂。」雪蘿回道，露出真誠的笑容。「我沒遇過比他更快樂的人。」

「他在紐約市長大的？」菈凡德問。

雪蘿點點頭。「他現在住在上州，我們以前每年夏天都會在阿第倫達克山裡租一間小木屋——我們認為這麼做有益於讓他和自己的根源保持連結，艾利斯一向都很喜歡那裡的山。他從高中畢業後就住在上州了，原本他被紐約大學錄取，可是我和丹尼都看得出來他並不開心。艾利斯想要的是別的事物，是這座城市所無法給予他的東西，超出所有人期望的東西。他在那年六月遇到瑞秋，我們在八月得知她懷孕了。有時人生自有方法來告訴你，何處是你的歸屬，不是嗎？總之，他們開了一間餐廳，艾利斯做的酸種麵包是最棒的。」

菈凡德的喉嚨異物感愈來愈強烈，使她窒息。她急切地希望自己並未讓赫夢妮說服她這麼做。這太震撼，令人難以承受。

「所以……我有孫子？」

雪蘿點點頭。她傾身向前，身上的氣味盤繞在空氣中，昂貴又好聞，像是向日葵的氣味。

「我有個點子。」雪蘿說。「我們何不一起去藝廊？開幕式再一個小時才開始，不過一切都準備好了。我可以先帶妳私人導覽一番。」

這項提議感覺是個慷慨的舉動，一只伸出的手。菈凡德跟著雪蘿步出咖啡館，她的綠茶仍原封不動地在桌上冒著煙。

午後的陽光變得陰沉，天空是暴風雨般的灰色。街道上熙熙攘攘、人聲鼎沸——當她們來到街區尾端的店面時，菈凡德明顯感到鬆了一口氣。

藝廊本身只是一間白色的小房間，四面牆空曠而簡樸。一位乞丐蜷著身子倒在藝廊門口的階梯，雪蘿自信地跨過他，領著菈凡德進門。在房間的角落，兩名穿著鈕扣襯衫的年輕女子正在整理一瓶瓶的酒，將酒杯疊在一塊平展的桌布上。

「我把主題命名為故鄉。」雪蘿親切地一邊說，一邊比向遠處的牆，那裡均勻呈列著一系列的相框。「這個展覽的目的是為了表現我們是如何不斷地重塑自我，伴隨著我們的各種演變而創造出新的家園。這裡拍攝的家庭既在演變，也是永恆的。我想探討這種矛盾的狀況。」

菈凡德走向中間的那張照片。

不會錯的。

帕克寶寶。已經不再是個嬰孩，而是成人了。

艾利斯．哈利森看起來一點也不像她記憶中的那個孩子。當然了，菈凡德譴責自己，當時的他還太小，只是一團軟綿綿的嬰兒。不過這張照片毫無疑問地證明，這就是她的兒子。這張肖像照的色彩炫目：艾利斯站在一面鑲板牆旁，牆面被漆成鮮豔的藍色。他聰慧地瞥向相機，一抹黑色的東西劃過臉頰。煤炭，或者也許是廚房油漬。她認得他的雀斑分布的樣子——橫越在他鼻子上的北斗七星形成了一個星座，與菈凡德自身的星座完美呼應。他的眼睛也屬於菈凡德，雙眼低垂，和淺到近乎透明的睫毛。她能理解雪蘿為何這麼注視她，銳利而好奇。這男孩顯然就是菈凡德的孩子，強尼只在艾利斯的下巴上留下一丁點的痕跡。

菈凡德不想哭，但這一天強烈的情緒加劇了，在她的身體裡迴響震盪，她的下巴隱隱作痛。

下一張照片是和一個約莫七歲的小女孩合照，她一手伸向艾利斯，另一手則伸向人行道上的某樣東西，一朵蒲公英。

「她的名字叫小藍。」雪蘿在後方說。

「小藍。」菈凡德說。「就和那間屋子的藍一樣？」

雪蘿翻了個白眼。「其實她的名字是碧翠絲，不過當地人幫她取了小藍這個綽號。她是個早熟的小女孩，非常有同理心。上個月他們在她床底下的盒子裡發現一隻受傷的蛇，那是她在花園裡找到的——她一直都在照顧牠，讓牠恢復健康。」雪蘿輕笑。「那就是餐廳，藍屋。」

接下來的照片是在餐廳裡拍的，小藍坐在廚房櫃臺上，同時一位深髮色的美麗女子切了一大碗的蔥；艾利斯和那位女子，也就是他的太太，正在工業爐上做不同的工作——相機捕捉到鍋鏟的閃光、一縷蒸氣，和一個玉米葉多到滿出來的垃圾桶。有一張小藍的照片，她的嘴巴正含著一根吸管，喝著塑膠杯裡的汽水。小藍坐在餐館裡的雅座，把薯條放在鼻子上扮演海象。最後一張照片讓菈凡德感到像過度換氣。艾利斯和太太弓著身子坐在一個長長的橡木吧檯上，似乎無視於相機的存在。小藍擠在他們兩人中間，她父母的臉頰分別靠著她的頭左右兩側。光是看著，菈凡德幾乎就能聞到女孩的頭皮，那孩子黏呼呼又甜蜜的氣味。

「拜託妳。」雪蘿說。

菈凡德的心像是奏起了交響樂，極度興奮而怦然作響。

「拜託妳，菈凡德，請妳答應我不會去找他。艾利斯現在擁有自己的世界，自己的人生。已經有很長一段時間，沒有妳在他還是過得很開心。」

雪蘿面向照片，雙手在胸前交疊，臉上寫著一抹熟悉的神情。菈凡德憑直覺認出了這個表情。多年前她也曾對同一個孩子有過同樣的感覺。保護與愛，絕望與犧牲。

「好。」菈凡德輕聲說。她轉身背對那些照片，再也看不下去了。現在她在哭，哭得好傷心。「我該走了，謝謝妳，雪蘿。謝謝妳讓我看這些。」

「妳不留下來參加開幕式嗎？」

「我想不用了。」菈凡德說。她從雪蘿身旁離開，朝出口走去。外頭的天空已暗了下來，成了晚霞的紫色。「還有最後一件事。我的另一個兒子，安索，艾利斯知道他的存在嗎？」

「不知道。」雪蘿低聲說。「艾利斯從來就不知道自己有個哥哥。我們只見過他一次，是在醫院裡，我們去接艾利斯的時候，社工人員帶我從新生兒加護病房到兒科病房。他當時在一間小房間裡，坐在一張懶骨頭椅上看書。當時隔著玻璃看他的狀況還好，很健康，沒問題。」

「在那之後他怎麼了？」

「我不知道。當然他們有問起，不過我們沒辦法一起帶他走。」

這股嫉妒令人震驚，像是一記耳光。雪蘿在這個有品味的房間裡顯得如此自在，身穿美麗的服飾，有工作人員為她忙進忙出。雪蘿很優雅，雪蘿對任何事情都有把握，雪蘿對這個世界擁有足夠的自信，使她能竄改世界的顏色，化黑暗為光亮，化光明於虛無。她沒有任何理由地對菈凡德和善。在下輩子，菈凡德心想，這些全都會屬於她——色彩與撫慰，一股純潔的信念。一個心滿意足的好母親。

「妳就留安索在那裡？」菈凡德問，訝異自己的語氣裡帶著責備。

雪蘿的目光變得柔和，彷彿她能直接看穿菈凡德的身體，直達她的內心深處。

「噢，菈凡德。」雪蘿說。「安索從來就不是我們的小孩，他是妳的孩子。」

※

天黑了。

藝廊毫不客氣地將菈凡德扔回了街上。菈凡德用顫抖的雙腿蹣跚地走在人行道上，身體震驚地發麻，同時回憶之潮從肋骨湧現，遮蔽了一切。她一直不斷地往前走，直到建築景物變得全然不同，直到她在迷霧與混亂中丟失了雪蘿的那些照片。

最後，菈凡德來到濱水區，她滑坐到人行道邊緣，這裡是混凝土與大海的交界處，她為此處的相對荒蕪感到慶幸。如果她塞住耳朵抬頭看，這樣沒有星星的夜晚幾乎就像家。菈凡德踉蹌地繼續向前走，這座城市就像毛細血管般跳動，與白天的震驚成了對比。

回憶滾滾湧出，塞滿她的口腔使她快窒息。那佈滿灰塵的黃色床墊，她的孩子們蜷縮著。在她指甲縫裡乾涸的血漬。她還能聞到安索髮絲的氣味，那骯髒發硬的捲髮，還有在院子裡待一天之後，他手掌上黏稠融化的膠狀物。眼前她還能看見嬰兒軟綿綿地躺在床單圍成的堡壘裡，口水從下巴流淌到胸前，形成一座橋。

她的分子，她的靈魂，安全地躺在毛毯下。

菈凡德伸手探進漢麻衫的口袋，她在每一件衣服的內裡都縫了一個口袋，全都是為了一個目的。她在口袋裡保存著那條墜飾，那是她曾誓言給孩子的護身符，但後來卻又不小心帶走了。在昏暗的城市燈光下，這條墜飾看來破舊不堪、陰魂不散。她不知道為什麼自己還帶著它——她不忍心將它掛在脖子上，但卻也捨不得放下它。

多年來，菈凡德學會許多愛的方式。有對朋友長談到深夜的愛，有在月光下暢飲威士忌的派對之愛。有略帶豔紅的肉慾之愛——有那麼幾年，有個叫做喬依的女人出現，使菈凡德終於學會愛上清晨醒來時伸展四肢的感受。然而如今，顯而易見的是，在她極其狹隘的記憶中，再沒有任何事情比得上對孩子的愛。這是生理上的，既原始又進化，是恆久存在而無法消除的。這份愛一直以來都在她的身體裡，刻骨銘心。

菈凡德任由夜色愈見深沉，這趟旅程結束了，一場可怕的錯誤。過去就像一只盒子，你可以打開它，用天真爛漫的眼神望向裡面的東西，但卻是危險逼人，使你無法踏進一步。

灣岸的海水如天鵝絨般在她的腳下匯集，像膠片捲盤在她的眼前閃爍——雪蘿捕捉的每個珍貴瞬間。菈凡德知道總有一天，她可能會對這趟旅程感到後悔，也可能會更深入探究這趟旅程獲得了什麼，不過目前她只能沉浸在這樣陌生的情境之中，沉浸在殘酷裡。創造了某樣東西後又放手讓它走，這感覺是多麼殘忍無情，唯一留下的，是它成長演變的快照痕跡。

⁂

當赫夢妮駕車抵達時，菈凡德以明顯沉重的語氣說：帶我回家。赫夢妮沒有問她問題，甚至也沒提及她們原本要在此地過夜的計畫。當她們的車塞在橋下的車陣中，車裡的靜默感覺像指責。車窗外，這座城市像鼓聲般躍動，然而菈凡德卻有個痛苦的想法。倘若她在街上與她的孩子們擦肩而過，那麼她會無法認出他們。她想著安索，現在二十九歲了——他是否結婚了，是否熱愛自己的工作，有沒有小孩。是否會有一個世界，在那裡他仍然需要她。

這是第一次菈凡德允許自己質疑。要是她當時回去了呢？要是她往北走，而不是往西走了三千哩呢？要是她當時從硬木地板一把抱起孩子們，緊緊擁抱他們，發誓永遠不離開他們呢？小藍還會存在嗎？菈凡德呢？如果她救了孩子們，而非獨留自己，世界現在會是什麼樣貌？

⁂

親愛的安索。

我希望你可以聞到樹木的味道。你知道嗎？它們會說話。如果你有任何覺得迷失的時候，只要對著樹皮輕聲說話就行了。

⁂

親愛的安索。

我希望世界善待你，我希望你也善待這個世界。

親愛的安索。

我的愛。我的心肝。我的小寶貝。

我……

※

家。樹葉的氣味被踩進了土壤，潮濕的橡樹，紅杉爐灶那些燻黑的炭。當菈凡德嘎吱打開房門，她的花紋被單疊放在床邊，溫柔地歡迎著她，就像她離開時那樣。

隔天早晨，大家朗誦了一首詩。朱妮珀要求印出菈凡德最愛的詩人瑪麗．奧利佛[12]的詩句，並在每個乾淨的早餐盤上都放一張。赫夢妮感到難為情——當她一手搭在菈凡德的肩上，要她不用洗碗時，她的手指在顫抖，彷彿她知道自己犯了一個錯。但這並非赫夢妮的錯，菈凡德只能責怪她出了這個主意，然而是菈凡德自己走進那間藝廊。

晚餐過後，她和桑夏恩在山谷附近散步，她們沉浸在傍晚的微光，隱約的昆蟲鳴叫聲，還有睏倦的鳥兒在巢裡發出沙沙聲響。當營火熄滅，燈光一個接著一個點亮，溫柔谷籠罩在一片睡意中，桑夏恩跟著菈凡德回到她的房間。她們讓燈關著，穿著衣服在菈凡德的被子底下大聲叫嚷。菈凡德因這一切的悲傷而渾身顫抖，桑夏恩溫柔地環抱著她，身子緊挨著菈凡德聳起的背脊，令她感到安心。也許在下半輩子，菈凡德會轉身面向桑夏恩，會讓她的舌頭探詢自己的需求。但這是菈凡德的人生，桑夏恩只是一個了解她所需的好朋友——一襲襁褓，一下搖動，甜蜜的搖籃曲。

等桑夏恩睡著後，菈凡德站在寬闊的黑暗中。她到窗子底下的桌椅旁，將椅子拉開來，讓痠痛的臀部坐進椅架中。在月光下，白紙散發著螢光。她握在手裡的筆宛如一只發亮的匕首。

親愛的安索，她心想著，同時將墨水按在紙上。這是一封她會寫，但知道永遠不會寄出的信，又給了假設的世界添上一筆。

親愛的安索。告訴我。讓我看看。讓我看你現在變成了什麼模樣。

12 瑪麗・奧利佛（Mary Oliver）為獲獎無數的美國詩人，曾獲頒普立茲獎與美國國家圖書獎等。

四小時

彎腰。獄警說。脫掉褲子。

新監獄的氣味不同，像把舊磚頭砌在一起的砂漿，像從隔壁的建築冉冉升起的混凝土與蒸氣——那是工廠，低戒護囚犯會在那裡製作給大學宿舍使用、凹凸不平的床墊。

脫掉褲子。獄警再說一次。

那張筆記本紙仍摺著緊貼你的臀部，紙張尖銳的邊緣壓在鬆緊帶下。小藍的信。你撥弄腰帶，試圖將那張紙塞進手掌裡，但白色的一角仍無可避免地飄進視線裡。獄警們反應迅速，在幾秒鐘之內，你的臉頰就被按在滿是灰塵的地上，風從你的胸前猛力呼嘯，褲子纏在你的腳上。獄警們一邊咯咯笑著將紙條展開，一邊譏諷著。

你拿了什麼啊？

親愛的安索。其中一人開始裝成女性的聲音，吊高嗓子唸出紙條上的內容。我的答案是會的，我會到場見證。我不想……

你掙扎著站起來，順從地扭動身子脫下內褲，肋骨疼痛不已。你的陰莖蜷縮在陰毛裡，小而軟，毫無保護。一名獄警做直腸檢查時，另一位獄警在旁邊走動、嘲笑。他用鼻音模仿小藍寫的話：

我不想看到你，而且我也不想談……

拜託，停下來。

獄警作勢要把這張紙還給你——你全身赤裸地蹲著，向他伸出手來。然而獄警咧嘴一笑，只捏著那張紙的一小角，然後緩慢地將它撕成兩半。接著他一撕再撕，直到白色的長紙片變成了碎紙花。在你的體內有某樣東西隨著這些話語一起化為碎片，但你持續蹲在地上，直到雙腿的膝蓋顫抖。小藍的筆跡飄落在地上，優雅有如飄落的雪。

⁂

獄警們粗暴地將你拉到走廊上。

拜託，不要……

你沒想到自己會求饒，但他們只是扯得更用力，作為警告。別想反抗。你的雙腿因驚慌而軟弱無力，然而他們仍催促你前進，無視你腳跟的虛弱掘地。

現在你本該抵達那條河邊，應該聽著潺潺流水流過光滑的石頭，應該將一腳放進溪水裡——顫抖，接著是另一腳。你想像腳踝感受的沁涼，冰冷的河水拍打著你，使你無比清醒。震驚擴散蔓延，它低聲轟鳴，接著崩塌，以困惑的浪潮朝你席捲而來。直到此刻，你才意識到自己是如何全然地相信。你相信自己會逃獄，或者至少會死於嘗試逃跑的過程中。長久以來你全心全意地相信這件事會發生，以至於現實顯得荒謬至極，不可能發生。

沒有天空，沒有草地，也沒有逃出生天的餘地。

⁂

你是指紋。

一個大拇指，用力按在電子板上。毫無疑問，這是你，用手背抹去眼周的塵土；這是你，被手銬鏈子拖著往前；這是你，穿著聞起來莫名像肉類的白色新囚服；這是你，跨越了門檻；這是你，此時此刻在這個他們稱作死刑房的地方。

囚牢很小，先前在十二號樓，人們對這個惡名昭彰之地總是有諸多形狀和大小的揣測，端視是誰回來述說而定。當你來到那扇門前，你立刻點出不同之處：你在波倫斯基的舊牢房有個用鋼筋建成的窗戶，而高牆監獄裡的牢房則保留開放式的鐵柵欄。

這對莎娜而言會很容易，她的碰觸能穿透過這些柵欄。然而莎娜並不在死刑房裡工作，她在波倫斯基，也許正在長廊送傑克森去沖澡，拖著腳步走在灰色建築之中時，她那雙胖胖的手臂一邊抖動。你想像她的臉，在你最後一次走出十二號樓時，她的臉上帶著罪惡感與昏沉──她當時是如何杵在那裡，無能地看著這一切，心知肚明自己撒了謊。

根本沒有槍，從來就不存在什麼槍。

那些浪費的大把時光，偷來的時間、動情的示愛紙條、一掠而過的碰觸，全都白費了。莎娜什麼也不是，只有抖動的臀部和嘴上的瘡，粗糙皸裂的嘴唇結巴地說話。莎娜很軟弱，十足的女人樣，沒有你，她的未來會是漫無目的——她會在早上巡房完畢，喝她用有汙漬的舊保溫杯裝的淡咖啡，她會為其他壞男人送上數百份餐點，最終她會遺忘這幾個星期的事，忘卻了自己在這段時間裡幾近重要的角色，忘記自己曾是某個重大事件的一份子。你幾乎要為她感到遺憾。

然後你看到了那間房間。

只是快速看一眼，在他們推你進囚牢之前的驚鴻一瞥。就在十五呎之遙，走廊走到底的右手邊，那扇門被推開了。在半途中，你瞥見那個地方，短暫地掠過那個傳說之地：行刑室。在毫秒之間，你望見牆面是令人反感的薄荷綠色。你看見了用窗簾遮蔽的窗戶，和輪床的兩個後輪。

你踉蹌地走進監牢，但願自己並未去看。行刑室有如天堂，或是地獄，抑或者是死亡的那一刻：這是在你的名字被喊到之前，你都不該望見的地方。

⁂

三小時又五十四分鐘。

世界偏離了正軌，這個改變讓一切變了調。你坐在新摺疊床的邊緣，雙手按在床墊上，試著釐清自己究竟是怎麼到了這一步。

你曾有過數個月——數年——思考這個結局。然而在這段期間裡，你卻從未想像自己會真正看到死刑房。未來總是設法扭曲自己，再擴展成柔軟又難以捉摸的形狀。未來是個謎，無法預知。你著實從未想過未來會到達這步田地。對於像你這樣的人來說，未來讓人感覺太渺小，太無助了。

你想起波倫斯基監獄的那個人——那位大名鼎鼎的囚犯，將自己的眼睛挖出來，吃下肚裡。你隱約能理解那份感覺，現在在你看來，這股慾望原始而合理。他們蓄意讓你走投無路，也許這也是這場練習中最重要的一部分。這就是為什麼他們要你等好幾年，接著是好幾個月，再到現在的幾個小時幾分鐘，你的人生全數化為倒數計時。這就是重點，等待，然後確知自己並不想死。

⁂

妳怎麼看待這份工作？

一天趁莎娜正午的值班時間，你問了這個問題——莎娜看起來很疲憊，眼睛下方有紫色的眼袋。那天早上，大熊被帶去高牆監獄了。他們送他走到廂型車的路上，他啜泣不止，喘息、痛苦，一百一十幾公斤的大塊頭極度驚恐的模樣。大熊，一個歌聲如天籟的黑人；大熊，唯一一個你完全確定不該送往死刑房的人。二十年前，大熊在客廳裡看電視時，突然有一票帶著不敲門搜索令的警察闖進門，但他們原本要找的對象其實是大熊樓上的一名男子。大熊在沙發墊底下放了一把槍，而當時房間很昏暗。

那天，整排牢房的人都安靜哀悼，唯一的聲音是你的窸窣盛怒，同時莎娜緊抓著什麼來尋求安慰，焦慮地用手指捲頭髮。

妳每天早上是怎麼起床的？你問道，無法藏起聲音裡的憤怒。知道自己在這樣的制度裡工作，妳怎麼還下得了床？

我爸是做這份工作的。她聳聳肩說。我哥也是。

可是妳難道沒想過，自己參與了什麼嗎？

不算有，莎娜不感興趣地說。

你想告訴莎娜，她是一個極其惡劣的機器裡的一個齒輪，你想跟她說監獄也是企業，會將獲利最大化，並以像大熊那樣的成堆屍體來維持生計。你一直在看新聞，你也一直在讀報紙，儘管這並非你的問題，也不是你該關心的事，但你是A囚室裡僅有的三個白人之一，這絕非巧合。若非你在牢裡，你根本不會在意這一切。

你想鞭策莎娜，但這件事不值得你冒險。你太需要她了。她用手背擦去額頭上的汗水——你們一同聆聽成排牢房裡的聲音，就這一次是鴉雀無聲的，一群男人在為比他們更慘的某樣東西而悲傷。

⁂

新典獄長出現了，他留著平頭，有個四四方方的下巴，瞪視的眼神會讓你覺得自己像隻蚯蚓，被壓在他的鞋底下濕軟無力。

你了解今天的流程嗎？

了解。

這是你的處決摘要、宗教信仰聲明、罪犯行程卡複本、當前探視名單、處決觀看通知書、處決觀看紀錄、罪犯財產清單和你的醫療紀錄。你有任何問題嗎？

沒有。

他把那疊文件從鐵欄杆下面滑進來。你無法說話，那些呆板僵化的問題仍迴盪在耳邊。

你知道自己是誰嗎？

知道。

你知道自己為什麼在這裡嗎？

你別無選擇。

答案是你知道。

⁂

進入新的會客室。

蒂娜身上的套裝和今早相同，那感覺像一千年前的事了。坐在玻璃後面，你想起上次見面時你自鳴得意的模樣——然而現實感憤怒地躍上你的喉嚨。不可能實現了。

你好，安索。蒂娜在通話筒裡說。恐怕我沒有好消息。

你知道接下來她要說什麼。你咬緊牙關直到下顎疼痛——你原本不在乎上訴，那原本是無關緊要的事。

上訴結果，蒂娜說。法院裁定駁回上訴。

這是什麼意思？你問。他們不能就這樣都不理會。

可以，蒂娜說。他們可以。這麼做並不罕見。

可是妳沒告訴他們嗎？妳沒告訴他們我是……

你說不出那個字眼。無辜的。蒂娜知道實情不是這樣。

難道妳沒告訴他們，我不想死？

這句話一說出口，你就後悔了。聽起來好幼稚，太絕望了。

我們提出上訴了。蒂娜說，沒有回答你的問題。很抱歉，我們已經盡力了。

你恨她的謊言，這個打扮得光鮮亮麗的女人，指甲像小小的硬糖果一樣敲打著桌面，舌頭在潔白平整的牙齒間游移擺動。你這時才想到，突然明白一件事：蒂娜相信你罪有應得。

我很抱歉。蒂娜說。我……

你不讓她說完，你掂掂手中話筒的重量，接著將手臂往後伸，把電話朝玻璃的反方向用力一扯，但玻璃並沒有碎，這個動作只讓話筒彈了起來，發出響亮而令人不滿意的嘎嘎聲。

蒂娜一動也不動，甚至沒有瑟縮。

獄警跑了過來，你知道他們會這麼做。你沒有反抗，但他們仍然狠狠地抓住你，將你的雙臂往後扭，你的肩膀明天一定會很痠痛。明天。你看到蒂娜的最後一眼是她的頭頂，她低著頭，是尊敬、鄙視、漠不關心或悲傷，你無法辨別是哪一種。

※

獄警猛力一推，將你推回牢房，門應聲關上。你躺在凹凸不平的床上，用手臂捂住眼睛。你試著想小藍——通常她能帶給你慰藉。可是你身在這間牢房，這個你剛進駐而全然陌生的牢房。當你現在想起小藍，她正注視著你，問你那個熟悉的問題。

珍妮發生什麼事了？小藍曾這麼問。

當時是你在藍屋的第二週，一個晴朗、潮濕又有香氣的一天。你整個早上都在院子裡鋸木頭，汗水沿著你的後背緩緩流下。

有時候事情就是無法盡如人意。你說。

為什麼無法？小藍問。

她拿著一罐可樂，打開了拉環，歪著頭一臉充滿希望與好奇。

婚姻並不容易。你簡單地說。

你還愛她嗎？小藍問。

你用襯衫袖子擦了擦額頭，思考著。小藍在等待答案，她天真而疑惑的模樣令你憐愛。對於小藍，也對於這個地方，還有陣陣微風吹拂著你帶著鹹味的皮膚。

我當然還愛她。你說。然而故事的美好部分還沒有結束。

當時你決定回溯到最初。

※

你第一次見到珍妮是在十月的一個溫暖夜晚。

大一新生的第一學期。那年你十七歲，站在方院裡，一如既往地不確定該何去何從。你是領全額獎學金到北佛蒙特大學就讀的——高中校長得知這個消息後哭了。學校的孩子們一向不怎麼喜歡你，可是你和老師、輔導員與社工的關係很好，你知道如何讓他們覺得自己有用處。

你和教授的關係也是如此，你安靜向學，在必要的時候施展魅力。你埋首學習，晚上用功念書，當健壯的室友喝得醉醺醺地回家時，你對他視而不見。你避開宿舍裡那些嘰嘰喳喳的女生，也避免與其他在學生餐廳裡半工半讀的學生有所接觸。你在藥局買了一副眼鏡，你不需要的鏡片度數讓你的視線模糊不清。你對著浴室的鏡子檢視自己，試圖變出一個全新的自己。

那個可怕的夏天剩餘的日子就在迷惘中度過了。嬰孩的啼哭聲仍持續著，像在背景裡的嘈雜噪音，就在你盛裝冰淇淋，一邊聽結帳櫃檯旁的收音機時依然在你耳裡。那些失蹤的無辜女孩仍未尋獲，起初你帶著她們到處去：她們的生與死就在你的記憶中，就在你在餐廳排隊等候時，也在哲學課的課堂上你舉起手時。她們的生與死就在樹林的陰影間，在你在大半夜從宿舍走到圖書館的路上。你納悶是否會有人看見在你身上的無辜女孩們，不知自己是否肉眼可見地帶著她們的身影，或者是和其他的祕密一樣，就只是埋藏在心裡而已。

當你看到她時，一切都改變了。

珍妮坐在方院的草地上，晚秋的陽光照得大地一片橘色。她穿著尼龍褲和高筒白襪，當她自信地下腰，雙手放到草地上時，她的朋友們在為她歡呼。你從大片草地的對面看著珍妮的肚臍彎向天空，她的身體曲線宛如某個神聖之物的紀念碑。

就在那時，你立下誓言。你要當個正常人，你要當好人。你將那年夏天的記憶集結成團，並將它深深塞進狂放不羈的身軀裂縫裡。看到她下腰的景象會讓無辜女孩們煙消雲散，某種程度來說能抹去她們的存在。你會將自己獻給她那淘氣、俏皮的笑顏，她那溫柔的淺黃褐色眼睛——你會將顯微鏡遞給她。

你拾起筆記本，邁步走向她。這就是珍妮的魔力：不是一見鍾情，而是能讓你不再陷於童年的陰影。

就是她了，你的最後一個也是唯一的女孩。

海柔
二〇一一年

在巨變之前的那一晚，海柔因為胸口一陣緊縮而醒來。疼痛非常劇烈，像在她的肋骨下方憤怒握起的拳頭。她坐了起來，大口喘氣——那是九月的午夜，感覺卻仍像夏天般溼熱。海柔對著空蕩蕩的房間喘息著，手緊緊抓著胸口，然而那股劇痛已然消逝。

「海柔？」

路易斯在枕頭上眨了眨眼睛。整個房間只有床頭櫃上的嬰兒監視器發出微弱光線與細碎聲響，路易斯的口臭逼人，像酸掉的牙膏和她晚餐煮的蒜味雞加起來的味道。海柔聆聽街道，但什麼也沒聽到——他們家前的死巷子靜悄悄的。她已經習慣了這樣漫長的寂靜，但像這樣的夜晚，寧靜存在著自己的個性。像這樣的夜晚，寧靜嘲笑著她。

「沒什麼。」海柔一邊說，一邊按摩胸骨。「繼續睡吧。」

那股感覺已消失無蹤，就連一點延續的抽搐都沒有。這可能是想像出來的疼痛，像是一場夢的尾巴一閃而過，瞬間就從眼前消失。

⁂

海柔並未聽見電話聲，電話正在廚房流理台上嗡嗡作響。

艾爾瑪剛從公車站走回家，一邊哼歌一邊解鞋帶，不過她的歌聲被馬帝在高腳椅上耍脾氣的聲音掩蓋了。海柔蹲在地上，用紙巾擦掉一攤蘋果醬。

「馬帝寶貝。」她懇求。「拜託你好好吃你的點心。」

然而馬帝就只是尖叫著把沾滿口水的穀片撒到地上，圓胖的小拳頭敲打著塑膠托盤。艾爾瑪從硬木地板上拔起一顆濕潤的穀片，然後拋進嘴裡，笑著吟唱著那首幫助她適應一年級生活的歌曲。這首歌的旋律非常洗腦，海柔發現那天早上路易斯一邊刮去下巴的刮鬍膏時也一邊哼著這首歌。我們愛學習，我們愛玩耍，我們在帕克伍德小學的生活就是這樣！

「媽媽。」艾爾瑪嘀咕說。「妳的手機響了。」

海柔努力隔絕馬帝的叫喊聲，仔細聆聽震動聲。當她終於在爐子旁的一灘水裡找到正面朝下的手機時，手機仍在嗡嗡鳴響。螢幕上閃現著珍妮的名字。

「嘿。」海柔把手機夾在耳朵與肩膀之間，同時扶著馬帝的腋窩將他從高腳椅上抱了起來。坐到地上的馬帝顯得很滿意，拿起艾爾瑪丟棄的鞋子，將髒兮兮的鞋底湊到他流著口水的嘴邊。

「那份工作。」珍妮在說話。

「什麼？我聽不到……」

「我得到那份工作了。」珍妮說。「海柔，我做到了，我離開他了，可是情況很糟，非常糟糕。我完全沒時間做那些我們討論過的事，安索看了我的電子郵件，昨晚深夜把我叫醒。我離開了，到飯店去住，可是我什麼東西都沒帶。妳可以過來一趟嗎？」

珍妮在哭，在電話的另一頭哽咽著，背景隱約傳來警笛鳴響的聲音。海柔低頭看著艾爾瑪，她總是比同齡的孩子敏銳許多，此時她那小小的臉蛋上浮現關切的表情。海柔用手指纏繞著艾爾瑪柔順的頭髮，往外望向這個平坦遼闊的街區。此刻這裡一如以往的平靜，天空是晴朗的秋日藍。然而這份寧靜似乎並不公平，近乎嘲諷。

她只記得自己訂定了那個計畫後掛斷電話。昨晚深夜，在她胸口的壓迫感，那如幻影般的拳頭。三十八歲的海柔經歷了第一次召喚。

⁂

現在沒人能說海柔一無所有。

她擁有芭比娃娃和硬頁書、嬰兒配方奶粉、孩子的玩耍聚會和通心麵美勞作品。她有被米布丁抹髒的地毯，還有一早黏答答的雙手。她有孩子在大賣場的特百惠塑膠容器走道上耍脾氣，在城裡的義大利餐廳裡哭鬧，還有在她父母的結婚周年派對上大哭大叫。在鮮少能好好思考的時間裡，海柔試著讓自己沉浸在混亂與動作之間，醉心於這個她刻意創造出來的世界所帶來的強烈存在感之中。

所以當珍妮打來告訴她這個消息時，海柔蜷縮在廚房餐桌旁顫抖著消化這項資訊。年輕時的自己頓時排山倒海地湧現：她回到十九歲，而珍妮是最耀眼的陽光，最尖銳的聲響。那段青少女時期的叨叨絮語忽然再次響起：為她高興。在海柔的頭腦深處，這句話帶有一種陳舊受傷的語氣，軟弱無力。

艾爾瑪伸出手，她的臉龐看起來就像個憂心的小小心理醫師，她溫柔地輕撫海柔的頭髮，手掌上貼滿了就快掉落的維尼熊貼紙。

⁂

改變發生得很緩慢，幾乎令人難以察覺，海柔可以追溯到事情的起始，是在珍妮結婚的當天。

她們的爸媽在一座高爾夫球場上租了一個帳篷，那裡可以望見部分被遮蔽的尚普蘭湖。只有三十位賓客受邀參加，多半是姑姑們、表兄弟姊妹們，還有珍妮的高中同學。當時海柔和路易斯剛開始交往幾個月，還是那種新鮮、嘻笑的情愫，可能會因為這種複雜的場合而有被攔腰截斷的危險。她並未邀請他來。在珍妮用髮夾夾起垂落的髮絲時，海柔站在她的身後，希望路易斯在這裡——路易斯是那種無法接受悲傷劇情片或恐怖片的男人，他會在週日晚上照著他母親的食譜做墨西哥粽，並親手用指節揉捏麵團。

路易斯是唯一聽過海柔訴說關於珍妮祕密的人。

安索並未拿到大學文憑。最後一學期的所有期末考他都沒出現——珍妮提到他沒拿到獎學金，一位教授給他寫了一封很糟糕的推薦信。他對那些人來說太聰明了。她這麼告訴海柔，同時安索的聲音彷彿層疊在這些話語之下。珍妮對於畢業典禮說了謊，她騙爸媽哲學系有分開的畢業儀式，而實際上安索是在他的宿舍房間裡鬱鬱寡歡。安索從那時就開始在一間家具店工作，他會打磨手工椅與工匠桌，然後送到尚普蘭湖和阿第倫達克山附近的富裕家庭。他在寫一本書，珍妮驕傲地說。這部分是真的，海柔前去拜訪時，確實看過堆在車庫裡臨時權充的桌上的那些書頁。她很難想像安索就坐在那裡，將自己的思緒付諸於紙上——那似乎比較像是一場表演，而非真正的努力，是安索提醒自己如常人般理智思考的一個方式。海柔還在那間租來的小屋子裡注意到其他事情。垃圾桶裡堆滿了空酒瓶，而且是安索從來不碰的廉價夏多內葡萄酒。

在婚禮前的新娘帳篷裡，海柔試著要和珍妮談一談，然而她等得太久了，珍妮的口氣已充斥著香檳的酸氣，當海柔遞給她一條口紅時，珍妮的目光呆滯。

嘿，海柔說。妳確定這是妳要的嗎？

別傻了。珍妮回說。她優越地拱起一手撫摸海柔的臉頰，那只紫晶戒指在她的手指上閃閃發光。我知道自己在做什麼。

在婚宴上，安索展現十足的魅力。他稱讚珍妮姑姑的首飾，切蛋糕時也與珍妮的爸爸有說有笑。然而海柔那晚卻發現他好幾次冷眼望向珍妮的背後，一旦他不再需要佯裝笑顏的時候，他的笑容就立刻消失——他抱著珍妮時背部很僵硬，顯露出的幸福很淺薄，猶如未乾的油漆般短暫。在典禮過後，海柔逃到盥洗室裡，凝視鏡中的自己。她想起那晚在那張單人床上時，她問珍妮的問題。如果他什麼也感受不到，那妳怎麼知道他愛妳？穿著這件醜陋的絲綢伴娘服，海柔用一隻手指按住眼睛下方的痣。令她訝異的是，她竟感到慶幸。未來有一天，她也會穿上白紗。她會站在一個與安索截然不同的男人面前，一個能明確感受到每一件事的好男人——而她會清楚知道他是愛她的。這是第一次海柔感到自己比姊姊還強大。這份感覺如此的病態，如此令人上癮，而她知道自己永遠也無法放手。

⁂

海柔把車停在芭蕾舞教室後方，那是預留給垃圾車停的地方。路易斯很早就回家帶孩子們了，最近幾週他都在藝文版工作，而隨著新聞比較清淡，他的行程安排也比較彈性。海柔在流理台上放了一盒起司通心麵，路易斯可以讓她們在上面擠些番茄醬吃。

透過教室薄透的窗簾可以看到四級的學生在裡頭接連跳躍，一群如波浪般奔湧的森林綠緊身衣。海柔推開門時頭低低的，經過大廳裡成群的家長，他們一邊等待一邊聊天和縫緞帶。在櫃檯，莎拉正彎腰處理一疊文件。當學生未通過每季的評量，當服裝費到帳與表演名單張貼出來時，莎拉總會收到一些頭髮閃亮的家長抱怨，還有無足輕重的威脅。我發誓我們會讓她退課。一位外表光鮮亮麗的媽媽會這麼說，而莎拉則會報以一個輕鬆、不帶責怪的笑容，彷彿在說：請便。

「我需要幫忙。」海柔說。「是緊急事件。」

「妳姊姊的事？」莎拉瞇起眼抬頭看。「她終於離開那個瘋子了嗎？」

這個用詞令她皺了一下眉頭，她突然覺得這是隱私，珍妮最黑暗的內心角落不該是拿來閒話家常的話題。

「她應徵上德州的護理工作了，星期三的飛機。」海柔說。「妳可以幫我顧著教室到那時候嗎？當然會算妳的加班時間。」

芭蕾舞教室一向很忙，不過到了某個特定時期——一旦課程表訂好、學費繳清了，也聘請好季度的演出老師之後，芭蕾舞教室就會像編舞設計一樣運轉起來。令海柔感到焦慮的是別件事情。這麼一來，她就會錯過自己的週二夜晚。每週二，路易斯會負責幫孩子洗澡與陪孩子上床睡覺。每週二，海柔會早早讓莎拉下班，然後鎖上大門。她會獨自一人，排好她最愛的巴哈CD，一邊做芭蕾舞暖身，一邊享受著教室挑高的天花板。她會讓身體主宰，伸展、跳躍，讓自己騰空躍起。每週二的那一小時，海柔沒有孩子，沒有醫療帳單，也沒有她也許根本不需要的商學院學貸，沒有肚子痛，沒有被扔在地上的花椰菜，也沒有尖叫著要吃甜點的小孩。她只有自己的關節，專注而不會背叛。她的肌肉，雀躍愉悅。

海柔剛買下這個芭蕾舞教室時，用的是向父母借的錢和路易斯繼承的大部分遺產，當時這棟建築還破舊不堪。她和路易斯自己處理大部分的修繕工作——吊掛石牆、混凝土上覆蓋軟質的舞蹈地板，和劉平並鋪設停車場。那時海柔還沒懷上艾爾瑪，她和路易斯在尚未完工的地板上度過了無數個夜晚，喝著啤酒，工具散佈在各處。

那段時期，海柔很少想起珍妮。她愉快地回想起那段時光——好幾個月以來都沒有感覺到珍妮，而珍妮也沒感覺到她，她們偶爾的電話交談也只聊得很表面。

那是海柔人生中最棒的幾個月。

我們什麼時候可以看到？海柔的媽媽不斷問起。很快。海柔會這麼承諾。等準備好了就告訴你們。當爸媽總算開著那台從海柔高中就在的休旅車前來時，海柔在寬敞空曠的空間裡走來走去，心滿意足。爸媽站在亮晃晃的教室門口，在寬闊的鏡面牆前顯得渺小而老派。他們審視著紅木櫃檯與懸掛的燈具，閃亮的音響和寬敞的更衣室。媽媽的臉上充滿驚嘆與欣喜，顯現驕傲。這正是她以前看著珍妮的模樣。

⁂

海柔在粉紅色的晚霞中動身離開，她將車窗打開，把車子開上公路時讓秋風吹進來。

我不知道晚上要做些什麼。珍妮上週才在電話中這麼說。我喝太多茶了。她語帶哀怨地說，彷彿那幾杯菊花茶就是造成她神經震顫、思緒紊亂的罪魁禍首。崔希雅怎麼看？海柔問道。珍妮的戒酒互助人已經戒酒將近二十年了。海柔從沒見過崔希雅，不過崔希雅每天早上都在醫院對街的咖啡店和珍妮見面。起初正是崔希雅勸珍妮打電話給海柔，開始每晚的告解。當珍妮對著話筒哭泣時，背景會聽見崔希雅的聲音。我一直都很想要小孩。在一次嗚咽啜泣許久的來電中，珍妮曾這麼說。可是我無法想像九個月都不喝酒。安索對於當爸爸的立場很矛盾，不過他似乎十分不喜歡海柔的孩子們吵鬧——海柔沒辦法想像他當父親會是什麼樣子，而珍妮總是迴避這個問題。直到現在，海柔才明白姊姊有多麼將自己抽離現實。

海柔並未給予建議，她無法告訴珍妮在艾爾瑪的夜燈下輕聲說童話故事，也無法告訴她站在馬帝的嬰兒床旁看著他午睡、細長的睫毛微微顫動是何種感覺。珍妮疼愛艾爾瑪和馬帝，但海柔知道，自己在珍妮眼裡看見的是渴望，是羨慕。終於換姊姊有這種感覺了，然而這份優越感卻令海柔感到羞愧。

海柔穿越遼闊的原野與購物商場，夜色暗了下來，天空是綢緞般的藍色。

⁂

珍妮站在糕點櫃前面。咖啡店快打烊了，椅子已高高疊起，店員用拖把拖著地板的角落。糕點櫃的燈光將珍妮的醫院工作服照得金亮，珍妮的臉很浮腫，馬尾因忙碌的工作而凌亂不堪。除了她們的頭髮一向是相似的栗色波浪捲之外，海柔意識到她和珍妮一點也不像。這過去幾年來，海柔不忍地注意到珍妮變胖了不少。她的姊姊腰圍很寬，身形往中年邁進。這是海柔此生第一次看著珍妮時沒看見自己。陌生人總會問：妳們是雙胞胎嗎？這件事使海柔感到內心酸楚，她的嘴裡早在公路上就有股令人難受的酸味了。

珍妮轉過身來。

「妳來了。」

海柔擁抱姊姊，緊緊摟住她的肩膀。在可頌與咖啡粉的氣味環伺之下，珍妮的味道還在：水果味的頭髮、香菸與尋常洗衣精的味道。

⁂

「也許我們晚一點應該再來一次。」珍妮坐在副駕駛座上說。

海柔的車在路邊空轉著——這棟單層低矮的租屋看起來極具威脅。今天是珍妮在醫院待的最後一天，安索理應在上班，但當她們趁珍妮午休時間把車停在家門前，同時收音機裡傳出蕾哈娜深情的歌聲時，海柔的心一沉：安索的白色皮卡車就停在一旁，隱約顯現，靜靜等待。

「我們有列好的清單。」海柔說，不過不是很有說服力。

她們已經討論這件事好幾個月了，也仔細訂定計畫：趁安索上班時把行李放上車，把所有東西擱在飯店，然後在上飛機的前一刻才回來告訴他。然而這個計畫並不包括午夜的互吼比拚，和客廳角落的電腦上珍妮被偷看到的電子郵件，如今那台電腦布滿灰塵的螢幕已有了裂痕。

「走吧。」海柔說。「我們速戰速決。」

海柔下了車，雙手濕黏。她往門口走去，珍妮跟在她後頭。海柔努力壓下心中的恐懼，挺直身子站得比珍妮高一些。珍妮家的氣味撲鼻而來，她本能地想起多年前來訪的情況。沒洗的床單、在袋子裡放太久的垃圾、發霉的地毯與二手商店買來的舊家具。

「有人在嗎？」海柔大聲說。

安索坐在斑駁的皮沙發上，手裡拿著手機，像在等待一通電話，或者也許只是在等待此情此景。海柔將近兩年沒看到他了，她很訝異時間在他身上留下的痕跡。以前的安索一直是俊帥的，是珍妮可以拉著去工作聚會炫耀的伴侶，並在其他護理師竊竊私語表達羨慕時高興地紅光滿面。但現在安索變老了，地心引力開始發揮作用，牛仔褲上方微微顯出啤酒肚與脂肪堆疊的形狀，而且他的皮膚蠟黃，呈現缺乏日照的枯黃色。他的眼鏡上沾滿了油膩的指紋，臉型變圓且下巴鬆垂。這是第一次，海柔完全能想像他年老時的樣子：粗暴、扭曲，完全失去外表魅力。

他長滿鬍渣的嘴角勾起一抹冷笑——海柔本能地往後退了一步，訝異自己竟感到恐懼。

「噢。」安索說，他的臉瞬間又恢復冷靜，他似乎把海柔的影子錯看成是珍妮了。「海柔，我沒想到妳會來。」

他站起來，有那麼一秒，海柔害怕地以為他會前來擁抱她。她繃緊神經做好準備，如今這份恐懼還摻雜著別的感受：一股滴落的、似金屬的罪惡感。在那一眼，海柔瞥見了珍妮一直以來過著何等難解的生活。尖銳的角落，令人不寒而慄的細微之處。海柔原本只知道姊姊生活的大致輪廓，然而如今身處在她的生活之中，海柔感到震驚不已。

安索經過她身邊去找珍妮，珍妮正不知所措地在門廊徘徊，門像下巴一樣垂開。

「妳天殺的是認真的嗎？」他喊道。

「我們只是來拿她的東西。」海柔說。「珍妮，告訴我行李箱在哪裡。」

海柔從衣櫃裡翻出行李箱時，安索就在一旁看著。他幾乎像被逗樂了，雙手隨興地插在潑漆牛仔褲的口袋裡。她們匆忙撕下清單，把上面的每件物品都丟進袋子裡：珍妮的胸罩、襯衫和鞋子、一盒高中的紀念物，還有一個盒子裝了祖母以前的耳環。珍妮會留下她的鑄鐵鍋盤，也不會帶走她多年前買來搭配長絨地毯的床單，還有在浴室櫃子裡的那些美髮用品。海柔把一疊仍掛著衣架的裙子丟進行李箱，同時一邊聆聽安索的氣息。一聲口哨，迴盪在離她們太近的地方。

「珍妮，妳證明了這件事。」他不斷地重複這句話，而且愈講愈大聲。「妳證明了我是對的。」

開著燈的房間私密而醜陋，珍妮將一堆T恤扔進袋子裡，身子因努力忍住啜泣而顫抖。

「這就和我的『人生真理』一樣。」安索說。海柔從珍妮握到發白的手中拽走行李箱，將它拖回走廊時示意要她往前走。「就像沙特說的，愛情那飽受磨難的本質使得愛情的概念不可能發生。沒有一件事能全都是好的，不是嗎？」

「對不起。」珍妮沙啞地說，帶點喃喃自語的性質。

「這很諷刺吧？」他幾乎是笑著說。「愛情無法像某個純淨的東西存在著——光譜總會滲透，壞東西總會偷偷溜進來。」

「快走。」海柔催促道，她們現在離車子很近了。她試著不理會安索不著邊際的話，滿口虛假的哲學理論讓他聽起來就像個神經病一樣。

「對不起。」珍妮在門階上說，跌跌撞撞地走下樓梯時，閃閃發亮的鼻涕流了下來。「對不起。」

她們總算來到外面，安索只是尾隨在後的一團身影，有毒的影子。海柔的腳步沉重、驚慌，而當她確定聽見珍妮就在她身後時，她不由自主地拔腿奔跑。

安索站在門廊上，緊繃的模樣像是要爆裂。海柔抬起行李箱走在人行道上——等到她們終於關上車門時，珍妮才開始大聲抽泣了起來。

「不要看，不要看就好。」海柔說。珍妮將臉埋進雙手中，海柔則遲疑地再瞥最後一眼：門框裡的景象完全靜止不動。安索筆直而高大地站在那裡，他的臉扭曲成海柔所見過最純粹的憤怒表情。他是一匹狼，齜牙咧嘴，不是人類。她急踩油門將車子開離路緣，然而她的雙腿抖得太厲害，導致車子不斷猛然停住，她的目光緊盯著後視鏡。海柔知道她永遠都會這麼看他，一個在倒影中充滿威脅的形體，一個站在門廊上的盛怒男子，他的身形愈變愈小，直到最後什麼也不是。一個小孔，一個過去的產物。海柔握著方向盤的雙手顫抖不止，此時她有個天真又令人寬慰的念頭：她永遠都不必再見到安索．帕克了。

⁂

旅館房間十分普通，有兩張整潔的單人床，這讓海柔想起她們小時候的假期，來到像是克里夫蘭和匹茲堡這類家裡能負擔得起的城市——她和珍妮睡一張床，她們的爸媽則睡另一張。白天時間她們會拖著腳步逛博物館，海柔和珍妮會在大廳地板上玩「衝吧小魚」紙牌遊戲，而爸媽則為他們不懂的藝術品拍下照片。

海柔現在很感激自己能隱身在褶皺燈罩與塑膠袋包裝的香皂之中。珍妮步出浴室時穿著運動褲和薄棉上衣，用一條毛巾包住頭髮。時間已是夕陽西下，停車場傳來陣陣關上車門和行李箱在礫石路上拖行的聲音。一個小孩的尖叫聲令海柔感到一陣酸楚。她好想聞聞艾爾瑪頭髮的味道，還有馬帝嘴裡那股乳香氣息。

「叫客房服務？」海柔提議，拋給珍妮菜單。

「安索從來不會這樣。」珍妮不悅地說，一邊翻閱那本壓模的小冊子。「太貴了。我們旅遊總是吃麥當勞，噢，妳看，他們有奶醬義大利麵。」

她們大點特點，奶醬寬扁義大利麵、凱薩沙拉、馬鈴薯泥，再點一個巧克力熔岩蛋糕當點心。等待餐點的時候，空氣中瀰漫著搖擺不定的氣氛——疲憊而緊張，彷彿她們剛經歷了一場地震。珍妮坐在床上，用海柔的筆電確認航班資訊，並寄電子郵件給新雇主，預訂飛抵後的租車服務。稍晚才會寄出離婚文件，信封上會蓋有律師的名字。珍妮承認這個計畫好幾年前就制定好了，準備一刀兩斷，不過新工作加速了這個過程。現在時機到了，但卻感覺很不真實，珍妮說。

食物送到時，她們盤腿坐在兩張床之間的地上，周遭圍繞著一盤盤食物。馬鈴薯泥被舀成極像陰莖的形狀，當珍妮指出時，她們兩人都大笑了起來——這一天的沉重似乎一掃而空。

珍妮吃得津津有味，嘴唇上沾滿了油脂。

「妳覺得他會打電話來嗎？」她問。「在我換電話號碼之前？」

「如果他打來，妳也不要接。」海柔說。

「好。」

接著兩人沉默半晌。

「情況不是一直都那麼糟。」珍妮說。「我們一起度過一些愉快的夜晚，就在我開始去戒酒會之後，一開始是他建議我去匿名戒酒會的。我知道今天看起來是什麼樣子，不過……妳該知道安索從來沒傷害過我，肢體上來說。」

「那個哲學的東西是怎麼一回事？」海柔問。

「什麼意思？」

「我是說，他的『人生真理』還是什麼的。他聽起來像個哲學系大一生，好像他很想當聰明人，可是實際上可能沒那麼聰明。」

珍妮笑了，笑聲急促又尖銳。「我不知道。我只讀過一點手稿，說老實話，他寫的內容比較像是一連串的問題，而不是一本書。妳說對了，他的想法毫無新意也乏善可陳，可是我覺得他是想創造意義，而那就夠讓人尊敬了。他在試著釐清他是誰，還有他是如何存在的。他試著為自己的行為做解釋。我們不都或多或少也在做這件事嗎？」

她用叉子叉起一片生菜。

「他有好多事情對我絕口不提。」她說。「關於他的家人，他的童年。每次我問起，他就變得好安靜，而且好幾天都不跟我說話。我戒酒之後，有一天早上我醒來往身旁一看，忽然發現他根本就是個陌生人。我有沒有告訴過妳……我有沒有說過那位警察的事？」

海柔搖搖頭說沒有。義大利麵在她的胃裡翻滾著，油膩而濃稠。

「那是好幾年前的事了。」珍妮說。她放下叉子，縮起膝蓋環抱在胸前。「真的好多年了。我當時還在醫院裡受訓，我們也還沒結婚。有一位警察，一個女警，她找到我的電話。一開始我還不相信她是警察，她看起來太年輕了。她來醫院找我，亮出警徽，問我是否可以回答幾個問題。她想知道關於安索的事。我永遠忘不了她的名字，因為那是我從來沒聽過的名字。薩芙綸，和番紅花是同一個字。總之，海柔，我從那時候就開始注意到她。一直到現在已經好多年了，可是我沒告訴過安索這件事。她每隔幾個月就會出現，她的車子就停在我們家前面那條街上。她會坐在車上，就只是在那裡看。我甚至幾個星期前才看到過她，她就像個影子一樣。」

「她在找什麼？」海柔問。「她有告訴妳嗎？」

珍妮擠出她的假笑，那是她以前在更衣室裡對比較不受歡迎的女生擠出的笑容，是海柔認出還是青少女時期的珍妮對媽媽撒謊時的笑容。這是個突然出現的警報。感覺不對勁。

「很蠢。」珍妮說。「我是說，他才不會那樣。」

「哪樣？」

「我連提起都覺得荒謬。」珍妮說。「那感覺很……我不知道，我用谷歌搜尋她的資訊時，在網路上發現這宗案件。她在調查三個女孩的死亡事件，她們在紐約遇害，在我還沒認識安索之前，當時他還在讀高中。凶殺案。妳說有多荒唐？」

在昏暗的綠光中，珍妮邊笑邊說，而且故意露出牙齒。海柔知道她也在想著安索今天下午的表情，而凶殺案這三個字就像一把刀，用力地在她們之間劃過。海柔從沒把自己的想法說出口過，然而可能性就像一隻外來生物，在她的舌頭上不自在地翻騰著。

「妳怎麼能確定？」海柔緩緩地問道。「我是說……妳怎麼知道他沒有？」

虛假的笑容融化了，珍妮的臉上捲起一場暴風雨，速度之快令海柔心中滿是被打濕的懊悔。

「我的天啊。」珍妮說。「這還真經典。」

「什麼？」

珍妮輕蔑地笑，發出虛假的笑聲。

「海柔，少來了。」珍妮說，現在她語帶懷疑，幾乎顯得得意。「妳喜歡這樣。」

「我不懂。」海柔因驚慌而臉頰發燙。

「妳其實很享受這件事，不是嗎？妳會緊緊抓住任何能讓自己比我優越的機會。」

「珍妮，妳這樣說不公平。」

「妳知道這是事實。安索絕對不會做出那種事，但妳其實希望他做了，對不對？妳寧可相信我的先生殺了人，因為那樣一來就會讓妳高人一等。」

「珍妮，拜託。」

「我記得以前是怎麼樣，妳以前是怎麼看我、安索和所有我擁有的東西。」珍妮比了比旅館裡上過漿的床單、粗糙的盤子和一灘灘油漬。「我知道一部分的妳其實很得意，海柔，妳覺得滿足，因為我落到了這步田地。」

「不是這樣的。」海柔說，懦弱又羞愧。

「妳贏了，好嗎？」珍妮說。「妳得到了想要的一切。」

珍妮的話語迴盪在空氣中，一種感染。當眼淚汩汩流下，在海柔的喉嚨裡灼燒，當珍妮翻了白眼，打開電視時，海柔覺得自己就像人體沼澤，在自己的粗俗中煎熬著。電視在重播《家庭主婦》[13]——海柔並未看珍妮，而珍妮也沒再說話。她們就這麼度過一小時，之後海柔才發現珍妮已經靠著床癱坐，頻頻朝胸前點頭，珍妮已經睡著了。

※

海柔盡可能安靜地將盤子疊起來，接著把門踢開，將用餐完的垃圾放到走廊地上。在那令人窒息的房間之外，空氣聞起來很不一樣，無菌而新鮮。海柔吐出一口氣，感到如釋重負——她將一條毛巾塞進門框裡，讓門在她身後重重關上時嘎吱作響。

事實從不曾如此明顯或令人困窘：海柔受到庇護、享有特權，而且從小對於壞事感到事不關己。路易斯時常和她開玩笑說：「妳們白人女孩總是過得上好日子。」這使得像「凶殺案」這樣的暴力字眼不可能出現在珍妮，她的親姊姊身上，這種事情也不會在伯靈頓市區發生。海柔向來對於自己判斷對錯與善惡的眼光相當有自信。她曾投票給歐巴馬，她相信自己會是那種在閣樓裡藏起一家子猶太人的德國人（不過當然這個理論無從驗證）。這是第一次，海柔覺得距離某個令她懼怕的東西好近，她想要勇敢起來。

海柔溜到走廊那佈滿刮痕的地毯上，走廊昏暗且有股霉味，她感到迷惘。她望向走廊無數間兩側大同小異的房間，接著從口袋裡拿出手機。旅館的無線網路網速很慢，她焦急地等

13《家庭主婦》（*The Real Housewives*）為美國真人秀系列電視節目，於二〇〇六年開始播映，節目記錄居住在某個城市或地區的女性其私人生活，首季為《橘郡主婦》（*The Real Housewives of Orange County*）。

待搜尋引擎緩衝的時間。

薩芙綸・辛格的名字立刻出現，搜尋「薩芙綸」、「警察」、「紐約」等字樣時出現了一篇文章——《阿第倫達克日報：紐約州警晉升為刑事調查局隊長》。新聞內容附帶一名女子的照片，她頭戴軍帽，姿態僵硬地站在臺上。她看起來精明幹練，臉長得很秀氣，稜角分明。海柔搜尋州警的網站，馬上就出現薩芙綸・辛格的辦公室資訊，一行電話號碼就在電子郵件下方閃爍著。

她撥打了電話。

第一聲鈴聲就像浸泡在冰冷的池子中——令人震撼而刺耳。海柔將手機從臉頰旁移開，訝異自己竟然緊張到差點把手機扔掉，這時電話那頭傳來尖細的靜電嗖嗖聲。一聲氣息。

「我是辛格隊長。」

腎上腺素飆升，同時海柔感受到自己的愚蠢行為在顫動、嘲笑著。

「喂？」那聲音說。「有人在嗎？」

海柔用力按下大拇指，掛斷電話，隨之而來的寂靜只被她急促的喘氣聲打擾。她驚魂未定地坐著，暗自祈禱薩芙綸・辛格不會查她的電話號碼並試圖回撥給她。她正在對珍妮拒絕提出的疑問有所作為——海柔知道這個問題會一直縈繞在心頭，一個她無法回答也無從驅除的惱人懷疑。她無法以任何複雜的方式思考這個問題，它太令人髮指，太深不可測。最重要的是，它無從被證實。

於是海柔用顫抖的手指滑回手機的主螢幕。她深呼吸四次，鼻子吸進的全是清潔用品與用吸塵器吸過的地毯味道。路易斯在三聲響鈴後接起電話，他在睡覺，聲音低沉而沙啞。海柔一聽到他的聲音就哭了。

⁂

機場裡人群熙來攘往，珍妮為登機著裝打扮了一番，仔細刷了一層睫毛膏，也穿上一雙低跟靴子。回到旅館房間時，海柔鼓起勇氣準備迎接迸發的情緒，承認那些醜陋而脆弱的真相，然而珍妮就只是一邊拿梳子梳開打結的頭髮，一邊悠閒地哼著歌。海柔昨晚徹夜未眠，珍妮的輕聲打鼾與她對於海柔腦海中陰暗的指控交織在一起。

她們並肩走向安檢處。

「我想就這樣了。」珍妮說，在一間販售高級背包的店門口停下腳步。周圍有絡繹不絕的人群在推擠著往前走。

「海柔，別哭。」珍妮翻了翻白眼。「妳愈來愈像媽了。」

她們擁抱時，海柔抱著她搖擺身子。*妳是堅強的姊姊*。她想這麼說。*妳好勇敢*。可是這些話卻只化為悶在珍妮髮絲裡的低語。*我很遺憾*。她們分開時，有個東西勾著海柔的毛衣。她們兩人都看了好久，是寶石被一根鬆掉的毛線纏住了：那只戒指。

「我想這是徵兆。」珍妮笑著說。

她將那只戒指從指間摘下，放在海柔敞開的掌心裡。

「妳不想帶走嗎？」海柔問。

「幫我保管好嗎？是時候重新開始了。我不想帶著任何會勾起回憶的東西。」

這只戒指沉重而安靜地滑進了海柔的口袋。她納悶珍妮這些年來如何能一直戴著它，負載如此的重量。

「好了。」珍妮說。「另一頭見啦。」

海柔看著珍妮晃動的頭消失在人群中——在她的一生中，她從未感覺到距離姊姊那麼遙遠。在飛機上，珍妮會點一瓶雪碧加一片萊姆，她會翻閱一本小報雜誌，然後在星座頁折角。海柔總是對珍妮的這些事情瞭若指掌，她的細節、習慣和總會吸引她的事物。然而細節並不能代表一個人。在接下來的幾天、幾週、幾個月，珍妮的細節會改變。她會住在一座海柔不曾見過的城市，感受到從未灼傷海柔皮膚的沙漠陽光。珍妮會把半個自己創造出嶄新的風貌，刻意將自己塑造成一個截然不同的人。與此同時，海柔會在這裡。她在這裡癱坐在閃亮的航廈裡，放眼望去是一片油氈地板和熙攘的人群。海柔就在這裡，心裡升起一股熟悉的衝動，想跟隨、趕上，最終能超越。海柔就在這裡，一如既往。

午夜時分的停車場一片漆黑。在水泥地的昏暗光線中，海柔仔細檢視這只戒指，一個來自不同宇宙的物體。紫水晶和黃銅。它不屬於這裡。開車回家之前，海柔打開車上的置物櫃，讓戒指恣意地掉了進去。叮噹、翻滾。她會讓它就這麼被放在那裡，被遺忘，直到像是從未存在過一樣。

✻

「妳確定嗎？」兩小時後，女子問道。「全部？」

「全部。」海柔說。

她坐在伯靈頓市區裡最豪華的美容院裡。她做在轉椅上，身上的衣服留有旅館房間的床單味，當她傳訊息給路易斯，告知她會晚一點到家時，路易斯的回覆附了一張艾爾瑪牙齦的照片，照片上有個摻著血的小洞，她的第一顆乳牙從那裡掙脫了。

設計師剪一剪後停下來欣賞一番，接著拿起一把頭髮。妳看看。海柔原本平直的馬尾連同髮圈一起被剪掉了，正掛在設計師的手上。她的頭上還剩一吋的頭髮——好像艾瑪．華森，設計師讚嘆道——海柔的模樣宛如一個小男孩。像是小仙女，或是艾爾瑪的睡前故事裡會出現的仙子。的確有一點像艾瑪．華森。海柔被自己的倒影迷住了，她想像自己的一生都是以這個認不出是誰的人類形象活著，想像自己一直以來都認識這張瘦削奇怪的臉龐。海柔從潮濕的罩衫底下舉起一隻手，觸摸臉頰上的淚滴狀雀斑，它似乎變得比以前更大了。與其說是瑕疵，它更像是一個信號，一個能使海柔成為自己的特徵。這感覺真是妙不可言——海柔欣喜地望著鏡中的自己張嘴大笑，那看來像是覺醒，像是成就，也像救贖。

兩小時

兩小時又四分鐘。

珍妮以前常說萬事皆有因——你總會調侃她這是陳腔濫調。如果每件事都有發生的原因，那戰爭呢？癌症呢？校園槍擊案呢？這時珍妮只是睿智又傷感地搖搖頭，仍安於自己的信仰。事情發生必定都有目的，她會說。無意義的痛苦不是人類的本能，我們總會找到事情的意義所在。

你會說這是樂觀。

這不是樂觀，珍妮會告訴你，只是生存哲學罷了。

※

你的牢房外站著一名獄警，他對著手臂咳嗽，聲音多痰而潮濕。你知道這位獄警為什麼在這裡：觀察記錄要繼續執行。他每隔幾分鐘就會經過你的牢房，確保你沒有自殺。你其實並不想殺了自己，但如果可以的話你會這麼做——如果你能掌控，自殺也許情有可原。然而你尋遍各處，這裡什麼也沒有。沒有鞋帶讓你繞在脖子上，也沒有玻璃碎片供你割腕。在這漫長又殘酷的等待時間裡，你找不到任何意義。

⁂

安索？

監獄牧師來了，手臂下夾著一個從波倫斯基監獄帶來的紅色網袋。他光禿禿的頭上閃著汗水——從你躺在床上的視角看過去，牧師的體型顯得比以往還高大。他從水泥地對面啯啷拉來一張金屬椅子，坐得離隔開你們的柵欄很近。高牆監獄聘請了另一位全職牧師，然而你要求找波倫斯基監獄的這名牧師——你喜歡想像他開著一台舊旅行車行駛在高速公路上，車窗開敞，收音機輕聲吟唱。

典獄長給了我這個，牧師說完遞給你那個袋子，畢玲絲獄警要把袋子拿來給你。

你立刻就看出那個形狀，你的「人生真理」。你抵達高牆監獄也不過兩個小時，這時間要把袋子交給牧師根本不夠用。不夠時間在亨茨維爾的聯邦快遞裡印副本，不夠時間將那些副本寄給出版社，而且也絕對不夠時間把文稿投遞給當地的新聞台。你從袋子裡拿出那些筆記本，真相令你憤怒難受，沮喪緩緩在你的心頭綻放，像一個滲膿的瘡。

你的人生真理——你所遺留下來的東西——哪裡都去不了。

放棄這個計畫是一回事，你原本就想過莎娜可能無法達成任務。然而將它以這種方式退還給你，卻是近乎殘暴。你沒有時間也沒有資源自己將它傳達出去，莎娜明知如此。總之沒有了她的參與，一切都是徒勞。這份諷刺尖銳又酸楚。你做過的事情很壞，但還沒壞到能擔保讓你得到原本該與你的逃脫一同獲得的關注。你當然可以把「人生真理」寄出去，可是到了這一刻，這麼做也是徒勞。

沒人會在乎。

✲

為什麼要寫這些？

莎娜有次這麼問你，就在你剛開始提筆的時候。你當時坐在地上，周圍擺滿了筆記本，雙手被墨水染黑。

這是唯一能達成恆久的方式，你告訴她。這就好像我把一部分的自己留下來。

你究竟想留下什麼？莎娜問。

我不知道，你惱怒地說。我的想法，我的信念，難道妳不覺得知道自己的身體之外還存在著某些東西，這件事情很重要嗎？某個能超越生死的東西？

莎娜聽了只是聳聳肩，並說：「我覺得有些人留下的東西已經夠多了。」

✲

你請牧師離開後，將一頁頁「人生真理」放在地上排成一個圈，它們齜牙咧嘴，像個缺牙的鬼臉。你盤腿坐在地上，仔細看著自己聰明才智的證據——它看來是那麼渺小而潦草，亂無章法地散落四處。這些記事是為了某件更遠大的目標而寫，也為某種更明智的思想而存在。

所以，就這樣了，你的人生真理在你離去後將會消失，最好的情況是被撤回調查室，最差的情況則是被扔進垃圾桶。一生的思想與寫作就這麼漸漸被遺忘。這時你隨意看到水泥地上有一頁內容，上面寫著：道德不是有限的，道德並非永恆，總是有可能改變。如此基本的東西——可能性——似乎不可能被剝奪。

那麼藍屋呢？

你一開始將內容輕聲念出來，語氣柔和。地上的頁面並沒有動，也沒有發出沙沙聲響，它們就只是回望著你。所以你念得更大聲，回音打在牆上，回彈時發出空洞的聲響。

那麼藍屋呢？

即使這些內容在此地終結——即使沒人聆聽——也還是有藍屋在。藍屋就是你屹立不搖的人生真理。藍屋就是證明，證明你和其他人一樣是有價而複雜的，你不僅僅是個惡人。

⁂

藍屋在炙熱的盛夏出現在你的生命裡，是珍妮離開前往德州約莫一年後，那時你獨自一人在佛蒙特州過著頹廢的生活。珍妮走了，你的日子灰暗而沉寂。你每天晚上都吃熱狗，用塑膠袋裝著的冷食——吃過晚餐後，你會把珍妮最喜愛的家具拖去車庫，用鏈鋸將它們劈成碎片。

那封信在一個六月的早晨寄來，你開著紗門，滿不在乎地撕破信封，寫在橫條筆記頁上的娟秀字跡令你困惑。她的第一封信內容很簡單，只有短短幾句話。

親愛的安索，我是小藍・哈利森。我的父親在紐約埃賽克斯附近的一間醫院被領養之前有一個哥哥，我想那個人可能是你。

你蹣跚地走到廚房，讓這封信浮在佈滿刮痕的橡木桌上。在那一刻，宇宙顯得殘酷又不可思議，挾怨記仇卻也寬宏大量。這些年來帕克寶寶的啼哭聲並非要懲罰你，他的啼哭就和所有嬰兒一樣：他想告訴你某件事情。

就在下一個週末，你去了藍屋。你以前運送家具時有開車來過特珀湖鎮，不過這次你的到來感覺生氣勃勃、充滿意義。天空開展遼闊，像一層天幕籠罩在湖面上，陽光將湖水照耀得湛藍透亮。這間餐館距離海灘幾個街區遠，坐落在一小塊自有土地上。它正對你眨眼，向你招手。

你走進大門時，門口的鈴聲叮噹作響。

你立刻就認出她了，小藍．哈利森正在角落的位子等著你，弓著背、侷促不安，撥弄塑膠吸管的模樣就和一般的十六歲女孩沒兩樣。見到她的那一刻，你發自內心震撼不已。直到你看見小藍．哈利森，你才意識到那個聲音持續存在著。在你腦海最黑暗的洞穴裡，寂靜穴居於此，那是多年來嬰孩輕聲哭泣的地方——解脫的感覺幾乎使你無法動彈。

小藍．哈利森長得和她的母親如出一轍。

在那一瞬間，帕克寶寶彷彿抬起頭來，此刻的他很冷靜，甜甜地眨著眼睛，彷彿在說：

你終於找到我了。

薩菲
二〇一二年

薩菲知道該如何解開謎團。

她懂得那種發癢的感覺，指尖持續不斷的刺痛感受——狩獵與捕捉，匆忙與釋放。她知道如何纏繞與磨碎每個資訊，拉扯微小的細線直到整體崩解。薩菲能夠解開謎團再仔細探究，是一門準確無誤的科學。然而有些案件會逐漸演變，超越了謎團而成為更曲折複雜的事情；最糟的那種謎團會超越本體，轉化為一種全新的怪物。有些案件成了食人魔，吞噬自己直到最後只剩軟骨。

⁂

薩菲站在嘈雜的人群面前，雙手穩穩地搭在講台上。螢光燈將調查室照得晶亮，這裡擠滿了人，州警吵鬧地坐在塑膠椅上，調查員倚著遠方的牆懶洋洋地站著，肯辛頓副隊長身子一半靠在門邊，一半踏進調查室，彷彿他在計畫著馬上要逃跑。

薩菲清了清喉嚨，以示權威。她把肩膀往後挺，以低沉的聲音說話。

「誠如你們所知，我們已經收到羅森案的重審日期。」她說。全場鴉雀無聲。「就在兩週後。有鑑於此案受到高度關注，地方檢察官向我們請求協助——他們需要我們的眼睛、耳朵以及最大的努力。直到審判日期之前，我希望你們就連呼吸、睡覺、拉屎都在想著這個案子。」

她取得大家的關注，而這僅僅需要一點改變：以他們所熟悉、粗獷的男子氣概說話，極盡粗魯之能事。自從薩菲晉升為隊長之後的幾個月以來，她刻意在發號施令時摻雜這些用語，她需要他們的信任。她已經練習這種說話方式好幾年了，擔任警長的六年，接著是當副隊長的四年。薩菲現在三十九歲了，是B小隊有史以來唯一的女隊長，因此她早已接受了這個事實，要想領導他們，就必須以他們的方式說話。

「寇德維爾警長，由妳來做簡報吧。」

柯琳背倚著偵查室的牆，雙臂交叉在胸前，她穿著一件舊皮夾克，聲音微帶沙啞而平穩。

「瑪裘瑞．羅森兩年前在自家廚房遭到殺害，被人以煎鍋重擊後腦勺身亡。她的先生葛雷格．羅森在大型超市裡擔任助理屠夫，是唯一的嫌犯，且以各種標準看來都像他所為。然而多虧了我們部門的一個洩密者，辯方訴請了審判無效。」

話說到此，薩菲的眼神直視肯辛頓副隊長，而他正在檢視腳上那雙價格不菲的義大利皮鞋。多年前，肯辛頓在當地酒館不慎喝醉，並向一位陪審員說起羅森明顯的罪行，導致現在薩菲必須為此付出代價。薩菲從前任隊長手中接下這個爛攤子，也正是因為這個案子前任隊長被迫退休，如今薩菲必須找到一個未曾觸碰過的證據，一個全新的偵查角度。她會得從一堆塵埃中建構新線索。

「謝謝妳，警長。」薩菲說。「路易斯和塔明斯基，我要你們去找證人，再次詢問每一個人，對他們施加壓力。哈特福德，你負責偵訊被害者的家人，查出任何與羅森夫婦的婚姻有關的事情。班尼和馬格斯，你們負責鑑識科資料。還有肯辛頓，你負責和地方檢察官與律師交涉。獲得有罪判決是檢方的工作，不過在接下來的兩週，我們要盡力協助他們立案，開始工作吧！」

當州警魚貫離開時，薩菲轉身面向佈告欄。她早已記下那些照片，但關於犯罪現場還有她沒注意到的地方。當她調查一個案子太久，當所有線索都逐漸消失殆盡的時候，薩菲會轉而注意實質的東西：瑪裘瑞．羅森四肢攤開倒在自家廚房的地上，血從她的後腦勺聚集成潭，滲入剛刷洗好的磁磚中。烤箱的燈還亮著，屋子裡瀰漫著煙霧，玉米麵包被烤得焦黑。

「隊長。」

是柯琳，她唯一的女性調查員，也是最優秀的一個。柯琳是薩菲在當副隊長時第一個聘用的手下，就在莫瑞蒂倉皇逃回亞特蘭大之後。柯琳在薩菲的指導下破獲了幾十起凶殺案，也動用她作為警察局長的公公之力協助薩菲升上隊長。現在她是薩菲的左右手，走路無精打采、低姿態、紮著光滑的馬尾。柯琳細膩又精明，還有那種不露聲色的幽默感，陪伴薩菲度過無數個漫漫長夜。

「我們搞砸了。」薩菲小聲說，在照片的陰影裡，她顯得渺小。

「不是妳的錯。」柯琳說。

「妳也知道是不是都不重要了。」薩菲嘆氣說，對此柯琳並未爭辯。

日子悄悄過去，薩菲和路易斯與塔明斯基一起檢視證人的證詞，遞送加班申請單，也在批准一輛緝毒行動的監視車時，咳嗽著吃下一個冷凍玉米捲餅。夏日的夕陽西下時，多數的組員都回家或出外勤了，警局裡空蕩蕩的。薩菲知道她應該先休息一下，隔天再來，星期六原本該是她休假的日子，但空氣中瀰漫一種令人窒息的潮濕感，她的胸口充斥著熟悉的渴望。

她不該這麼做的，這樣不健康，尤其更不理智。但薩菲隻身一人，還好是隻身一人，且夜晚不會評判她。她已經好幾個月沒向這股衝動屈服了——上次是四月，在下著滂沱大雨的灰暗夜晚。

薩菲拉出辦公桌最底下的文件櫃，那個資料夾就原封不動擺在上次她放的地方，與其他懸案並列，闔上且被遺忘。薩菲沒告訴過任何人，這是她最愚蠢的祕密，最甜蜜的恥辱。

一九九〇年的女孩們對她毫無回報。不過就算如此，薩菲仍將她們的檔案夾在手臂下，步履艱難地走向陳舊空蕩的停車場。女孩們總會在這種時刻溜出來，在她遭遇瓶頸與挫折時，當她遇到像羅森案這樣的死胡同的時候。伊姿、安琪拉、萊拉。她們會從文件夾裡滑出來，密謀似地竊竊私語。她們會出現在那輛無標誌的福特探險家後座，或在偵訊室裡嫌犯的身後，一次嘲弄的輕推，不間斷的提醒。薩菲現在確實是隊長，但她也曾經是個小女孩。每一個謎團都是一篇故事，有時為了要看清全局，就必須得回到最初才行。

※

那晚伊姿來了，夢中的鬼魂。女孩們推著薩菲往前走，接著又引誘著將她往後拉——女孩們，正如她們原有的樣貌。日出時分，伊姿坐在陽台上，她年近四十，戴著沾滿汗跡的眼鏡，穿著她最愛的破舊法蘭絨衣。乾淨的玻璃桌上放著一杯咖啡。她正在剝水煮蛋的蛋殼，剝落的指甲油在白色的蛋殼上顯得格外顯眼。雞蛋黏黏的表皮顯露出來，脆弱而無助，有如新生兒般光滑。

※

薩菲隔天早上醒來時，她知道要怎麼做了。

一層六月的薄霧如薄膜籠罩夜幕一般——在她臥室的窗外，黎明的曙光正孤零零地冉冉升起，她被汗浸濕的床單聞起來有酸味，該洗了。她的手機已經開始響個不停。

今天早上要檢視羅森案的文字記錄。柯琳發來簡訊。妳有特別要我標註的嗎？

薩菲把眼屎擦掉，快速回覆訊息。

回頭查看辯方證人的說詞，看看有沒有漏洞。打給副隊長請他幫忙。我今天休假。

等太陽升起時，薩菲已經坐在車上，冷氣隆隆作響，一股霉味與塑膠難聞的氣味發散，她的思緒依舊混沌不清。她一邊打開一個燕麥棒，一邊把車開上高速公路，車子馳騁在因熱氣而模糊蕩漾的黃線上。

這條路線薩菲開了十三年，她早已熟記每條路的每個轉彎。她抵達州界，進入佛蒙特州，尚普蘭湖在後視鏡裡愈來愈小，田野併成了購物商場。她加速行駛在空曠的道路上，從雜物箱裡拿出一盒菸。從青少女時期之後她就不太抽菸了，理論上是如此，但每次走這條路時，她都允許自己盡情地抽。她已經打破了自己的規則，罪惡感與羞恥感襲來，不讓自己獲得這小小的滿足似乎說不過去。

她不需要從安索・帕克身上得到任何具體的東西，她從沒接近過他，從沒宣告自己的存在。她的渴望沒有邏輯、沒有原因，就只是因為她需要親眼看見、觀察。隨著購物商場變成了一排排破敗不堪的老房子，薩菲把煙灰彈出車外，想像自己的慾望就像遊樂場的旋轉木馬，老舊生鏽，無止盡地旋轉著。

她抵達那間黃色小屋時，清晨已成了炎熱的夏日。薩菲把車停在路邊，翻開她的筆記本，悠長地吸一口氣，然後瞇起眼睛望向窗外的景象。

珍妮離開之後，一切都變得不同了。草長得太長，盆栽枯萎了，陽台上到處都是泥濘的男鞋。薩菲是在過去九個月來的三次探訪後才打電話詢問醫院，發現這個顯而易見的事實。

德州。櫃檯人員說。她在那裡得到新工作。

珍妮走了。

薩菲只有十三年前在醫院外面和珍妮交談過一次——當她回想起那次失敗的訪談和自己笨手笨腳的模樣，不禁對年輕時的自己感到一股柔情。她當時還只是個稚氣未脫的調查員，那麼滿懷希望、不諳世事。接下來的十年裡，薩菲趁著休假日與週末空檔前來，看著珍妮慢慢改變。她看到酒瓶在垃圾回收桶裡滿得裝不下、電視播著實境節目、珍妮和安索各自度過無數個夜晚，珍妮在客廳裡，安索則窩在車庫。她看過珍妮的妹妹——兩人相似到不可思議——她帶著兩個小孩來訪。珍妮笑著幫小男孩繫上汽車座椅的安全帶。

現在這間房子明顯被棄置，雖然安索的車還斜停在車道上。陽台上的串燈已掉落、垂在籬笆上，櫻桃圖案的窗簾歪歪斜斜地掛在廚房的窗戶上。汽車引擎轟隆作響，這時薩菲心中湧起一股熟悉的挫折感。來這裡真蠢，這裡什麼也沒有。薩菲想哭，她的不切實際猶如鏡中醜陋的自己。然而就在她準備將車子掉頭、強迫自己回家時，她聽見紗門傳來嘎嘎聲響。

安索穿著一雙厚重的工作靴走出來，牛仔褲上濺滿了灰泥。他身上是一件單薄的T恤，在腋下處泛黃，啤酒肚的輪廓隱約可見。安索的髮際線逐漸往後退，汗濕的鼻樑上掛著黑框眼鏡。薩菲好奇地坐直身子，看著他坐上皮卡貨車的駕駛座。

在他把車子開出車道時，薩菲等待半晌，她真希望有一包口香糖，香菸在她的喉嚨裡產生了苦味，又乾又癢。

如果說薩菲在這份工作中學到什麼，那就是像安索這類的男人無法容忍脆弱，他們就是無法忍受。

⁂

當然，這是有規則可循的，犯罪者有特定的傾向與相似之處，這是由聯邦調查局勾勒出來的人格剖繪。薩菲和調查員是這麼歸納他們的許多嫌犯——誘姦文靜女孩的體操教練、出席每一場市民大會聽自己的罪行被重複提起的強暴犯、毆打第一與二任妻子後殺害第三任妻子的前海軍陸戰隊士兵。不過薩菲將她的成功歸因於她明瞭一件事：儘管多數的罪犯都符合某一種刻板印象，但仍會有許多並不在此列。每個人的大腦都有不同的異常行為——人類痛苦的表現會以某些特定、難解的方式表達出來。關鍵在於找出觸發點，痛苦落腳與惡化的地方，每個性格強悍的人有何能將他們推向暴力的弱點。薩菲知道重點在於學著去理解這些複雜的細節，而這麼做卻又令人難以忍受地建立出一種親密感。難以忍受的人性。有時這就像是一種扭曲的愛。

⁂

在薩菲跟蹤安索．帕克的十幾年間，她從未看過他離開佛蒙特州這座小鎮。她跟著他到超市，也尾隨他到工作的家具店和街角的酒吧。有一次她跟隨他參加一場院子烤肉會，當時他拿著一瓶啤酒坐在野餐桌旁，而珍妮則和朋友們聊天。

現在薩菲在等著轉向燈或煞車燈，但安索卻是往前駛去。他向北行駛，繞過尚普蘭湖再越過紐約邊界，經過潔瑪小姐之家後往普萊西德湖前進。等安索終於下高速公路時，時間已經過了好幾個小時，薩菲的膀胱快爆了。他們又回到B小隊的領地——來到紐約特珀湖鎮，一座薩菲略為熟悉的小鎮。

總算到週末了。幾天前的晚上，克莉絲汀在電話裡調侃道。隊長，妳放假要做什麼？克莉絲汀兒子的足球賽在今天早上舉行，是冠軍賽，但薩菲將會無故缺席。她想到這個週六原本的模樣：中場休息時吃橘子、野餐墊上堆滿玩具卡車，和回家路上的冰淇淋。

然而此刻的她卻在這裡，坐立難安地開車到特珀湖鎮北邊。安索的卡車在加油站短暫停留，接著他把車停在一棟住宅前面：漆成明亮泡泡糖藍色的房屋。安索蹣跚地下車時，薩菲瞇起眼睛湊近一看。

那是一間餐館，櫥窗裡放了一張壓模菜單，門上掛著一個鍛鐵小招牌，是鐵鏽紅色，不太清楚。

藍屋。

時間接近正午，薩菲急需小解。她不該這麼做的，這樣既不聰明，也不合常理，更不是警察該有的表現。但薩菲知道她會尾隨他的腳步踏進餐館。她把自己的職業生涯都賭在這個概念上，而且一次又一次證明自己是對的：每個人都有祕密，每個人都以某種形式的隱藏生活著。

薩菲亦是如此。她現在在看心理醫生，一位名叫蘿莉的女醫師，她的辦公室位於一棟舊大樓的二樓。蘿莉在咖啡桌上放了一盒面紙，窗臺上擺了一些療癒人心的盆栽。她們談的多半是薩菲的工作，每天她所目睹的恐怖畫面：女人在床上被毆打致死，孩童被鎖在地下室裡挨餓，還有一件件用藥過量的案子。薩菲時常試著改變話題，討論她新家裝修的事——最近在克莉絲汀的幫忙之下，她把廚房整個打掉——或者討論她的約會災難，在她的生命中來來去去的男人們，能引起她興趣的少之又少。她告訴蘿莉她在廚房窗臺上架著的食譜文件夾，她花好幾個小時在谷歌上搜尋的拉賈斯坦[14]菜餚，咖哩肉和達爾巴蒂[15]，訂購宅配食材。然而蘿莉總是把話題繞回工作上。薩菲每天接觸的暴行。是什麼吸引妳從事這份工作？蘿莉喜歡這麼問，善意地皺起眉頭。妳童年的哪一部分曾受過創傷？

薩菲總是忍著不翻白眼，她想過乾脆停止心理治療，但又想為麾下年輕的調查員樹立典範，那些躲在警務工作虛假的男子氣概後頭，一邊吐著菸，一邊有意無意地開著同性戀玩笑的人。她現在是隊長了，她知道他們對她的觀察有多仔細。

薩菲看著安索穿著靴子的腳步重重地踏上階梯，往藍屋走去，這時她想起蘿莉的話，她睿智又惱人地斜著頭，問道：「那麼妳童年時的自己呢？」

14 拉賈斯坦邦（Rajasthan）位於印度西北部，為印度面積最大的邦，首府為齋浦爾。
15 達爾巴蒂（dal Baati）為結合了扁豆與硬質小麥卷的印度料理。

好吧。當安索接近藍屋門口時，薩菲心裡默許。她怎麼了？

薩菲有時仍想念那個小女孩，當午夜漸漸往清晨靠近時，她在上鋪仍頭腦清醒。她的渴望很明確：她希望媽媽死而復生。她很常想起爸爸，爸爸就像神話般的重要，猶如正義或真理，永遠不為人知。雖然她的童年沉浸在悲傷中，但在潔瑪小姐之家的日子過得容易一些。那時的她明確知道自己該希冀什麼，那時簡單的願望藏匿於一切之下，宛如源源不絕的河川水流。

如今，這一切都不存在了。薩菲已經擺脫那份渴望，在叛逆的青少女時期或懵懂的二十多歲時就已將它拋在腦後。取而代之的是清晨三點提交的案件報告，讓嫌犯哭泣的密室偵訊，還有只為尋訪一名證人而開七小時的車程。安索走進餐館時，薩菲仔細看著他的後腦杓。她想知道他設法擺脫何種渴求——或者也許更重要的，是他這些日子以來保留住什麼。

⁂

藍屋的內部溫馨明亮，不過也破舊骯髒，這個家族企業明顯過了全盛時期。門上的鈴鐺叮噹作響，宣告薩菲的到來，但這令薩菲感到一陣恐慌——這不是個好主意，她應該開車回家，趕上克莉絲汀後院的披薩晚餐聚會，這是足球賽後的傳統。

然而這麼做卻又令她感覺必要，而且訝異地覺得自己做的是正確的。

「需要什麼嗎？」

接待櫃檯的女子熱情地笑著，她用一條鬆緊髮帶將捲髮往後束，圍裙上沾了番茄醬和油汙。薩菲猜測她年約三十五，名牌歪歪斜斜地別在她的圍裙上，寫著瑞秋。

「一杯冰茶就好。」薩菲朝吧檯點頭說。她試著讓語氣聽起來像她自己，而非警察，不過這條界線明顯變得模糊。「請問洗手間在哪裡？」

瑞秋比向餐廳後方時，薩菲很快地瞥一眼安索，就只是一瞬間。他坐在窗邊的桌位，椅子有些搖晃，對面坐著一位年輕女孩，一個青少女。她的頭髮編成辮子垂在一側肩膀上，看起來很害羞，很緊張。

薩菲走到洗手間後把門鎖上，吸進這股陌生的感受。一股新生而劇烈的恐懼。薩菲將內褲褪到膝蓋邊，朝著手掌吐氣，漂白劑、尿液和油炸食物以一團難聞的氣味吞沒了她，她覺得自己愚蠢又偏執。然而當薩菲用熱水沖洗她顫抖的雙手時，她卻又無法對它視而不見。安索凝視中的渴望。那個女孩年紀太輕，還太小了。

回到餐廳，一杯冰茶已在吧檯尾端等著她，斑駁的塑膠桌上積了一灘水珠。

「今天要點什麼吃的嗎？」

薩菲搖搖頭，她說不出話來。瑞秋回到廚房裡，廚房的門擺盪闔起，這時薩菲看見那張照片。它用大頭釘釘在廚房的門上，高畫質輸出且放大裱框。一個小祭壇擺在照片旁邊，手寫的紙條周圍別著乾燥花。照片中的男子在藍色鑲板牆前面笑著——也就是這間屋子——他將一個小女孩抱在腰際，女孩的手臂環繞著他的脖子。這張照片令薩菲非常不舒服，並不是因為他的名字——艾利斯・哈利森——也不是因為這些日期，一九七八年至二〇〇三年——他二十五歲就去世了，或甚至是那個小女孩，很顯然就是現在坐在角落的那位青少女年幼的時候。令她不舒服的，是這名男子的臉形，他斜向一側的笑容，他的模樣看起來和安索・帕克非常相像。

「事實上，」薩菲在瑞秋回來時說。「我想點一個鮪魚烤起司三明治。」

薩菲一邊把三明治塞進嘴裡，一邊豎耳聆聽。吧檯的位置使她背對著安索，不過她還是聽見幾個字，捕捉到幾句話。女孩的聲音。*銀行發出法拍通知，我不知道我們該怎麼辦。*

「你們開店多久了？」當瑞秋把帳單夾在一個油膩的塑膠套裡送來時，薩菲問她。

「我和我先生在一九九七年買下這裡，所以從那時起就營運到現在。」

薩菲點頭指向廚房門上的紀念照。「妳現在自己經營這家店嗎？」

瑞秋身子倚著吧檯，眼周的皺紋使她顯得疲憊。「我不是一個人，我有女兒和我一起。」

她們都轉頭看，安索正不自覺地用一隻手撫過日漸稀疏的頭髮，女孩臉紅了，她的可樂已經喝光，正用塑膠吸管攪動杯裡剩下的冰塊。一股強烈不合理的恐懼湧上薩菲的喉頭。快跑，她很想大喊。*離那個男人遠一點。*

然而薩菲並為喊出口，就只是問：「她幾歲？」

「十六歲。」瑞秋翻了翻白眼，而後眼睛一亮地說。「不過小藍似乎覺得自己已經三十歲。」

薩菲在桌上放了二十塊之後，帶著顫抖的雙腿走回車上。陽光炙烈地曬在人行道上。安索與那個女孩。

十六歲。

正是他中意的年紀。

⁂

一九九〇年那些女孩的遭遇是一場意外，那是激情所致，是精心策劃，是路過小鎮的連環殺手，是某人的父親，某人的叔叔，或是某人放浪形骸的哥哥所為。也許，只是也許，是安索．帕克。在某個時刻，「原因」已不重要了，重要的是「誰」。不公不義令人感到殘酷，過分野蠻。這個案件經歷過多年的思考與監督，不可避免地被世界遺忘。在某個時刻，她們全都成了瑪裘瑞．羅森，四肢攤開躺在地上，要求獲得更好的結局。

⁂

星期一早晨，警局裡忙碌不堪，肯辛頓用兩個指節輕快地敲了敲薩菲辦公室的門，他的制服剛熨過，頭髮往後梳得亮滑，手指上的婚戒微微發出亮光。肯辛頓的太太一向很討厭薩菲，隊上同仁很喜歡散播關於薩菲和肯辛頓的謠言，兩個並肩作戰的對手。薩菲不理會那些謠言，也對於自己的惱怒置之不理。肯辛頓是個混蛋，一個二流警察，但他靠著乾淨而從容的個人魅力在警隊裡一路高升。

「地方檢察官要求提供最新情況。」肯辛頓說，站立時將身體重心移到腳跟。

「我們沒有最新情況。」薩菲說。

「我該怎麼做？」他問，聲音裡透著同情。薩菲對於他的膽量感到稱奇，一派純潔地站在那裡，彷彿一開始他並未捅出這個簍子。一天晚上，肯辛頓喝醉了，他認出一名陪審員，於是走向他在吧檯的位子，開始滔滔不絕。他是被他的叔叔解救的，C隊的隊長，資深而且備受景仰。如果是薩菲犯了肯辛頓的錯，那麼她立刻就會被開除了。

「幫我叫柯琳。」薩菲說。她已經完美駕馭這種語氣，友好又帶點輕蔑。她刻意讓自己在工作上保持平靜——和前任隊長截然不同，有一次前任隊長還一拳打碎車窗玻璃。

自從薩菲尾隨安索到藍屋已經過了兩天，那些畫面一直縈繞在她的腦海，使她無法集中注意力。即使在薩菲主持當天早上的任務匯報，回答漫無邊際的問題，並分派一系列任務時，她都還在想著那些畫面。安索和那位女孩，平靜地坐在餐廳的桌前。他們的會面散發一股第一次約會的臉紅心跳，這是薩菲想也想不透的，因為女孩的母親就站在吧檯後方，卻對此事毫不在意。薩菲無法入眠，想起小藍看安索的眼神，如此明顯的渴望。她想不出自己究竟目睹了什麼。

當柯琳把頭探進薩菲的辦公室時，薩菲正在按摩太陽穴，頭開始痛了。柯琳堅持讓人喚她的名字——因為這個原因，她躲過了同袍的許多逗弄和不懷好意的玩笑，這個名稱太女性化了，從那些自以為是的男人口中說出來太尷尬了。

「坐。」薩菲說。

「我一直在審查辯護詞。」柯琳說完嘆了一口氣。「隊長，情況不妙，如果地檢沒辦法讓證人再度開口，我想我們也不行。」

「我們有東西漏掉了。」薩菲說。

「也許吧。」柯琳說道。「如果真的有，那埋得很深。」

警局裡，薩菲聽見辦公室外面那些人熟悉的叫喊與喧鬧聲，一如既往地嘈雜。柯琳在紐約警局的情況必定不同，薩菲將她從較低的位階擢升——在布朗克斯分局時，身為黑人女性的柯琳不像現在那麼孤立無援。有時薩菲會納悶柯琳是否後悔來到這裡，接受薩菲的指導。薩菲一直以來都在設法克服工作上的矛盾：她的警徽允許的特權，監獄裡多半都是黑人與棕色人種的事實。她時常被他人愚昧的話語刺傷，無論是惡意還是善意的，而她知道隨時在腰際帶著槍的涵義。有柯琳在這裡，薩菲明顯感覺沒那麼孤獨了。

「這次我們把目標鎖定在意圖上。」柯琳建議道。「瑪裘瑞報警的那些電話，家暴事件。我們可以在這方面多下功夫，試著挖出更多線索。不過檢方會知道這個舉證有點站不住腳。」

薩菲想像葛雷格．羅森的臉，蒼白而圓胖，因酗酒而臃腫。他只是普通的壞人，垂頭喪氣地向陪審團認罪。這份工作令薩菲惱怒，原因不是那些屍體或失蹤兒童，也不是猖獗的類鴉片藥物。令她心生惱火的是這個，是像羅森這樣的男人，總是相信自己的存在就能讓他們無法無天。這種男人得到了世界，將世界如棄敝屣，然後仍然要求得到更多。

「妳還好嗎？」柯琳起身準備離開時問道。

有時在下班後的夜晚，薩菲會和柯琳開車去公路邊的餐館，大啖起司蛋糕和喝咖啡——那也是安琪拉．梅爾失蹤的餐館。她們會在那裡猜測新納入的嫌犯，也會反覆討論舊有的預感。伊姿、安琪拉和萊拉的案子仍懸而未決，不過已經許多年沒人碰過了。薩菲告訴柯琳有關這個案件的基本資訊，將安索．帕克描繪成在眾多冷門線索裡一個很可能的嫌犯。

「我還有別件事需要妳幫忙。」薩菲在柯琳離開前說。「把門關上吧。」

⁂

那天晚上，薩菲覺得家裡特別空蕩，她踢掉鞋子，把警徽和槍鎖在前廳的櫃子裡。寂靜令人感到壓迫——在昏暗的暮色之中，她的客廳顯得簡樸又了無生氣，家具在黃昏陰影之中若隱若現。她往沙發重重一坐，從口袋裡拿出手機，打開個人信箱，在她的信件夾更新時，客廳揮散著藍色的光芒。

什麼也沒有。

那位女士說這可能需要一點時間。克莉絲汀這麼告訴她，試圖讓她安心。找機構幫忙是克莉絲汀的主意——當她們打開一箱從印度訂購的裝飾枕頭時，克莉絲汀是第一個提起這件事的。薩菲在克莉絲汀的協助下翻修房子，仰賴她這位朋友對色彩無懈可擊的眼光。薩菲是在幾年前才開始研究印度文化——宗教、藝術、地理與食物，那些也許本該由她的父親傳承給她的基本知識——她委託一位拉賈斯坦的藝術家繪製一幅齋浦爾的裱框油畫，並將它掛在臥室的牆上，這幅畫帶給她直覺的安慰，她時常細細看著它入睡。

薩菲對於父親幾乎一無所知，只知道他曾是交換學生，和母親同樣修讀佛蒙特大學社會學的學程，是個來自齋浦爾的年輕男子，但在薩菲出生前就回國了。紹里亞・辛格。薩菲最近在網路上概略搜尋這個名字，結果跑出的結果有數百人之多——這個名字大致上的意思是勇敢，她想像著自己的血液裡也流淌著這股力量。

她再度更新電子信箱，焦慮的程度更甚以往。機構曾警告她要找到親生父母可能需要好幾個月，甚至是好幾年的時間。薩菲不知道她的媽媽當初是否告訴過爸爸自己懷孕的事，不知他是否因此離去，也不確定爸爸究竟知不知道她的存在。她應該做好心理準備迎接壞消息，然而至今什麼消息也沒有。她每天早上的第一件事就是瀏覽收件夾，懷著滿腔希望尋找機構的標誌。時間已經過了六週。

薩菲知道自己應該做點晚餐，冷凍披薩。她應該換掉皺巴巴的工作服，用梳子梳頭髮，但她沒有這麼做，反倒是傳訊息給柯琳，她現在應該到家了，也許正在吃晚餐或看電視，或者在她太太家族的農地後方的田野裡慢跑。

找到什麼了嗎？

她等待著。

「他們是親戚。」隔天下午柯琳上氣不接下氣地說。「安索．帕克和哈利森一家。」

她們出了警局，來到最喜歡的那間餐館，薩菲的咖啡在一個沾了咖啡漬的黃色馬克杯裡放到涼了。警局裡令人太有壓迫感，每個人都希望薩菲提供方向。

「安索沒有家人。」薩菲說得太快。

柯琳揚起眉毛。好幾次她們就坐在餐館裡的這個位置，在她們需要宣洩的時候逃進懸案裡，編出理論、修改動機。薩菲將安索描繪成一名嫌犯，如此而已，但柯琳的胡謅探測器仍冷靜地運作著——這正是薩菲雇用她的主要原因。柯琳的鷹眼已經超越了警探的範疇，進入到一個人的本質。她就像個人體測謊機，柯琳的太太梅莉莎曾開玩笑說。那次她們在梅莉莎家的土地舉行一場夏末營火聚會。薩菲並未告訴柯琳有關潔瑪小姐之家的事，也沒說過她過去十年來時常在佛蒙特州露營度過週末，不過如果柯琳不知怎地還是知道了，那她也不會覺得訝異。

「瑞秋．哈利森嫁給艾利斯．哈利森。他們買下那間餐廳，有個名叫小藍的女兒，那時候他們都還很年輕。他在二〇〇三年過世，死於癌症。我找到他的就學檔案，在市區的一間私立學校——有個輔導員標註艾利斯是被領養的，所以我致電到縣府確認紀錄。妳猜猜同一份案件報告裡是誰有個哥哥？」

「那個嬰兒。」薩菲喃喃說。

「艾利斯和安索被遺棄在城外的一座農莊裡。這裡有地址，如果妳想要的話。」

柯琳把一張筆記本紙的一小角滑到桌子對面，薩菲迅速將它塞進口袋裡。

「那安索在那裡做什麼？在藍屋？」

「那正是我搞不懂的。」柯琳說。「小藍即將升上特珀湖高中三年級，瑞秋經營那間餐廳，她們只有兩名員工，分別是廚師和洗碗工，但經濟狀況看起來很不好，非常糟糕。她們欠了一大筆貸款，而且看來銀行很快就會找上門。」

「所以也許她想尋求協助，金錢資助？」

「可能吧。」柯琳聳聳肩。「不過安索看起來不像有錢人。」

薩菲用兩根手指按住鼻樑，讓壓力緩解鼻樑的腫脹。「小藍不會知道他有不有錢，也許她邀請他來是想請他幫忙。不過她是怎麼找到他的？而且為什麼現在才找？」

「我也想問妳同樣的問題。」

柯琳以一種憐憫的眼神看著她。薩菲凝視窗外，空蕩蕩的停車場在陽光下閃閃發光。

「隊長，為什麼是這個案子？羅森的案子馬上就要開庭了，我們為什麼在這裡？」

「我有一種感覺。」在薩菲的腦海深處，莫瑞蒂對她翻了個白眼。莫瑞蒂傳授給她最重要的一件事，就是感覺在成為事實之前絲毫不具意義。

「感覺不會……」

「我知道。」薩菲打斷她。「柯琳，我需要這麼做，和我一起追蹤這個案子。」

柯琳啜一口咖啡，接著聳聳肩說：「帕克要開車到那裡好像的確滿遠的，妳也許是對的，也許真的事有蹊蹺。」

女服務生拿帳單過來，她很年輕，也許才二十歲，雀斑沿著胸前起伏散落。薩菲心想這位服務生不知道記不記得安琪拉．梅爾——他們是否還會談起她，或者她早已從此地的集體記憶中消失了。薩菲忽然猶如電流通過般詫異地察覺，這是多年來她第一次感到警惕與謹慎。她感到害怕。

⁂

當薩菲想像安琪拉時，她看見安琪拉在海灘上。加州，或是邁阿密。突出的陽台上方是一片寬闊的藍天。安琪拉會成為一位房屋仲介或藥廠業務，在海邊擁有一間套房公寓。她會在星期天自製面膜，學著做義大利燉飯——她會和薩菲一樣對於大多數和她約會的男人感到無趣。薩菲時常想像她穿著最喜愛的絲質睡衣站在陽台上，沉浸在自己的孤獨裡，陽光斜照在輕輕翻湧的海浪上。

⁂

羅森案開庭前七天，薩菲又回到藍屋。

那是個平日早晨，只有柯琳知道她去了哪裡——薩菲保證她很快就回來時，柯琳擔心地斜瞥她一眼。這固然是一種逃避戰術，薩菲為羅森案忙得焦頭爛額，她需要找到某些東西，什麼都好。瑞秋端來一盤半熟蛋和鬆餅時，薩菲注意到她指關節上的水泡，皮膚被烤箱邊緣劃破皮了。

「很高興再看到妳來。」瑞秋說完用圍裙擦拭雙手。

角落的音響播放著經典搖滾樂，薩菲檢視這個空間：十張桌子，每張配有四把椅子，紙巾和餐具擺得很整齊。她是店裡唯一的顧客。藍屋就像一般中產階級的家，曾經令人夢寐以求，如今則有些凌亂。樓下的空間被打掉，為符合工業廚房的運作而做的變動，後方的階梯通往二樓，薩菲猜測那是住家。當她用叉子戳破蛋黃時，後院傳來斷斷續續的低沉笑聲。

在窗外，小藍正從四分五裂的階梯往上走到露天平臺。她手上拿著一個看起來很重的工具箱，T恤上寫著特珀湖田徑隊，穿著一件牛仔短褲，頭髮往後綁成凌亂的馬尾，夾腳拖鞋發出啪噠趴噠的聲音。

在她身後是一名男子，他在笑，低沉的笑聲如雷。

安索。

這畫面令人震驚，這一刻叫人難以置信。驚詫之後立刻升起一團困惑。薩菲用力眨眼，試著理解——安索不該在這裡的。他應該在佛蒙特州才對，去家具店報到上班，睡在珍妮留下的床單上。他不該出現在這裡，從口袋裡掏出捲尺，沿著年久失修的欄杆測量。他在耳後塞了一枝鉛筆，對小藍說了些什麼。薩菲聽不見他們說話，只有隱約聽見對話的喧鬧聲，輕鬆而無憂。

從前令她的心怦怦跳的恐懼又浮現，恐懼的翅膀瘋狂地拍打著。

「都還好嗎？」

瑞秋看到薩菲盤子裡的蛋完全沒動過，黏稠的蛋液上結了一層薄膜。

「妳們在裝修嗎？」薩菲問道，她一邊用叉子側邊切鬆餅，一邊假裝一派輕鬆地說。

「稍微整理一下。」瑞秋說。「我們這幾年過得很辛苦，有個朋友來幫忙，很快我們就又會有戶外的位子了。」

「妳女兒。」薩菲說。「她也在幫忙？」

瑞秋回以一個禮貌的微笑，帶著一絲不易察覺的懷疑。

「妳說妳從哪裡來啊？」瑞秋把咖啡壺放到桌上。

「埃賽克斯。」薩菲回答得太快。「我來這裡健行。」

「嗯。」瑞秋說。「那妳來對地方了。」

當瑞秋開始介紹這個地區最知名的健行步道時，薩菲點頭回應，同時一邊注意著外頭的聲音。小藍和安索的笑聲穿過玻璃傳了進來。

「我很快就會再來。」薩菲付錢時對瑞秋承諾，瑞秋點點頭，盯著薩菲的時間有些過久，然後才收起盤子，盤中的蛋沿著瓷盤凝固了。

✻

特珀湖鎮小而美，看起來和其他環繞普萊西德湖的六個小鎮相似。薩菲慢慢地開車，觀察此地古樸陳舊的街道。這座湖帶著一種藻類淤積的混濁綠色，傾頹的碼頭沉入了水中。鎮上有一座屋頂歪斜的小圖書館、一間初中與高中合併的學校、一座博物館、一間麥當勞和一間斯圖爾特加油站。一座廢棄的滑雪山四處散落廢棄的滑雪纜車。距離藍屋幾個街區外有一間低矮的小旅館——當薩菲看見旅館停車場的那輛卡車時，她的胃猛地一沉。

一輛沾滿泥濘的白色小卡車。

安索下榻在這裡。

薩菲知道事有蹊蹺，她打開車裡的冷氣，將汗濕的頭髮從脖子上撥開。在特珀湖鎮發生的事情多年來纏繞著她，徘徊不去，令人費解。這是安索的故事，是萊拉的故事——也是薩菲自己盤根錯節的心事。

✻

薩芙綸，妳想要的是什麼？蘿莉在一週前的心理諮商時問道。

這個問題簡單又直接，當蘿莉從低垂的眼鏡望向她時，薩菲臉色蒼白。蘿莉的桌子上方掛著一系列的風景畫，有遼闊的田野和沼澤般的池塘。她們先前在討論菲利浦的事，他是薩菲去年的交往對象，是一名飛行員。薩菲在兩人關係開始變得太認真時跟他分手了，那時他對於薩菲在晚餐後的時間接聽工作上的電話開始有所抱怨，心生不滿。

上一個問題尚未得到回應，蘿莉接著說。妳渴望工作上的成就，這一點是顯而易見的。不過我感興趣的是在那份渴望背後的東西。是渴望被接納？景仰？還是愛？

我擁有很多愛。薩菲很快地回道。而這是事實，她有克莉絲汀和她的兒子們，當她在平日晚上的聚會遲到了，手裡拎著幾盒恩特曼甜甜圈來時，克莉絲汀的兒子們都會衝過來抱住薩菲的腰。她也有像是菲利浦、布萊恩或拉蒙這些反恐組的朋友，他們偶爾會來，做些她要求的事。她有柯琳和她的調查小組，也有解開謎題的無數個漫漫長夜。從這個眼光看來，警務工作的爛泥讓人感覺可以忍受，就像是一段她與真相譜出的戀情。然而這個想法變得愈來愈模糊不清。倘若薩菲無法篤信真相會勝出，她就無法理解查明真相的目的為何。一開始她的目標很簡單：她想抓壞人，將他們繩之以法，但這也不是愛。這是某種嚴厲，某種憤怒——也是薩菲最了解自己的部分。

蘿莉盯著薩菲看了許久，薩菲感到侷促不安，傷痛在沸騰，最後湧現表面，令她窒息。她被刺痛了，她心生惱怒，她沒有再說隻字片語。在療程的中途，薩菲起身走了出去。

⁂

那間農莊就在埃賽克斯郡外十哩處，是一片鄉村荒野，雜亂不堪、充滿野性。薩菲的定位系統將她帶到一條充滿坑洞的泥土路，車輪顛簸地壓在倒塌的樹枝與被棄置的建築設備上，與此同時，頂上綠色植物的觸角逐漸變得繁茂。當她總算到達一片空地，手機裡的導航低聲宣告著她們的到來。

這片土地已經荒廢，早已空無一人，房屋殘骸在空地坍塌，結構早已頹敗。外牆的黃色油漆多處已剝蝕，薩菲想像這裡原本也許美輪美奐的模樣——木樑下陷並裂成碎片，不過後陽台仍完好無損，可眺望群山。這座農莊曾被偷住空屋者佔據，或是被尋找派對地點的青少年發現過，這裡也是崔維斯和他那群朋友會喜歡的地方，毫不起眼又陰森詭異，即使破壞也無妨。垃圾被扔在屋外的斜坡上，塗鴉蜿蜒地攀上釘了木板的窗。

薩菲踏過破瓦殘礫，她的腳步聲消失在微風中。當她接近屋子時，屋子似乎在發出嘆息。她走得愈近，就愈覺得不舒服——這間屋子散發出一種病態、如鬼魅般的能量。

薩菲不會進到屋裡，她的重量將門前的臺階壓得嘎吱作響。從門口她能看見零星的舊家具，被人或動物拆得四分五裂。壁爐裡堆滿垃圾，窗戶破了，午後的陽光穿透玻璃碎片照進屋裡。

她不喜歡想像他們在這裡。兩個小男孩，在尚未完工的硬木地板上玩遊戲。一個幼童，一個嬰孩。在這裡沒有好母親，也沒有慈祥和藹的父親。薩菲知道遺棄為何，她熟悉悲劇，了解孤獨。她熟知暴力，這是她終其一生都在追索的事情——她清楚暴力是如何揮之不去，如何留下汙跡。暴力總會留下指印。

※

當薩菲終於回到警局時，午後的氣氛很緊繃與壓抑。州警正弓背埋首工作，守規矩的模樣令人擔憂——他們好幾個星期以來都在辦公桌大聲播放提姆．麥克羅和佛羅．里達的歌，可怕的音樂組合，但是現在辦公室裡一片寂靜。當薩菲回來時，潔米在櫃檯盯著她看。

「局長來了，柯琳帶他到調查室了。」

局長是來自奧爾巴尼的魁梧男子，薩菲只見過他兩次。當她破獲一起困擾莫瑞蒂多年的連續強暴案時，局長驅車前來與薩菲握手拍照，表示祝賀。而當前任刑事調查局隊長處理的每宗案件情況急轉直下，加上肯辛頓與羅森案的事件爆發時，州政府派局長來建議前隊長自願退休。

現在沒有值得恭賀的事情。薩菲走進調查室時感覺到一股奇特的厄運感。局長坐在柯琳對面一張吱吱作響的椅子上，手裡拿著一個紙杯，裝了水的紙杯在他厚實的手中是那麼微小。路易斯和塔明斯基今天看起來特別不修邊幅又難為情，不合身的襯衫沒紮進褲子裡，看來不合時宜。

「辛格隊長。」他起身要握手——這個動作薩菲已經很熟練了，挺直腰脊，握手的力道堅實有力。「寇德維爾警長在向我匯報羅森的案子。」

柯琳抬起頭看她，一臉歉意。

「你們會持續調查到重審吧？地檢也和我們辦公室聯繫了，他們不太滿意。」

「當然，長官。」薩菲在他嚴厲的注目之下彷彿快要起泡。

「我很好奇你們會發現什麼。」局長說。「這個案子引起很多媒體關注，我們單位的形象受到影響。我們給了妳機會，辛格。我可不樂見一則棘手的案件搞砸了這整個多元計畫。」

多元計畫，這是薩菲第一次聽聞這個名詞。確實薩菲在三十九歲時就被任命為多年來最年輕的刑事調查局隊長，而且她還是B小隊裡執掌此身分的唯一女性和有色人種，然而是她的整體表現為她贏得這個頭銜。在她晉升為副隊長時，她擁有全州最高的逮捕紀錄。

儘管如此，局長的瞪視仍使她無地自容。在審視案件和發出另一則涵義隱晦的警告後，局長總算離開了——等他一走，調查室裡似乎因為他的離開而洩了氣。一陣嗡嗚的妄想在薩菲的意識邊緣徘徊，像隻過於微小而捕捉不到的蒼蠅。

⁂

克莉絲汀的家在夏天時非常漂亮，一棟偌大的手工匠風格別墅坐落在度假別墅群中，院子直接通向尚普蘭湖畔。薩菲沒敲門就走了進去，跟隨男孩們的笑聲來到前廳。「我要當忍者！」其中一個男孩大喊，另一個男孩則高興地尖叫。

「妳看起來糟透了。」克莉絲汀一邊說，一邊遞給薩菲一杯夏多內酒。克莉絲汀剛裝修完家裡的廚房，一切看來熠熠生輝。傑克點頭向薩菲打招呼，同時手中攪拌著一鍋紅醬，腳邊還堆了一疊樂高積木。「工作不順？」

薩菲大致說了一下事情的經過，羅森案、局長和他居高臨下的威脅。她並未提及多元計畫的事，克莉絲汀不會懂的。克莉絲汀專心地聆聽，修剪整齊的指甲在流理台上敲打著，同時男孩們在屋裡跑上跑下。他們分別是五歲和八歲，經過薩菲身邊時喧鬧地推擠，搶著要去追桌下的狗，那是隻純種的迷你貴賓犬。

「我不知道。」薩菲說。「有時我會想，這份工作究竟能不能帶來影響，或者我這下半輩子都會淹沒在官僚主義的廢話裡。」

「這不只是關於警察工作。」克莉絲汀說。「妳不是一直在說嗎？這個系統需要從內部改變。妳現在就在裡面，妳是局內人了。」

當克莉絲汀竭盡所能地安慰薩菲時，一股悲劇感逐漸籠罩，像一朵即將爆裂的烏雲。有時薩菲看到克莉絲汀的生活，她上樓給孩子們念睡前故事、他們剛洗完澡頭髮還濕漉漉的，或者他們穿著賽車圖案的睡衣依偎在克莉絲汀的懷裡時，她就會產生這種感覺。她並不渴望克莉絲汀擁有的，她無法想像自己會有孩子，也從不曾感覺到克莉絲汀描述的牽引力，那種渴望孩子的原始需求。然而這件事仍有好處。傑克用手撥弄孩子們頭髮，空氣裡飄著煮羅勒的香氣。當薩菲試著聽進克莉絲汀的話語，那份感覺又襲捲而來，可怕又具毀滅性，她不知這是否會要了她的命。蘿莉的話又浮現腦海，在完美無瑕的廚房裡顯得過於殘酷。妳想要的是什麼？

※

萊拉出現了，在克莉絲汀那耀眼光芒之下的陰影。在克莉絲汀的廚房裡，萊拉永遠不會加入她們的行列。她會住在她自己如水晶般清澈透明的世界裡，也許就在相距幾哩遠的同一條街上，也許會在幾座城鎮之外，不過絕對不會離家太遠。她放滿零食的櫥櫃、滿溢的垃圾桶，還有布滿油膩指紋的窗戶。薩菲能清楚看見她，在一張破舊沙發上的身影。當她解開襯衫鈕子時，電視被調成了靜音。嬰兒會湊上去開始吸吮，溫熱的乳汁泉湧而出。一般來說，當垃圾車在街道緩緩駛過時，她的房子會發出低語，某個平凡無奇的星期二。萊拉現在應該是個女人了，俯下身來吸著嬰兒頭皮上的乳香——一位母親，不再是個女孩了。成長、蛻變，煥然一新。

※

審判前四天，肯辛頓在停車場找她談話。距離薩菲發現藍屋已經兩星期了，雖然她的團隊一直努力不懈，但羅森案仍毫無進展。兩名州警被發現在靶心酒館後面販賣大麻，使薩菲不得不開除他們。這是漫長的夏夜，是那種薩菲曾坐在河邊成群的露營椅上喝著啤酒、釣竿浸在水裡，煙霧從濃郁懶散的大麻散發盤旋的夜晚。

「隊長。」肯辛頓說，從薩菲後方傳來的低沉嗓音。

肯辛頓作為調查員的其中一項能力，就是他能融入各地。薩菲一向對肯辛頓的平庸感到稱奇，他的表現如何並不重要，只要他擺出那個笑容，像兄弟會成員那樣拍拍局長的背就能達成目的。

「妳有空嗎？」他問。

「當然。」薩菲把咖啡杯放在車頂，交叉雙臂等著。

「我……我想說，我很……」

「想說什麼就說吧，副隊長。」

「我很抱歉。」

薩菲仔細看他，在日落的停車場裡，他的方下巴與凹陷的臉頰。這真是大膽，真像他的作風，把她丟到狼群裡，然後要求她的原諒。

「我不是故意要讓妳陷入這個處境。調查的事情是我犯下大錯。對於案情遲滯，我很抱歉。」

「謝謝你這麼說。」薩菲說。

「要不要去喝杯啤酒？」他難為情地說。「已經很久沒一起喝酒了。獅頭酒吧現在應該還不會太多人。」

「回家去吧，肯辛頓。」薩菲說，心中充滿無以名狀的挫折。對於肯辛頓、對於這份工作，還有這座城鎮——對於這片美麗的粉色天空，在停車場上空漸變成飽和的紫紅色，然而她卻厭煩到無法欣賞這片景色。

直到後來，這甜蜜的暮色領著她回家後，薩菲才認出這熟悉的一幕，肯辛頓熟練的懺悔。在潔瑪小姐之家時，安索．帕克站在薩菲房門外。薩菲，我很抱歉，拜託，請妳原諒我。

那晚，薩菲夢見藍屋，她赤著腳走在餐館裡。當她抬起腳跟時，發現腳跟濕滑且被染成深紅色。血。瑞秋拿著一壺咖啡，像那隻狐狸一樣低垂著臉，她的雙眼被啄瞎，皮膚半腐爛。小藍盤腿坐在破敗不堪的露臺上，和萊拉在一起。萊拉還活著，她們在碎裂的木頭上咯咯笑著，一邊編織雛菊花環。萊拉死了，小藍抬起頭看著薩菲，一臉困惑而飽受摧殘，抱著她的屍骨搖動著身體。

⁂

距離重審還有兩天，薩菲的辦公桌感覺像個牢籠，收件匣裡不斷發出電子郵件的刺耳提示聲，失眠像一陣陣浪潮般襲捲。局長的來訪讓警局裡陷入混亂，關於裁員的謠言滿天飛——州警們壓力很大、怨聲載道而且士氣低落。當薩菲的手機發出叮聲，她漫不經心地查看訊息，原本以為會是克莉絲汀最愛那間家具店的廣告信件，但這次卻跳出那個名稱，是她一直在等待的位址。

領養機構。

我們很遺憾地通知您……

一陣困惑。

我們找到您的父親，紹里亞．辛格。

已於二〇〇四年去世。

薩菲的辦公室像是猛然逼近她，快速而失了焦距。薩菲跌跌撞撞地從椅子起身，走到辦公室外。柯琳從後方喊她——隊長？妳還好嗎？沒有氧氣。當停車場出現在眼前，當炙熱的夏日傍晚從地平線捲起一抹粉紅，當薩菲在潮濕的空氣裡喘息時，她知道自己該往哪裡去。

回到起點。

⁂

藍屋是黑夜中的一盞明燈，燈光照亮了餐館的內部，像是個沒有幕簾的舞台。她把車停在路邊，將車頭燈關掉，看見小藍和瑞秋並肩在櫃檯後面工作。安索坐在吧檯，手指放鬆地擺在啤酒瓶的瓶口旁。

薩菲看在眼裡感覺傷痕累累。一隻夏蛾輕輕爬過擋風玻璃。小藍繞過母親過去擦拭櫃檯，瑞秋則高舉一個玻璃杯對著燈光。安索交叉雙臂、弓背坐在高腳椅上。薩菲覺得眼前就像一對父母與他們的女兒，週六較晚打烊餐館的景象。他們看起來很自在從容，是一個家庭擁有的優雅樣貌。

這個想法令人心碎，也許這裡沒有人有罪，想到這一點更令薩菲難受。這終究是如此簡單，也許安索希冀的，就和薩菲渴求的相同。那就是最後能知道自己歸屬的地方。她的父親走了，過世了。她唯一見過的父親照片在母親死後不知去向，現在她很想找到它。好多事情她是永遠不會知道了。她父親兒時的家，他信奉的神祇，他最喜歡而且穿到破舊的褲子，他眼睛的顏色，他說話的語氣。這份失落像是薩菲也丟失了一部分的自己。

當小藍用手比劃些什麼，安索仰頭大笑。他們的快樂全寫在臉上。為此薩菲憎恨他。

⁂

薩菲在車裡醒來，曉霧籠罩在湖面上，輕煙在湖面縷縷繚繞，如紗如幕，七月的清晨已是風和日暖。她原本無意留下，也不記得自己打瞌睡——過去幾週積累的疲憊令她沉沉睡去而不自覺。她還記得安索的卡車開出車道，餐廳的燈光熄滅，樓上窗簾後方顯露小藍的剪影。薩菲的嘴裡黏稠又有酸味，昨天上班前刷過的睫毛已糾結成塊。她的背因抽筋而刺痛。

時間還很早，還不到七點。薩菲漫無目的地駕車，開往山裡去。

登山口空無一人，大教堂岩，也是瑞秋提過的其中一個健行步道。薩菲一直不明白登山健行的吸引力何在，但這是阿第倫達克山最受歡迎的山峰之一，以從山頂的小燈塔俯瞰全景而聞名。薩菲抓起皮包，裡面放了一瓶水和一些蛋白棒，那是她為了應付在警局裡度過漫漫長夜而準備的。她穿著牛仔褲和上班的平底鞋，步履艱難地走向森林空地時，鞋子就已沾上一層泥土了。

她繼續走著，沿著步道蜿蜒而行，此時太陽已攀升到與她平行之處，用柔軟的手輕撫著她，將她喚醒。她沒計算自己走了幾分鐘或幾小時，也為了省電而把手機關機，就這麼逼著自己往前走，直到大腿在燃燒，汗水沿著後背流下，浸濕了褲頭。她不停走著，來到林木線後順著山脊繼續走，在那裡她可以看到下方一望無際的群山，像在眼前開展的餽贈。

小燈塔坐落在山頂，小巧而老舊。底下的阿第倫達克山景色尚可，綿延的山丘被塗上鮮艷的夏日綠色。當薩菲抵達平臺時，她從欄杆向外眺望，任由寒風吹亂她的頭髮，冰涼的汗水順著背脊滴落。

小藍，這個女孩有點特別，有一種隨時尾隨在薩菲後頭的感覺。風吹拂著群樹，從遠方看樹木變得渺小，她這才意識到，這是羨慕。要邀請像安索這樣的男子進入你的世界，這是需要某種特權的。如此自由地信任。薩菲這一生中，一次也不曾感受過這種安全感。當世界在她的腳下開展，薩菲讚嘆世界的壯闊美麗。她很小就知道每個人的心裡都有黑暗面——有些人只是控制得比其他人好一點而已。極少人相信自己是壞人，而這正是最令人害怕之處。人性可以是極度醜陋的，而堅持自己是善類，又使得此人維持著這份醜陋。

等到薩菲走回登山口，太陽已高掛天空，天氣燠熱。她的肚子在咕嚕叫，肩膀被曬紅了。她打開手機時，發現有十一封來自柯琳的語音留言。

隊長，打給我。

是羅森。

他死了。

⁂

是自殺，薩菲急駛開過小鎮時，柯琳解釋道。典獄長發現他用牢房的床單上吊自殺。

當薩菲駛經特珀湖鎮時，她讓憤怒一股腦兒宣洩。她確實感到怒火中燒，但她的感覺不只如此。她甚至一點都不驚訝，她看過太多次了，像羅森這樣的男人總是會找到出路——他們向來都在對自己有利的體制中鑽漏洞。即使他們犯下最嚴重的罪行，他們還是認為自己有權獲得自由，無論那看起來是什麼模樣。在經過藍屋後三個街區，薩菲把車停在紅燈號誌前，想像著瑪裘瑞的模樣，她的頭髮貼在廚房磁磚上，血跡斑斑，屋子裡煙霧繚繞。她想像羅森的樣子，雙腳在監獄的小床上方打轉。

這樣的罪惡循環是無情的、無法掌控。薩菲在路中間把車子掉頭，回想起自己曾經跟克莉絲汀說的話——她想從內部改變這個系統。她現在就在裡面，手拿著顯微鏡，看著病毒吞噬一切。

⁂

薩菲走進藍屋時，她看到女孩獨自一人站在櫃臺後方。小藍一邊啜飲著一杯冰水，一邊使用手機。她剛慢跑完，臉色紅潤，臉頰邊緣有鹽。她聽到開門聲時嚇了一跳，趕緊去拿菜單。

「幾位？」

「只有我。」

薩菲坐在吧檯的高腳椅上，仔細觀察小藍。小藍穿著慢跑鞋，金紅色的頭髮往後綁成潮濕凌亂的馬尾，小腿上有濺起的點點泥巴。小藍的側面和安索有幾分神似——傾斜的鼻梁，還有像貓科動物的眼睛形狀。

薩菲舉起她的警徽，承認自己的身分。「紐約州警。可以請妳叫媽媽過來嗎？」

當瑞秋走出廚房時，薩菲心中滿是令自己厭惡的疑慮。瑞秋保護性地摟著女兒的肩膀，困惑而害怕。薩菲知道這麼做很不專業，雖不犯法，但必定不是聰明的做法。但當小藍焦慮地咬著嘴唇，好似在薩菲的夢中出現的樣子，在露臺上抱著那堆屍骨的模樣。

「請告訴我，妳們和安索．帕克是什麼關係？」

「這是怎麼一回事？」瑞秋問道。

「請說，這很重要。他為什麼會在這裡？」

「他是我的伯伯。」小藍說。「我爸爸的哥哥。我們是到上個月才知道他的存在，是我的祖母無意中洩漏的。我爸爸到死前都不知道他有任何親人，所以我主動聯繫。我認為我們應該和他認識一下。」

「妳們想從他那裡得到什麼？」薩菲問。

「沒什麼。」小藍緩緩地說。「他在為後院修建新的露臺。他……呃，他是家人。」

薩菲的多疑褪去了，大聲吐出一口氣。情況根本簡單得很愚蠢，從頭到尾都很單純，但這並不表示危險就消失了。薩菲想起緊緊勒著羅森脖子的床單，頸脖上有青紫色的瘀青。

接著故事被道出，過多的細節噴湧而上。薩菲告訴她們有關那些屍體的事，那些女孩的遺體散落四處，彷彿在尋求生路的樣子。她告訴她們在珍妮手指上閃耀的戒指，甚至也說了關於那隻狐狸凝結在她床單上的事。瑞秋聆聽時臉色變得沉重，小藍則皺起眉頭，明顯受到打擊的樣子。等薩菲講完時，她們沉默了好一陣子，只剩心跳顫動的聲音。她自身的悔恨似乎也在等待，在折磨人的酷熱與潮濕中即將襲來。

「我不懂。」瑞秋說。「為什麼他沒坐牢？為什麼他還沒被逮捕？」

薩菲想到，傷害的方式有很多，並非全都是肢體上的。製冰機在遠方隆隆作響。

「簡而言之，因為證據不足。」薩菲說。「我告訴妳們這件事，是為了妳們的安全著想。請妳們離他遠一點吧。」

薩菲就這麼讓她們驚魂未定地站在吧檯後方，瑞秋的手裡握有薩菲的電話號碼。如果妳有任何需要，都可以打給我。薩菲步出餐館時記下她們的模樣——兩名女子，受過傷但沒有性命之危，而她知道自己的任務已經達成。這些年來，她一直在觀察安索．帕克，想看看他的痛苦與她自己相比誰多誰少，然而安索似乎已學會埋葬過去，現在，該是薩菲開始挖掘自身痛苦的時候了。

※

當晚，薩菲仍進了警局。清晨兩點鐘，整棟大樓空蕩而死寂。電腦在昏暗的燈光下隱現，閃燈進入睡眠模式，她的辦公室一片漆黑。薩菲在黑暗中尋找她的辦公椅，身子沉進皮革座椅時，權威感立刻讓她冷靜下來。她的所作所為一點也不專業，然而如果她能在這份工作中帶來影響——這份曾讓她生命中的其他事物全都消失的工作，也是反覆在噩夢與激情演說之間交替的工作——那麼至少她可以在某處有所作為。薩菲梗在喉嚨的情緒有了裂縫，接著她潰堤了。那句話迴盪在耳邊，不絕於耳。妳想要的是什麼？

她想當個好人，無論那是什麼意思。當薩菲抬頭仰望天花板，熱淚從她的臉頰汩汩流下，她祈求善與惡的區別所在，僅僅在於付出過多少努力。

※

沒有重審，這個大夥兒準備已久的週一，於是薩菲讓她的調查員放一天假。她沒有到警局打卡上班，也沒有回應來自局長辦公室、羅森的辯護律師與飢渴的記者們的電話，她只是到墓園去。

薩菲母親的墳墓無人打理，她帶了花，但她討厭花朵在這長滿青苔的灰色墓碑前生意盎然的模樣。她蹲在草地上，將花束放在母親那永久被刻在花崗岩上的姓名之前，母親的聲音又回到她的耳邊，那麼難得且珍貴的清晰。薩菲寶貝，妳會知道的。有一種愛會把妳生吞活剝。

瑞秋打電話來過，她的聲音顫抖卻篤定，她已經叫安索離開藍屋了，他的卡車不在特珀湖鎮上了。他去了哪裡？薩菲問道。我不知道。瑞秋回應她。這麼做就足夠了。這份癡迷已控制她太久，這個案子依然尚未結案，永遠成謎。

但薩菲知道母親的話是對的——這必定也能稱之為某種形式的愛。這種愛如影隨形，這種愛習慣狩獵。像在夜裡的聲響使妳受到驚嚇的愛。當薩菲跪在她母親的墳前，額頭靠著砂石時，她忽然頓悟，那感覺就像動物褪去了皮膚，從這個自我過渡到下一個自我，由裡到外的驚嘆、重擔與無止盡的成長。

一小時

你的見證人來了，牧師說。

五十六分鐘，恐懼如同一個篩網。你的行動早已變得遲緩，然而這些話又令你提起精神——一切變得明朗，你的肌肉又能敏捷地伸展。

小藍。你說。她來了。

她現在長大了，她並不想見你，不想交談。一直到她出現在證人席，你才會看見她——距離在藍屋的夏天已過了七年，她必定變得不一樣了。可是無論小藍長多大都無所謂，對你而言，她永遠十六歲。對你而言，小藍永遠會是站在接待櫃檯的青少女，那個大拇指從運動衫的衣袖洞裡穿出來的青少女。

⁂

沒有重大事件，沒有改變生命的揭示。當你現在想起藍屋，那裡的純粹為你帶來一種毀滅：那裡只有慰藉。

只有你和小藍置身於那片高高的草叢裡，她問你關於工作、學校和你小時候最喜歡的食物等問題，也對你訴說關於她父親的事。在那歡快的短短幾週裡，你漸漸熟識那名男子，細數一連串的回憶。你不敢相信眼前的這個女孩，就是當初在農莊地板上那個嬰孩的孩子，那段你有生以來如影隨形的悲劇時光。從她的臉上，你找到寬恕。

在藍屋裡，一切都變得容易。你坐在吧檯前，瑞秋和小藍離你很近，你說著關於寄宿家庭、關於珍妮，和你正在寫的那本書的事。你的人生真理。小藍為你做了一盤自製的派——蘋果在你的舌尖融化，味道好香甜。

在今晚的陰影中，真相令人感到愚蠢，簡單得令人心碎。在來到藍屋之前，你不知道自己能成為什麼樣的人。那份感覺稍縱即逝，虛無飄渺，而且單純得很悲哀。

在藍屋裡，你是自由的。

⁂

你的最後一餐送來了。

你坐在地上，背倚著床架，把托盤放在大腿上。這一餐裡有一塊滑溜的豬排、一團馬鈴薯泥和螢光綠色的方形果凍。你用叉子的側邊切肉——這和他們給高牆監獄的最低戒護囚犯吃的肉一樣，沒什麼特別。著名的臨刑餐已經不存在了，因為囚犯要求的餐點愈來愈千奇百怪，再加上新任的典獄長接手後，這個政策早在多年前就被取消了。這塊肉很容易切開，你用叉子刺起一小塊，把它放進嘴裡。它嚐起來像橡膠，味道很鹹，很不真實——你吞嚥時，想像它從你的喉嚨進入腸道，它會和那張照片一起慢慢分解。不管你現在吃進了什麼，它都沒有時間通過腸道，它會和你的皮膚和內臟器官一起腐化，在一個由州政府買單的廉價杉木棺材裡，埋入路邊墓園的一處無標示墓地地下四呎半的地方。

你感到一陣噁心。你意識到這就是你的人生，一切都結束了。

你沒把最後一口吃完。

⁂

牧師回來了，他坐在你的牢房外面，椅子向後翻轉，像個想耍酷的老師。他手裡拿著一本皮革裝訂的聖經，大拇指在封面上反覆畫圈。

我可以幫你傳達訊息給小藍，牧師說。你有什麼話想說嗎？

你已經沒別的話好說了，小藍已經看見這一切，你的人性最有力的證明。你的人生真理聚合了所有事物，在你的身體裡有大量的可能性，充斥著希望。

他們怎麼能這麼做？你問。

牧師面有難色，顯得難為情。

牧師，他們做這件事怎麼能心安？

我不知道。

外面的那個女孩，你說。小藍。她就是活生生的證明。我可以是正常人，我可以當好人。

你當然可以當好人，牧師說。每個人都可以當好人，那不是問題所在。

牧師看起來很臃腫，肥胖且虛弱。你很想伸手穿過欄杆，一把抓住他的馬鈴薯臉。你還是有辦法奪回控制權，你可以使他難堪，可以智取他，也可以衝向欄杆，完全用肢體力量來恫嚇他。但這些選項都需要太多力氣，你的人生只剩下四十四分鐘，這場遊戲感覺毫無意義。

問題是我們如何面對自己所做過的事，牧師繼續說。問題在於我們如何尋求寬恕。

寬恕是薄弱的。寬恕就像地毯上暖陽照射到的地方，你想蜷縮在裡面，感受它短暫的慰藉——然而寬恕並不會改變你，無法帶你回到最初。

珍妮來找你了，一個幽靈，一個指控，最溫柔的東西。

如今她以純淨蒸餾的方式存在——存在於微小的細節、日常瑣事與來此地之前的平凡回憶。對於那棟老房子的傷痛。珍妮在百貨公司挑選的法蘭絨床單，水槽上方繡著蕾絲的窗簾，看起來從沒乾淨過的米色地毯和電視櫃上布滿灰塵的電視機。你仍然能想像她在屋裡，穿著護理師的制服踏進大門時，腳步重踏想把冬靴上的路鹽抖掉。

親愛的？她會喊道。我到家了。

珍妮的特徵，水果香氣的洗髮精，宿醉的氣息。你記得她以前是怎麼雙手放在你的臉頰上逗弄你的，她喜歡笑著說，有感覺也沒關係的，但這麼做總會激怒你。然而如果你能回到從前，現在的你會把雙手搭在珍妮的手上，感受她指節的溫暖，她是唯一膽敢站在你與世界之間的人。

拜託，你會懇求。我什麼都會感受到的。

只要告訴我怎麼做。

在回顧的聚光燈下，你現在看得見那條線了，從藍屋到珍妮的直接連結。

在某個週日早晨，哈利森母女要你離開。小藍和瑞秋站在餐廳的停車場上，雙臂交叉在胸前，眼裡流露出明顯的不安。別再來了，她們說。我們不希望你再來這裡。你在人生歷程中聽過這些話無數次，但這次是從哈利森家說出口，這感覺很不一樣。藍屋令你充滿希望、使你變得柔軟，也讓你證明了許多事物——終於，你成為這裡的一分子，一個家庭的一員。

然而瑞秋的聲音很堅定，你不知道她們得知了什麼或如何得知，只知道這一切太不堪負荷。

當你坐回卡車上，把車開出停車場時，你的指尖瘋狂發癢，萬物都變得模糊、傾斜。你從後視鏡看著小藍和瑞秋漸漸消失，她們的目光恆久灼熱：她們懼怕你。

你開車到德州，這花了你四天的時間。你無法想像再回到佛蒙特州，甚至無法回到那間旅館。你把所有行李都留在那間潮濕的小房間，你的衣物、現金、刮鬍刀、牙刷，還有那張小藍送你的藍屋照片，那是在一個陰天的早晨拍的。你就這麼開著，茫然而焦灼，不知自己的身體還能承受多少傷痛。絕望是一種寄生蟲。

你只確定一件事，那就是珍妮，她的身形，她的味道，她在清晨枕邊口中的酸氣。你需要這些，就如同需要氧氣一樣。從前的你是多麼天真又愚蠢，以為藍屋能取代她的位置。所以你睡在卡車的車斗上，在每個刮風的夜晚輾轉難眠，直到空氣變得潮濕，枝葉繁茂的公路化為沙漠平原。

珍妮封鎖了你的號碼。她只打來過一次，那是在她離開十個月後，她想確認你簽了離婚協議書，她的律師在電話會議上喘著粗氣。

等你終於抵達休士頓，你下榻在一間破舊的汽車旅館，找到了公共圖書館。在散發霉味的書架之間，你在電腦上輸入她的名字，臉書立刻出現資訊。珍妮的個人照片，她戴著一副塑膠框太陽眼鏡，肩膀膚色黝黑，而且身材令人訝異地健美。她在幾天前被標註過，是三名女子站在停車場裡的照片。貝達妮最後一天上班日！圖說寫著。在她們身後有個標牌寫著醫院名稱的前四個字母，谷歌證實了那間醫院位在郊區，離這裡不遠。你的胸口怦怦跳個不停，身體瞬間變回了你所理解的樣子。

希望，像一把利刃。

隔天早上，你在急診室外坐在車裡耐心地等著。你從臉書得知珍妮把頭髮剪成時髦的鮑伯頭，但你沒想到這個髮型這麼適合她。這讓她的臉型變瘦，看起來很修長。珍妮的氣色很好。她一手拿著一杯咖啡，另一手拿著手機——當她對著揚聲器大笑時，回音飄進你的擋風玻璃。

如果當時你這麼做，在白天人們魚貫進出旋轉門的時候和她交談，也許情況就會有所不同。然而你實在太好奇了。

經過了幾小時，你的故事在悶熱中不斷擴展。你會彌補過去，這是第二次機會。你會回到那間櫻桃紅窗簾的屋子，回到無數個夜晚你們待著的沙發上。等珍妮走出來，太陽在柏油路上映照粉紅色的光芒，她和一名男子並肩而行。那男人穿著一身天藍色的醫院工作服，下巴有稜有角，留了鬍渣而顯得邋遢。他傾身在珍妮的臉頰印上緩慢的一吻。

你勃然大怒，像閃電般炙熱。

他們漫長的晚安道別令你作嘔，在男子坐上自己的車開走後，你跟蹤珍妮穿過一個雜亂無序、薑餅風格的豪宅街區，來到較小的住宅區。她在一棟平凡的現代公寓前停下腳步，那間公寓和周圍所有公寓看起來一模一樣，塗著粉色的油漆，像蠟筆一樣一字排開。珍妮站在門階上，在皮包裡翻找家裡鑰匙。她依舊揹著從前的皮包，上面的人造皮革大塊地剝落。你知道皮包裡會有一疊皺巴巴的收據，還有管子邊緣黏了一圈殘渣的護唇膏。

公寓的燈打開了，黑暗像從椽子降下的一層薄幕，當你下車時，萬物在這令人悸動的時刻裡凝固了。男人的大拇指，指節觸碰著珍妮的臉頰。受傷、渴望、羞愧——全都凝結成團，腐臭變質。

你轉動門把，門鎖住了，

於是你用力踢門，直到門應聲破開。這比你原本計畫的還要大聲，更為粗暴。這會成為日後爭議的重點——重罪指控，控方律師聲稱你入室行竊，使你合乎被判死刑的條件。

不過在那一刻，你只看見珍妮。她站在開放式的大理石廚房裡，正背對著火爐——珍妮的房子乾淨整潔，閃耀明亮。她新買了一台高級義式咖啡機，在花崗石料理台上閃閃發光，窗台邊的花瓶裡插著新鮮的花朵。茶壺下面發出瓦斯咯吋咯吋的聲音，同時她最喜歡的雪瑞兒·可洛的老歌從音響喇叭裡大聲播放。這首歌最能顯現珍妮的樣貌，如此單調、匱乏又多愁善感。一場大災難。在那一刻，她不只是珍妮——她成了她們所有人，每一個把你遺棄的女人。

安索，她驚恐地顫抖著說。當你把門踢開時，珍妮就已害怕地拿起一把廚刀，閃亮而冷峻，在她的手裡看來太大了。

這並非你想像中的樣子。

珍妮，你想苦苦哀求。珍妮，是我。你希望見到的，是會給予你耐心和安慰的、你所選擇的珍妮；是會在床上翻過身，把嘴唇貼在你的肩胛骨上的珍妮；是相信你可以超越自我的珍妮；是讓你值得活下去的珍妮。

然而此刻在廚房裡，唯一剩下的就只有恐懼。

在那一瞬間，事情可能有不同的發展。也許有數百萬種不同的瞬間，如果那把刀沒有在她的手中閃爍光芒——如果、如果、如果……——那麼結局可能就不是這樣。甚至當你撲向她，當珍妮舉起雙手想保護自己，但卻看來像在屈服求饒時，你渴盼著替代者的生命，企盼著蘊含無限可能的毫秒。

她只是其中一個無辜女孩，而你只是你自己。

⁂

三十一分鐘。

你僵硬地站在牢房最遠的角落，牧師已經走了，你用鼻尖抵著牆，冰冷而粗糙。你的身體對於任何碰觸都很敏感，像在發燒。

似乎沒人在乎，也似乎沒人明白意圖能帶來什麼改變。在使你置身於此地的所有事實當中，這件事是最重要的：那一夜的行為來自你的內心。你並未計畫或幻想要做這件事，就只是遵照自知該成為的力量前進。這應該具有某種意義，在你的慾望與行動之間的距離。重要的是你很想好好愛珍妮，或者至少學著怎麼去愛。你並不想殺她。

海柔
二〇一二年

沒有召喚。

海柔沒有閃電擊中脊椎的感覺。

事情發生時，海柔正在整理衣物，把電視轉成靜音。當她在摺艾爾瑪的學校制服、路易斯的四角褲，還有她自己那件破破的胸罩時，她仍然什麼感覺也沒有。沒有驚心動魄的疼痛，也沒有一絲擔憂。她把馬帝的襪子捲成彩色的小球，電視播放著室內健身腳踏車、自動清洗海綿和汽車保險的廣告。

⁂

隔天早上，海柔蹲在花園裡，雙手拿滿乳草莖，這時，路易斯出現在後陽臺。他穿著週六時會穿的運動褲，手裡揮舞她的手機。

「海柔。」他說。「妳媽媽打給妳六次了。」

這份恐懼是尖刻的，她的身體做了最原始的準備。她的母親從不曾打超過一通電話，通常她會留下一則歡快的語音留言。她的父母漸漸年老，也許是有人跌倒了。海柔回播電話給媽媽，一邊用前臂擦拭額頭上的汗水。鈴聲停止時，電話另一頭傳來啜泣喘息聲。

「媽。」她哀求道，心裡一沉。「媽，拜託，發生什麼事了？」

「噢，甜心。」她的媽媽費力地說。「是珍妮。她死了。」

海柔的視線消失了一半。

「安索。他們把他扣押了。那時她在公寓裡，一把廚刀……」

海柔無法辨認從自己喉嚨發出的哀嚎，那聲音撕心裂肺，像是長久以來在她內心深處一直等待著的痛楚，失去了控制。當她癱倒在陽臺炙熱的木板上時，路易斯在她身旁，媽媽尖細的話聲從電話那頭傳出來，而她早已將電話丟到露臺上，在距離她十呎以外的地方。海柔緊盯著陽臺椅腳上的蜘蛛網，那片蜘蛛網如絲綢般呈半透明，一隻蒼蠅一動也不動地被纏在中央。

時間在扭曲、延伸、消逝。早晨翻轉成午後，斷續迸發的超現實時間在海柔的喉嚨裡有如氣球般壓縮。屍體。路易斯和她的爸爸講電話時說。被捕了。幾小時過去，我們仍舊震驚不已、語無倫次。

海柔唯一想打電話談這件事的對象就只有珍妮本人。珍妮會充滿活力地接起電話說哈囉，如同她在德州的過去幾個月那麼開心。我遇到對象了。她飄飄然地告訴海柔。他是個外科護理師，他好貼心，會煮晚餐給我吃，我們一起看電視。妳來了就會見到他的。海柔原本計畫感恩節帶艾爾瑪去拜訪她，甚至連機票都訂好了。現在，她想著珍妮毛茸又滑順的耳垂，和她那角質層乾燥粗糙的手指甲。

悲傷是一個洞，一個走向虛無的入口。悲傷是恆久不停地行走，讓海柔忘了自己的雙腿。悲傷是讓人不可逼視的陽光。妳突然想起人行道上的涼鞋、在後座昏昏欲睡，和在浴室的地上塗指甲油的畫面。悲傷是讓人感到猶如置身另一個星球般的孤獨。

⁂

四天後，海柔站在爸媽家的廚房裡，身旁為冰冷的砂鍋菜和遙遠的說話聲音所圍繞。午後褪去，迎來灰暗的夜晚，喪後招待會籠罩在一片薄霧中，漫漫薄霧輕籠著一切，池塘蒙上了一層淡白的薄紗。

海柔不願穿黑衣，她翻箱倒櫃，在衣櫥後面找到那件好久以前的聖誕節收到的棉質洋裝。她的是淺灰色，珍妮的則是橄欖綠色。葬禮儀式不帶個人色彩，幾乎令人惱怒地易被遺忘。海柔和爸媽坐在教堂的前排座位，他們來過這間教堂約莫兩次，牧師含糊地對珍妮的優秀性格表示認可。海柔順從地走到墓地，棺材在那裡被緩緩地放進地底，天空看來就快下雨了。幾個小時後，她汗濕的掌心裡仍握著追悼會流程表——一張摺疊的紙，正面貼著珍妮的照片，廉價的灰階印刷。照片裡的珍妮坐在客廳沙發的邊緣，雙手捧著下巴，笑容燦爛，年輕又充滿希望。珍妮的手指上戴著那枚可怕的紫戒指，它對著鏡頭隱晦地閃爍著光芒。

「如果妳想要，我們可以離開。」路易斯說，再遞給她一杯用紙杯裝的咖啡時，一手輕扶著她的背。

在他們周圍，鄰居們無禮地瞪視著。叔叔阿姨們伸長手臂擁抱海柔，喃喃說些表示遺憾的話。這些人大多數都是來看熱鬧的——海柔知道這是在他們這個巷弄裡發生過最糟糕也最引人入勝的事情，對她爸爸的同事和媽媽那群水中有氧課的同學們而言亦是如此。他們戰戰兢兢地朝海柔走來，持續不間斷的隊伍。請節哀順變。這句話聽來空洞又無生氣，彷彿她的損失只是手機掉在計程車上一樣。

「快了。」海柔說。「等我一下。」

在一片無聲的混亂中，沒人注意到海柔從前門溜了出去。

外面世界突如其來的靜謐將她圍繞，她溜進自己停在對街的車裡，因為車道上已停滿了車。空蕩蕩的街區一片昏暗，是深藍色的、蟲子紛飛的傍晚。從外面看來，她們的屋子就像一台電視螢幕，正播放著一部悲傷的電影。能夠獨處是種解脫。海柔並未發動車子，就只是靜靜地坐著，享受寧靜。她俯身打開置物箱。

它還在那裡，如記憶般沉重。那只被詛咒的悲慘戒指。

僅僅十個月前，海柔送珍妮去了機場——那是她最後一次見到姊姊。如今，她將那枚戒指握在手裡，一股憤憤怒火襲來，連同一段她塵封多年的記憶：安索，他送給珍妮這枚戒指的那天。安索，月光下在院子裡，不斷掘地。

海柔跌跌撞撞地來到爸媽家的後院，紫戒指閃爍著光芒，召喚她前進。楓樹仍舊一如海柔熟悉的模樣，樹枝就像父親的臂膀，伸過來安慰她。海柔繞著楓樹走了好幾圈——好多年前的冬天，她曾從自己的房間看過安索手裡拿著爸爸的鏟子。當時她努力說服還是青少女的自己，那只是一場夢而已，然而當海柔沿著樹根踱步時，找到那個地點似乎至關重要。

她蹲下來，瞇起眼睛，這是這麼多天以來她第一次專注而警覺。她站在一塊草被壓平的地上，那塊地光禿禿的。海柔從車庫的牆上拿起爸爸的鏟子，塑膠把手在手指下很冰冷，她知道那並非一場夢。她確實看見安索就在這裡，站在冬日的月光下。他在挖掘什麼。

等海柔手中的鏟子敲到那只小盒子時，指甲已因沾滿泥土而變黑。她點開手機的手電筒，對準坑裡——她剛才敲到的，是珍妮的一個舊首飾盒，塑膠製的，不帶情感，是那種珍妮絕對不會想念的雜物。海柔把泥土撥開，笨拙地把首飾盒藏在洋裝底下，接著小心翼翼地推門進屋裡。她低著頭，匆忙往樓梯走去。

她的爸媽最近剛整修房子，把海柔和珍妮以前的房間改建成健身房。海柔嘎吱一聲把門推開時，幾乎以為會看到自己的芭蕾舞鞋掛在牆壁的掛鉤上，還有珍妮梳妝台上散落的化妝品，不過取而代之的，是健身器材的味道，還有爸爸從未使用過的啞鈴散發的金屬氣味。房間中央有一台跑步機，電視機下面擺了一系列的健身DVD。在角落，海柔仍舊能看見地毯上的壓印，那是珍妮的床腳留下的印記。

她坐在跑步機邊緣，手沿著靜止不動的塑膠跑道撫摩，任由悲傷將她吞噬，接著她穩住情緒，就像她們小時候在南塔克特島的海邊玩衝浪那樣。妳看到浪來了的時候，必須做出選擇。珍妮指導她，一如往常地愛指揮人。看妳要逆浪而上，還是要乘浪回家。

海柔大腿上的盒子沾滿了泥土，她將泥土撥往一旁，打開蓋子時土塵掉到地毯上。海柔沒有任何熟悉感，盒裡的東西絲毫引不起她的懷舊之情，因為盒子裡的首飾都不是珍妮的，海柔連看都沒看過。一個珠飾髮夾，和一條小珍珠手鍊。

失望之情洶湧而至，像泡沫般爆裂開來。路易斯會知道該怎麼處置這些首飾，地上的坑洞和那些無法回答的問題。海柔只能讓自己接受這份不公平，這個無法逃避的結局。

現在是她的故事了。這將永遠是發生在珍妮和海柔身上的一件事，而她會在下半輩子負責重寫故事，形塑與定義它，將它擲向牆壁。多年以後，她才會漸漸習慣沒有姊姊的世界，如果這有可能發生的話。她所失去的，是那麼肆無忌憚、無窮無盡。她還沒有認真地思索安索的作為——當憤怒的情緒湧上心頭時，她壓下憤怒，因為她仍沉浸在冗長的驚嚇中。他不是重點，一直都是如此。一個人，一個像安索如此普通的男人，竟能創造出如此巨大的深淵，這件事瘋狂得令人發噱。

海柔閉上眼睛，想把健身器材拋在腦後。她拚命祈求能得到召喚，但得到的卻是樓下接待弔唁者的喧鬧聲，和自己吶喊不公平的不規則呼吸聲。從現在開始，應該不會再有召喚了，又或者每件事情都是召喚，端看海柔怎麼想。海柔已經不再是一個完整個體的一半，她自己就是整體——召喚不是魔法，不是心靈感應，更不是什麼雙胞胎會有的怪異特長。珍妮走了，現在她們的連結就如同兩人在形成生命時的液體，原始而難以捉摸，有如細胞，無邊無際。純粹是記憶。

薩菲
二〇一二年

當薩菲聽到這個消息時，她想像著珍妮的鎖骨。珍妮吸氣時收縮的喉嚨，嘴唇之間夾著香菸。多年前珍妮在急診室外面的模樣，彷彿她不知何故早已知道，這一切會有何種結局。

柯琳在星期二的深夜打電話來，當時薩菲正癱坐在客廳的沙發上，咖啡桌上散落著案件的卷宗。自從羅森自殺後，工作仍持續下去，毫不間斷地往前推進——邊境有更多用藥過量的案件，C小隊發現了一具屍體。這份工作不在乎她的案子一敗塗地。在羅森受審日的隔天早上，薩菲買了一杯特大杯咖啡，繼續專注於工作。

薩菲接起電話，把T恤皺褶上的爆米花碎屑拍掉。

「隊長。」柯琳的聲音沉穩而幹練。「妳可能要坐下來聽這件事。」

「告訴我吧。」

「珍妮．菲斯克，一九九〇年的案子。休士頓的凶殺組幾天前發現她，身上有多處刀傷，他們把她的前夫拘捕到案，不過沒有足夠的證據扣押他。就是妳說的人，隊長，安索．

帕克。」

爆米花的燒焦氣味頓時令人作嘔，使人厭惡的化學製品。

「我很抱歉。」柯琳說。「我知道現在不是告訴妳的好時機⋯⋯」

「謝謝妳，警長。」

薩菲掛斷電話。

僅僅一週前，薩菲還在藍屋外面過夜。一週前，她站在小藍和瑞秋對面，告訴她們好多她從未對別人坦承的事。這麼做使她鬆了一口氣，為她帶來一股舒心的自豪感——眼前的小藍和其他受害女孩相同年紀，她還活著，被太陽曬傷，穿著褪色的塑膠夾腳鞋。罪惡感襲來，接著是恐懼。一滴水滴，接著是滾滾洪水。

薩菲並未拯救任何人。

⁂

隔天傍晚，那名女子出現在她家的門廊上。

薩菲的手指沾滿了醃料，那是克莉絲汀堅決要送過去的雞肉排。昏暗的森林霧氣從窗戶透了進來，蟬鳴不斷。薩菲用紙巾擦拭雙手，穿著襪子的腳步無聲地走到門口。

門廊上的女子頭髮剪得很短，臉頰上有一顆很大的痣。她的臉像是一道傷口，敞開而劇痛。薩菲立刻認出她來。在新聞報導的一張相片裡，珍妮・菲斯克身子前傾坐在沙發上，輕鬆地笑著。訃告登上伯靈頓市區的報紙，上面寫著：死者身後留下她的父母與雙胞胎妹妹。

「很抱歉來妳家裡叨擾。」女子說。「我叫海柔．菲斯克。我……呃……我找到某樣東西。寇德威爾警長叫我過來，她說妳會想看一看。」

薩菲帶海柔來到客廳，暮色的柔和光線灑在地毯上。薩菲並不知道自己曾如此不自覺又專注地凝視珍妮的臉——海柔有她姊姊的影子，在悲傷中扭曲。

海柔從皮包裡拿出一個塑膠袋，遞給薩菲時一邊解釋著。薩菲把布滿灰塵的盒子打開，小心翼翼不留下指紋。當她往裡探時，喉嚨湧起一股憂傷的遺憾。她本該感到欣慰、覺得滿足，一直以來她的懷疑都是對的。然而當她仔細審視那些小飾品時，她卻只感覺到一股綿長的哀傷，那種似乎會滲入體內後吸收、探究似的傷感。它就在塑膠袋的底部，看來是那麼渺小無助。萊拉的紫戒指。

「那只戒指。」海柔說。「他把戒指給了珍妮，就是我看見他在院子裡挖地的那天晚上。這件事和這只戒指有關聯，對不對？」

薩菲幾乎要告訴她真相，那些小飾品究竟象徵著什麼。這件事很複雜，但仍能說得通：安索給了珍妮那枚戒指，接著他意識到自己的罪過。他想起自己與那些女孩的關聯，發現自己必須處理掉其餘的物證。或者也可能是別種想法，某種薩菲不想去參透的複雜心理。那都無關緊要了。羞愧灼燒著薩菲的喉嚨，她開不了口。

她自始至終都很清楚，這麼多年來，她看著珍妮對著後視鏡塗口紅、從後車箱裡拿出購物後的袋子。她知道安索會做出什麼事，但她卻沒採取任何行動，只在一旁觀看。薩菲無法告訴海柔她有多失敗——海柔看她的眼神已帶著責備，或者可被誤解成是格外強烈的心碎，薩菲對於這種表情很熟悉。她的錯誤留在她們兩人之間，過於恆久而無法被承認。

薩菲帶著感謝與承諾送海柔回到車上，她會為珍妮盡最大的努力。當車頭燈晃動著離開時，薩菲站在車道上，一群夜行的蟲子在人行道盤旋。這件事涉及的層面令人倍感沉重，是薩菲揮之不去的陰影。那令人無力的「如果」。如果她從不曾跟蹤安索？如果她從未插手，讓他就這麼留在藍屋呢？如果安索與哈利森家在一起的時候很單純，要是他的用意一直都是無害的呢？有個世界是薩菲不忍去想像的，一個迅速吞噬了她自己的世界——在那裡，薩菲把安索變成了她需要他成為的怪物。

⁂

女孩們還是出現了。現在她們年紀大一些，變成熟了。她們是母親、旅行者和業餘麵包師傅；喜歡看垃圾節目、支持紐約大都會隊，也是地方彈珠台遊戲冠軍。她們熱衷徒步旅行，喜歡在週日吃早午餐，三人都愛唱卡拉ＯＫ，是冰淇淋愛好者，會在早晨自慰，會舉辦令人津津樂道的萬聖節派對。

各種可能性揮之不去——她們無法擁有的無限種人生。薩菲時常想像萊拉撫摸著自己突起的肚子，她第三次懷孕，祈求能生個女孩。女孩會更脆弱，同時也更深不可測。想像看看，萊拉似乎在薩菲的潛意識裡說著，一個女孩可以做到多少事情。

※

當海柔的車頭燈消失在窗前，薩菲把雞肉放回冰箱，為自己倒了一碗麥片。那些小飾品就放在盒子裡，在流理台上隱現。她打開筆電，筆電成了漆黑廚房裡的明亮燈塔。清晨有一班飛往休士頓的班機，她很快地訂了機票，接著致電給羅林斯警探。

安德莉亞．羅林斯警探是組成非正式小組的十二名女性成員之一，這個小組是在雜誌報導〈藍衣女警：執法部門的女力崛起〉發表後成立的。薩菲當時和羅林斯與其他女警尷尬地一字排開拍照，在文章發表後的幾個月裡，她們組成一個專事嘲諷的電子郵件群組，在裡面高談闊論、大肆抱怨，說些沒別人會聽見的理論。安德莉亞．羅林斯是休士頓凶殺組的資深警探。

「辛格隊長。」羅林斯朝著話筒嘆了一口氣。「情況不妙。」

「誰發現她的？」

「一個愛管閒事的鄰居，就在她死後幾小時。公寓的門開著，鄰居看到一輛白色皮卡貨車在街上徘徊，攝錄影像拍到了車牌號碼。等我們追查到安索．帕克，他早已把座椅擦得乾乾淨淨，開車橫越了半個州。」

「你們不能扣押他嗎？」

「凶器早就不見了，他可能丟棄在任何地方。我們試過採集指紋，可是他把門把那些全都擦得一乾二淨。我們對他施加威脅，我想他不會離開本州。我們一直在監視他入住的汽車旅館房間，以防萬一。」

「羅林斯，我明天會過去。帕克是我過去一個案子的嫌犯，我剛找到新證據。」

羅林斯呼出長長的一口氣，說道：「我來和我的指揮官說，看看我們能做什麼。」

「把妳那邊有的檔案寄給我。」薩菲說。「我要他招供。」

⁂

羅林斯警探在行李領取處等著，她是一位捲髮的優雅女士，臉上沒有上妝，圓肩的姿態顯露累積已久的疲憊。當她們的車奔馳在炙熱的德州公路上，同時鳴響警笛時，羅林斯向薩菲報告情況。安索・帕克不願開口說話，他完全緘默。她的指揮官懷疑他就是兇手，但同時又束手無策。薩菲有一小時的會面時間。

薩菲看著眼前一閃而過的平原，乾涸凋零。那天早晨，一段回憶湧現薩菲的腦海，它的純真令人釋懷：潔瑪小姐之家，那些燕麥葡萄餅乾。薩菲回想起那天，記憶清楚地令人痛苦——克莉絲汀掌心上的餅乾糖霜是如何碎裂、發白，變得陳舊。安索是如何相信那些餅乾能平息他的行為，彌補他所造成的傷害。當羅林斯帶薩菲參觀休士頓警局，還有她和指揮官握手時，她心裡都還想著那些餅乾。當她再度向指揮官保證紐約州警不會干涉他們的調查，由德州將他逮捕到案，以及強調她只是想為那些受害的女孩們與她們的家人得到安索的認罪時，她都在想著那些餅乾。當她踏進那間空蕩又陰暗的房間時，她仍想著那些餅乾。

那些餅乾就是證明，在薩菲記憶的深淵裡呼吸著：安索．帕克能感覺到歉意。那些餅乾就是證明，證明了人的大腦可以如何扭曲偏差，有許多錯綜複雜的方式能證明人可能是錯的。

⁂

審訊室裡灰暗無奇，安索坐在桌前，雙臂無力地垂下。薩菲從門外就能聞到他的氣息，汙濁又帶著酸氣——他已經坐在這個房間裡超過三小時了，警探們一直在費盡心思地折磨他。冰冷的金屬椅，椅腳朝一側傾斜，再加上低沉且調整到惱人頻率的嗡鳴聲。一連串沒完沒了、侮辱人格的問題。白臉警察、黑臉警察輪番上陣，接著又是白臉警察。根據羅林斯所言，安索只要求過要喝水，也只上過一次廁所。他沒興趣交談。薩菲原本以為安索會辯稱自己的清白，對於不公平的對待感到憤怒。據說他一開始就是這麼做，堅持他不需要律師。然而現在他累了，眼神迷濛、筋疲力盡。她原本期望看見他時會感受到受傷、憤怒或憎恨，然而現在卻只有一種遲來的遺憾。

薩菲調整椅子，拉直外套，雙手交握在冰冷的金屬桌上，這是一種耐心的表現，一種不易察覺的慰藉。安索像是出了神，完全面無表情。她並不意外，他沒認出薩菲。

「那麼。」薩菲說。「我們來談談珍妮。」

薩菲希望他會反抗、譏諷或嘲笑她。她希望安索會翻轉這場遊戲，證明自己的聰明才智。證明給我看。薩菲激他，向他提出挑戰。向我證明你值得這一切。然而他的沉默愚蠢又令人失望。她想起那些電視節目，令人上癮卻也誤導觀眾——像這樣的場景，一群光鮮亮麗的律師圍繞著相貌俊俏的男人，而邪惡的天才，那些策劃滔天犯罪的智者總有著稜角分明的臉龐，惡行的虛飾底下隱藏著無與倫比的聰明才智。這與事實的差距令人感到可悲。安索並非某種邪惡的天才，看起來甚至不特別聰明。在桌子對面，這個薩菲追逐多年的精神病患，在薩菲看來也只不過是個不起眼的男子，衰老又無動於衷，臃腫而無趣。薩菲知道有些人殺人是因為憤怒，有些人是出於羞辱、仇恨或扭曲的性需求。安索既不罕見也不神祕，他是所有人之中最平凡無奇的，是上述特徵的渾沌結合。一個渺小又無趣的男子，只因想殺人而殺人。

「妳到底是誰？」安索問。

「紐約州警。」薩菲說。

她亮出警徽，讓他快速瞄一眼。

「妳為什麼在這裡？」

「你覺得為什麼？」

「我想要的話隨時可以離開。」他說。

「對。」薩菲說。「不過我帶來了某樣東西，我認為你會想看看。」

她把公事包拿到大腿上，故作神祕地一手放在包包的鎖扣上。

「妳在跟我玩遊戲。」安索說。

「我不是大老遠跑來跟你玩遊戲的。」薩菲說。「你要不要跟我談談珍妮？她似乎是個好太太。」

安索低頭看著雙手，算是歉意的行為。他依然把情緒控制得很好，憤怒被深埋在他心底。他會讓薩菲細細挖掘。

「她是很棒的太太。」他說。

「直到她離開你。」

「我們是協議分開的。」他說。「她找到在德州的新工作，我讓她接下這份工作。」

「她妹妹可不是這樣說的。」

安索聽了嗤之以鼻。「海柔一向都很嫉妒。」

「嫉妒什麼？」

「嫉妒我和珍妮，我們擁有的一切。妳要知道，我絕對不會傷害她。」

「我知道。珍妮是唯一支持你的人。你唯一愛過的人。」

「沒錯。」

「可是還有其他女孩。」

她讓他體會這句話的後座力。

「小藍．哈利森。」薩菲提出。

安索雙臂交叉在胸前，眼神突然變得銳利。

「妳是怎麼知道的？」

「我在藍屋吃過午餐，我認識瑞秋，也認識小藍。我知道你當時在特珀湖鎮，下榻在路邊的汽車旅館。」

「她們需要幫助，餐廳快倒閉了，我當時在修理她們餐廳的露台。」

「我不明白的是，」薩菲緩緩地說。「你究竟想從哈利森一家人那裡獲得什麼？」

「她們是我的家人。」他簡單地說。

「就這樣？」

「就這樣。」

就在此時，他疲憊不堪的臉上閃現一絲恍悟的表情。

「是妳。」安索喘著氣說。「就是因為妳，她們才要我走的。妳告訴她們什麼了？」

「你沒有傷害她。」薩菲對他置之不理。「你沒有傷害小藍。」

「我為什麼要傷害她？」

「她正好是這個年紀。」

薩菲和安索離得好近，幾乎能看見他鼻子上的每個毛孔。他眼角的紋路彷彿細細瞇起，接著變得窄小。

「你知道，我花了很久的時間尋找那些女孩。」薩菲說。「伊姿、安琪拉、萊拉。她們在學校和我們同齡，你記得萊拉吧？你記得她以前總是跟著唱《傑佛遜一家》的主題曲嗎？」

他一臉茫然，這令薩菲感到困窘。

「啊。」薩菲說。「你真的沒認出我，對吧？」

薩菲的手機擺在他們之間的桌上，像在排著隊、蓄勢待發。當她按下播放鍵，歌曲起始的樂音突然為這個水泥空間帶來生氣。音符發出悲鳴，悠揚地飄在空氣中。當妮娜．西蒙沙啞的嗓音充斥審訊室的每個角落，薩菲等待著他的改變。薩克斯風旋律斷斷續續傳來悲歎——我對你施了魔法。安索快速地眨眼，這果然成功吸引他的注意力。

「我們當時十一歲。」薩菲說。

這招奏效了，他明顯坐立難安，身子動來動去，彷彿他想站起來或奔逃而去，薩菲知道她捕捉到什麼了。無論安索是什麼物質構成的，她總算觸碰到他了。

「先是那隻狐狸。」她說。「在潔瑪小姐家、小溪下游的那些動物。安索，你能對我描述一下嗎？我想知道你傷害牠們是什麼感覺。」

「什麼感覺也沒有。」他說。

「那不對啊。」薩菲說。「我的意思是，我以為殺生會讓你覺得很爽快，是一種釋放、一種解脫。這感覺必定很好，對吧？否則為什麼要這麼做？」

「什麼感覺也沒有。」安索說。「完全沒有。」

這首歌漸漸進入高潮，縹渺而神祕。薩菲的手伸進公事包裡。

「你知道這些是什麼。」

首先，是那只髮夾，接著是手鍊，髮夾的夾子處和手鍊的乳白色珍珠之間都沾了一點泥土。安索的額頭冒出一層汗珠，他像個考古學家一樣仔細打量這些飾品，發現失落的文物。

「安索，我很好奇。」薩菲說。「你為什麼要拿這些東西？它們有什麼作用嗎？」

「我不知道妳在……」

「等一下，你不必解釋，我可以告訴你事情的緣由。那年聖誕節你在珍妮的家裡過，你當時大概十七、十八歲，對吧？海柔全都告訴我了。她的父母送給你一些很棒的禮物，儘管珍妮向你保證過他們不會送，但他們還是這麼做了。這讓你覺得渺小、貧窮又沒安全感。好幾個月以來你都把這些小飾品帶在身邊，因為你喜歡這段回憶，它提醒你是強大且重要的。那天你把戒指送給珍妮，想再次感受那股力量。然而後來你意識到自己做了什麼，你洩漏了自己的身分──要是有人認出那只戒指，你就糟了。所以你在大半夜起來，把其他的飾品埋進後院裡。」

「不是這樣的。」

「那是怎麼樣？」

「我給她那只戒指，是因為它很美。我希望她擁有它。」

「可是你把首飾從那些女孩身上拿走了，就在你把她們的屍體留在森林裡的時候，你取下這些飾品來回憶，重溫你做過的所有變態的事。」

「不是。」他說，現在聲音更大聲了。「不是，別說了。」

「回憶使你興奮，你樂在其中，你很愛……」

「停下來！」他怒吼一聲，大口喘氣，氣息變得紊亂。「我從來沒享受過任何感覺。」

而這就像是一道閃電，身體上某處斷裂，劇烈顫抖，薩菲認得這是多年來她在像這樣的審訊室裡見過的跡象——他的牆正在崩塌，再輕輕推一把就能讓他的牆粉碎。

「那是為什麼？」薩菲輕聲地問。「為什麼你需要拿這些小飾品？」

安索伸手拿那條手鍊，手指瘋狂地顫抖著，他無法控制自己。他把那串精緻的珍珠手鍊戴在自己毛髮旺盛的手腕上，欣賞著象牙白的珠子，優雅而女性化。

「它們應該要保護我的安全。」

「你殺那些女孩的原因就和你殺了珍妮一樣，因為你感覺自己低人一等。」

「不是。」安索異常平靜地說。「妳錯了。我不知道自己為什麼要殺她們。我不知道為什麼要殺她們任何一個人。」

安索一邊說話，一邊深情地撫摸著珍珠，神情恍惚。他說話的聲音像回到了小時候。故事拼湊完成，細節融合為一。錄音裝置咯嗒地繼續運作，往前推進。

他招供了。

＊

當過程從安索的口中娓娓道來時，薩菲能清楚想像珍妮當晚原本應有的模樣。她很疲憊，把皮包放在流理臺上，打開燈，用喇叭大聲播放雪瑞兒·可洛的專輯。沒有大聲敲門聲，廚刀會原封不動地擺在樸素的木架上。珍妮會微波昨晚的剩菜，接著站在廚房流理臺前吃光。

在那之後，她會泡個澡，加一點桉樹精油，然後脫去醫院工作服，泡進浴缸裡。她會浸泡在蒸氣騰騰的熱水裡，身體肌肉獲得舒緩，吐氣享受這平凡的一天。她會在浴缸裡壓低身子，再低一些，直到整個頭浸泡在水裡，如鏡的水下波動如回聲，也像不經意地滑落夢境。她的心跳聲不可思議地放大，沿著陶瓷牆面延伸擴展。這份靜謐優雅動人，這樣的存在令人驚嘆。時間彷彿靜止一般，叫人回味再三。

＊

警探們蜂擁而至，將安索從椅子上拽起來，狠狠地將他銬上手銬。安索站在那裡，雙手被反綁在身後，看起來疲憊而虛弱，隱約帶著歉意。

薩菲還記得從前走上潔瑪小姐家的地下室階梯時，安索緊跟在後的感覺。他的腳步緩慢沉重，令她感到挫敗與噁心。她曾渴望那樣稍縱即逝的危險。有人曾告訴過她，愛是令人興奮卻有害的，是違背所有邏輯、使人上癮的威脅。愛是地下室階梯上的腳步聲，是她喉嚨深處的一雙手。但愛並不一定要帶著傷害，她想起克莉絲汀和她的孩子們，在後院的泳池裡玩水嬉戲，唱著薩菲沒聽過的流行歌曲。她想起柯琳和她的太太，在警局舉辦的聖誕節派對上驕傲地緊握著手。薩菲的一生都沉浸在檢視痛苦之中，追尋痛苦的意義，尋找痛苦持續的原因。她花了好多年追尋毫無意義的暴力行為，只為了證明暴力無法傷害到她。這場追尋是多麼浪費生命，多麼令人失望。她終於解開了這個莫測高深的謎團——觸碰到安索的傷痛凝結的地方——卻發現他的痛苦和其他人沒兩樣。不同的地方在於他選擇面對傷痛的方式。

「薩菲，等一下。」

她的名字從他的嘴裡滲出，宛如一道傷口。

「妳有沒有想過這個世界存在著另一個宇宙？」安索的聲音嘶啞而絕望，同時警員拽著他往前走。「外面有另一個世界，在那裡我們都過著截然不同的人生？在那裡，我們也許會做出不同的選擇？」

「我一直都在想這個問題。」薩菲低聲說道。「但事實上，就只有這個世界，安索，只有這個世界。」

他們將他帶走了。

獨自一人在審訊室，這裡一片死寂，牆壁冰冷而缺乏溫情。薩菲的內心充滿失望，絲毫沒有勝利的感覺與喜悅。她不可能想著自己原本可以過的人生，而不去想到她原本能拯救的性命。因此薩菲決定乾脆不去想。從那一刻起，她會忘卻另一個可能存在的世界。她的世界只有一個，短暫、不完美的單一現實。她會想辦法活出自己的精采。

菈凡德
二〇一九年

吊墜已經很舊了，被歲月染成了焦橙色。菈凡德伸手到毛衣的口袋裡，吊墜的形狀令她安心，在大拇指指腹上留下永久的紋路。今天，這條鏈子不像是指控，反倒像是一種可能性，或者只是對過去的回憶。

「加牛奶和糖嗎？」女孩問。

對菈凡德而言，女孩的凝視宛如最優美的詩。她在桌旁，手裡握著一壺咖啡，一舉一動都像一連串的字詞，交織成優雅的詩句。她存在的事實仍令人感到不真實，彷彿浩瀚的宇宙也許會再度將她吞噬。

小藍，臉頰上有雀斑的女孩。小藍，有著鮮豔色彩的名字。小藍，一種不太像遺憾的感覺——它的花瓣蜷曲開展，如悲傷般綻放。

⁂

這間餐廳很特別，菈凡德一進門就知道。這裡有一份舒適感，一種振奮人心的能量——赫夢妮這幾年來一直在談論氣場這回事，而菈凡德總是將它歸於嬉皮的胡言亂語。然而現在她在咖啡裡攪動方糖，緊張地手指顫動，這一切竟令人覺得合乎常理。在溫暖朦朧的燈光下，藍屋似乎有了生命。

菈凡德啜飲著十分苦澀的咖啡，小藍解開圍裙，將它掛在搖搖晃晃的椅背上。菈凡德的內心在咆哮，像隻狂暴的野獸。她曾想像過這一幕無數次，幾乎像她親身經歷過一樣——不過在她的想像之中，小藍的臉一直都是模糊的，是她所見過艾利斯和小藍在照片中的綜合體。如今小藍二十三歲了，正是她記憶中自己當時的年紀。女人與女孩的交界。今天早上小藍在奧爾巴尼的機場接她時，她目不轉睛地盯著小藍直看。當她們一邊閒聊一邊開往上州時，她也會小心翼翼地偷看她幾眼。小藍正是菈凡德所想像的模樣，然而卻也完全不同。菈凡德瘦削粗俗，小藍則是圓潤迷人，嘴唇豐滿、顴骨很高。她穿著緊貼臀部、膝蓋破洞的牛仔褲，頭髮編成一條長辮子垂在一側肩膀上，指節上戴滿從路邊攤和二手商店買來的銀戒指，手腕內側有個小小的蜂鳥刺青。從她們交換的照片得知，小藍的髮色和她一模一樣，是在陽光下幾乎半透明的草莓色，親眼見到仍令她驚嘆。她們蜿蜒開上山路、進入特珀湖鎮時，菈凡德的內心充滿驚奇。

現在小藍就坐在這間咖啡館的對面，離她好近、好真實，菈凡德甚至可以看見她孫女柳樹般的睫毛。她就是忍不住。當菈凡德開始哭泣，那感覺就像夏日午後的一聲雷響，烏雲密布。

※

一切都始於一封信。

第一封信約莫在一年前寄到。當時菈凡德和桑夏恩剛搬進木蘭之家，那裡有溫柔谷最棒的廚房，女子們一致認為桑夏恩應該擁有這個光鮮亮麗、功能完善的火爐。桑夏恩，有著曾起水泡的通紅雙手，菈凡德在睡覺時經常輕撫的雙手；桑夏恩，總在烘烤一盤肉桂亞麻籽馬芬時滔滔不絕；桑夏恩，當那封信寄到時，她用手掌輕輕搭著菈凡德的臀部，她的存在本身就是一種慰藉。

親愛的菈凡德，

妳不認識我，不過妳好啊，我的名字是小藍・哈利森。

小藍是從祖母雪蘿那裡得知地址的，雪蘿擁有這個地址多年，在與她談到艾利斯的身世之後，才勉強把地址給了她。如果菈凡德有興趣的話，小藍會想和她聯繫。她在信件最下面留了電話號碼和電子郵件地址。

菈凡德把這封信藏在枕頭底下，放了將近一個月。紅杉大樓裡有一具有線電話，但菈凡德不太會用那台電話，因缺乏經驗而顯得笨拙。桑夏恩有時在睡前會拿出她的筆電，她們會一起看米妮在網路上的生活照。桑夏恩的這個女兒在門多西諾經營一間烘焙坊，自己也有了孩子。然而網路對她來說，仍像個陌生又複雜的領地。

因此菈凡德拿著一張紙和她最愛的簽字筆坐了下來。這麼多年來，她一直在腦海中構思文字。

練習，就為了此刻。

她寫下關於溫柔谷的事，白天陽光灑在山丘上的橙色光芒，桑夏恩的草本花園裡茂盛生長的迷迭香。她和桑夏恩曾經造訪大峽谷，那是菈凡德第一次坐飛機，她對小藍訴說那裡的紅土峭壁，峽谷蜿蜒如河流中的彎道。小藍也以熱情的趣聞作為回報。好幾個月過去了，她們互寄了數十封信件，菈凡德能想像艾利斯的鬍子，還有他在藍屋的廚房裡，隨著收音機的音樂起舞的身影。

菈凡德提出這個問題，她刻意將問題擺在一個段落中間，隱蔽到能輕易被忽略。光是寫下這些文字，昔日的內疚感便乍然浮現，無情地湧上心頭。

妳知道我的另一個兒子安索的事情嗎？

小藍花了好幾週才回信，信件送達後，菈凡德可以感覺到孫女刻意謹慎且溫柔地回覆她。安索曾經在藍屋待過一段時間，那是七年前的事。她寫道。我可以告訴妳更多，如果妳確定自己想聽的話。不過我得事先警告妳，這會很痛苦。

這種感覺比好奇更強烈——菈凡德知道揭開真相會為她帶來平靜，無論那麼做也會帶來怎樣的傷害。她從不曾如此渴望知道一件事，而這是個徵兆。她的傷口已結痂，她的生活已紮根，她準備好了。

這種事情不該在信裡跟妳說。當菈凡德要求小藍多透露一點時，小藍這麼回應她。我有個點子，妳要不要來藍屋呢？溫柔谷的女子們聽聞這個主意都很興奮，毫不猶豫地籌措資金。

現在，菈凡德看著小藍說話的姿態，落落大方，聲音充滿魅力。她是個外向者。小藍把辮子解開，用手指梳著頭髮，散發著年輕女孩的體香膏氣味，她隨興地聊著在布魯克林的公寓、在市區工作的餐廳，還有在動物收容所當義工的工作。菈凡德一邊聽一邊點頭，感到驚嘆。我創造了這個人。看著小藍說話時雙手自由擺動，菈凡德心裡這麼想著。這似乎是奇蹟，有如宇宙的恩典，就像在漫長的灰暗冬日之後出現的第一抹綠。

吃過晚餐後，她們坐在露臺上，串燈交織穿過拋光木板。今晚天氣很潮濕，洗碗機嗡嗡作響，一陣花香隨風襲來。瑞秋熱情地向她道晚安後離開，小藍的媽媽既大方又矜持，對女兒的好奇心充滿了耐心。

「來這裡會很奇怪嗎？」小藍問道。

菈凡德坐在塑膠戶外椅上，身子傾向前。她細細望著幽暗的庭院——躁動的土地在夜晚變得平靜。

「比我想像的還容易。」菈凡德說。

「有時候我還能感覺到他在這裡。我爸爸。」

「我想我也可以。」而這是事實。菈凡德彷彿能奇異地瞥見艾利斯的形貌。他就在精心裱框的阿第倫達克山脈地圖中，也在藍屋外牆那抹耀眼的藍色裡。他存在於小藍蒼白臉頰的弧線之中。

「安索也來過這裡？」菈凡德問。「是他找到妳的嗎？」

這個問題漸漸膨脹、轉移。

「其實是我找到他的。」小藍摳著指甲，塗著長春花色的指甲有些缺口。「我邀請他來的。」

「我準備好了，甜心。無論是什麼，妳都可以告訴我。」

「在我說之前，」小藍說。「妳要知道我很高興能見到他，他來這裡也很開心。他協助我們整理餐廳，而且沒有要求任何回報。我們和媽媽一起關店時歡笑到深夜。和他在一起很輕鬆，幾乎就像我爸爸回來了一樣。有時候當我想到他做過的事，想到他是誰，都還是覺得無法置信。」

「繼續說。」菈凡德說。

小藍的臉上出現悲傷的表情，甜美卻痛苦，帶著歉意的懇求。

「我很抱歉。」小藍說。「我很遺憾要告訴妳這件事。」

⁂

那一夜像一道開放的傷口，心臟器官不停跳動，群樹嘎嘎作響，發出一致的悲鳴。

⁂

菈凡德睡得很不安穩，斷斷續續地夢見一些她不認識的女人，遠處的陌生人赤身裸體地尖叫著。樓下的工業用冰箱發出嗡鳴聲，像是飢腸轆轆的肚子。小藍的話語盤繞在她腦海，猶如在這張陌生的床上方威嚇著她的小幽靈——她只告訴菈凡德事情的梗概，沒有深入細節，然而那些字句卻駭人地膨脹擴大。

她無法想像，無法想像她從前熟悉的小男孩，竟會做出小藍描繪的任何一件事情。她無法想像他正被關在牢裡，倒數人生最後的日子。她無法理解那個名詞，處決。她長大成人的孩子感覺就像去年夏天她所種下的黃瓜那般遙不可及，沒能開花結果。

床成了牢籠，於是菈凡德躡手躡腳地來到走廊上，清晨時分，天色還很昏暗，小藍的房門開了一個小縫隙——一束月光照在她身上，散發光芒。她沉睡的臉很平靜，看來無比年輕。

妳們每天要給自己一點時間。赫夢妮有次在心理療程課上這麼建議。在那一刻，妳們可以卸下所有的責任。

在氾濫潰堤之前，一個人究竟能乘載多少責任？菈凡德想知道答案。

菈凡德來到小藍的房門前，膝蓋像槍聲一樣劈啪作響。有些人能直視暴行，然後繼續往前走去——他們這麼做是出於自己的選擇。然而暴行並非菈凡德所能接受的。小藍的呼吸很平穩，即使是在門外，也能聽見她的氣息宛如大地潮水的流動。在那當下，菈凡德似乎體會到母親的角色不必如此刻板，沒有固定的弧線，也沒有起始或結束的框架。作為母親可以很簡單：一個女人與她的親骨肉，一同呼吸吐息，度過最黑暗的深夜。

菈凡德的拜訪時間很快就過去，這段期間充滿了新奇。小藍勾著菈凡德的手，兩人繞著湖邊漫步，一邊說出樹木的名稱。小藍給菈凡德看她收藏的寶物：一顆很圓的橡實、一個精緻小巧、以玻璃吹製的綿羊琉璃雕像，還有她在中央公園撿到的一只鑽石耳環，不過鑲嵌底座壞了。在這些物品中，菈凡德看見了孫女柔軟的一面，也看見她純真的古怪性格。小藍答應她很快會去溫柔谷造訪她，菈凡德向她保證會以一盤桑夏恩著名的肉桂捲來迎接她。她們照一張自拍照，小藍伸長手機，兩人以群山為背景，緊貼著太陽穴咧嘴而笑。

菈凡德在藍屋待的最後一晚，瑞秋加入她們的行列，到吧檯喝杯威士忌。等她們喝到目光呆滯、帶著睡意，微醺地嘻笑時，菈凡德開口說話。小藍和瑞秋專注聆聽，剪影裡透著好奇。當菈凡德告訴她們自己所記得的一切，妙趣橫生的、極度醜陋的、快樂美好的與灼痛炙烈的，這些都全盤托出後，菈凡德感到生命的一絲重擔似乎隨著話語而卸下。這正是年輕人的天賦，菈凡德心想。她們擁有承載的力量。

「安索有個想法。」小藍在瑞秋上床睡覺後說。菈凡德的背往後靠著吧檯坑坑洞洞的紅木椅，酒杯裡的酒喝光了。「他很常談到這件事，那就是如果你改變一個小小的選擇，或許會有其他世界的存在。無限的宇宙之類的。我有時還會想到這件事，如果我從沒找過安索，如果我從沒邀請他來這裡，那麼事情也許會有不同。」

「我也會有那些疑問。」菈凡德說。

這是真的，菈凡德已經不再去想關於農莊、加州或者她為了拯救自己而做出的任何決定，那些都是必要的行為。然而她總會想著那些信，她在腦海裡寫下的數百、數千封信。親愛的安索。如果她真的寄出其中一封信，那麼會發生些什麼？菈凡德思忖自己是否可能帶來改變，她的孩子是否只是需要媽媽。

「那是什麼時候？」菈凡德哽咽地問道。「行刑日？」

「下個月。」小藍說。「我們算是保持聯繫。他要求我到場當見證人。」

「妳會去嗎？」

「我想會吧。」小藍說。她環視餐廳，被漂白劑刮花的咖啡桌，若隱若現的椅子。她似乎在思索些什麼。「我上週回信了。我答應他會去。」

「為什麼？」菈凡德問。

「我只認識是好人的他。」小藍說。「原本他能成為的那個人，在其他宇宙的那些人，我猜我是想向他們致敬。」

「這真是很慷慨的行為。」菈凡德說。

小藍只是聳聳肩。「他是家人，我想總得有人到場。」

「等等，對不起。」菈凡德說，突然感到窒息。「別再跟我說了。我不想知道確切日期。我不想要等著那天的到來。」

菈凡德伸手到毛衣的口袋裡，一如既往地它就在那裡，那微小的重量。在如酵母色彩的暗淡光線中，她母親的吊墜看來很寒酸，破爛不堪。再過幾小時，菈凡德會回到家裡，她會讓這一切平息，然後漸漸遺忘。她會回到和桑夏恩在一起的日子，不會再過問小藍任何細節——菈凡德會做唯一可能的事，那就是確保自己能生存下去。她拒絕被囚禁。

「妳可以帶著這個嗎？」菈凡德問。

小藍伸手接過吊墜，然後輕鬆地將它掛在脖子上，鍊子沿著她的鎖骨閃閃發光。彷彿回到了過去，菈凡德心想。她像是照著鏡子，望見了年輕的自己，光芒四射的黃金歲月，如此幸運地毫髮無傷。

「他不會是獨自一個人？」菈凡德問。

「他不會獨自一人。」小藍告訴她。「我保證。」

此刻，菈凡德知道這個世界是寬容的，她所經歷過或製造出的每一分恐懼，都能經由這樣寬容的善意而消弭。倘若只以留下什麼來定義一個人，那會是一場不近人情的悲劇，她心裡這麼想。

十八分鐘

度秒如年。每一秒都是你的失敗，每一秒都是你的命運，每一秒都被白白浪費。

⁂

當你現在想起自己的招供，你仍感到萬分懷疑——你不敢相信自己竟大聲說出了那些話。

你的律師曾含糊地辯稱你是被脅迫的，然而你的供詞聽來更像是生理上的行為，一股釋放出來的力量。薩芙綸．辛格是一座橋樑，一條繪出的界線，一個指明方向的箭頭。當她從證物袋裡拿出那條珍珠手鍊，當她把串珠髮夾滑過桌面到你眼前，她就是帶你回到森林地的那些夜晚，回到與那些女孩的回憶。在你還是青少年時那漫長的幾個月，你去到哪裡都帶著那些首飾，也許是在你的衣物口袋裡，或是在車裡的儲物櫃中，這能使你平靜。那天你給了珍妮那只戒指——輕率的衝動——你也在慌亂之中埋葬了其餘的飾品。再度看見那些飾品令你大吃一驚，它們就像屍體一樣排列在桌上。

接著是那首歌，你以前最愛的歌。你想起了一隻半腐爛的狐狸。諷刺的是，是你童年時的自己引領你來到這裡。

所以說出事發過程的並不是你，而是當初那個小男孩。在飽受屈辱的審訊室裡，他控制著你，那個十一歲時眼神哀傷的你。你說話是為了讓那個小男孩開心，你說話是為了放他自由。就在你決定自己命運的同時，你似乎感受到一種難以言喻的痛苦。你不會被釋放。

⁂

你要求牧師別再來。你會在行刑室見到他，而且無法忍受在人生的最後十六分鐘裡，再看著他那擁腫下垂的慈祥臉孔。你獨自一人，從地上拿出你的「人生真理」。你一頁頁整理這份沾滿灰塵的手稿——在你手中，它看起來是尚未完成的作品，像是一連串互無關聯的題外話。

你想談談善與惡，你想談論道德的範圍，你想說話，也希望能有人傾聽。你想起在波倫斯基監獄裡的那些男子——他們充滿希望的棋步，他們囤積的照片，他們在半夜裡的啜泣與呻吟。這時一股難堪之情湧上你心頭，你的「人生真理」原本應使你與眾不同。它應該要能讓你變得獨特、更好、更甚以往。

現在，這樣的諷刺尖銳到令你無法承受。如果你相信多元宇宙，那麼你就得看看這個：

你十七歲，在一條長長的車道盡頭。第一名無辜女孩出現在眼前，像是在車頭燈前的母鹿。你慢慢踩剎車，打開車門。妳需要搭便車嗎？你在路邊等著，直到她安全地坐進車裡。你十七歲，坐在餐館雅座裡，慢慢啜飲最後一杯咖啡，鼓起勇氣詢問那位女侍者的電話號碼。你十七歲，置身音樂會的擁擠人群中，當最後那位女孩給你一根菸，你收下了，把菸抽到剩菸屁股後，你向她道謝，然後回家。

❊

十二分鐘。牆壁在縮小、壓縮。你收起雙腿抱在胸前，虛弱地祈禱。你從來不相信上帝，但你現在向祂禱告，孤注一擲、半信半疑。上帝，如果祢在這裡。上帝，如果祢能聽見我。上帝……

❊

你還記得一場流星雨。當時你還很小，大概三歲。青草戳穿了厚厚的羊毛毯，你帶著孩子的驚奇抬起頭來。母親的氣息酸甜交錯，像是一場中途被叫醒的夢。當流星雨劃破天際，她將你一把抱起。知道你也曾經小到被人抱在懷裡，這為你帶來安慰。曾經，你的世界只有麥草和驚奇，大地在你的脊椎之下如常地轉動。

❊

你開始哭泣。

無思也無語。你哭得像這是你最後一次哭泣，也許確實是如此。你哭到一點也不像自己，直到抽噎佔據了你的身體，仁慈地將你變成別人，任何人都好。你為你的人生真理哭泣，為今天早上醒來時身為自己哭泣。你為無法再多呼吸幾次而哭泣，未來的早晨無法再瞇起眼看向陽光、無法長途跋涉在蜿蜒的山路上，威士忌無法再刺痛你的喉嚨，這一切都令你悲泣。你活了四十六年，終其一生為了什麼？為的是此刻。

等你哭完，你挺直背脊，擦去淚水，將鼻涕擤在地上成了一潭閃亮的水灘。雖然你拒絕看牆上的時鐘，但仍能感覺時光滴答流逝，毫不費力地從牢房裡溜走。那一分一秒你都想好好把握，在時間遺憾地溜走時，你還想感受生命的質感。

⁂

你聽見腳步聲從走廊入口處傳來，你很吃驚，而這份驚詫無可避免。時候到了。

你隱隱想反抗。你想踢腳尖叫，吶喊著你將失去的所有事物，但那聽起來好費力、痛苦又毫無用處。走廊上的腳步聲愈來愈響亮。是行刑小組，六名訓練有素的獄卒會來找你，而他們現在就在路上了。你當然知道這一刻總會到來，但你沒料想到此刻竟如此微不足道，就和組成你那無意義的卑微人生中，無數秒鐘裡的其中一秒一樣。

你聽見他們接近，命運的腳步聲正朝你前來，帶你離開。

你抬起下巴，迎向命運之聲。

菈凡德
此時此刻

菈凡德往洗衣盆彎下腰，膝蓋裸露、布滿塵土，因蹲在泥土裡而痠痛。午後的光線照在紅杉大樓上，女子們正在屋內清洗午餐的碗盤，在鍋碗瓢盆的叮噹聲之中鬥嘴著。在洗衣盆後方，菈凡德能看見山峰的輪廓，與在明亮日光照耀之下的朦朧野橘樹。桑夏恩正在山腳下，頭戴著寬帽沿草帽，在蔬菜園裡彎著身子。菈凡德現在六十三歲了，她不相信幸福，不相信純粹或明確的東西，然而她相信未來，而且現在就能預見未來，從山上奢侈地往下延伸，越過如波浪般起伏的青草。桑夏恩從地上拔起一條櫛瓜，她的身體像地圖，山脊和山峰都被仔細地描繪出來。

起初那聲音很輕，幾乎讓人聽不見。菈凡德直起身子，納悶是否只是自己的想像。她伸展身子，好聽個仔細——就在那裡。一聲嗚咽，一聲喘息。是一隻動物，正奄奄一息地躺在森林裡。菈凡德一動也不動，沾滿泡沫的手臂在洗衣盆上方停下動作。嗚咽聲愈來愈低沉。

有東西正在痛苦掙扎。

她仰起頭。

她傾聽著。

薩菲
此時此刻

薩菲剛踏出淋浴間，鏡子上霧氣瀰漫——即使水珠凝結，今晚的重量在她的肩上依舊沉重。她的喪服就擺在床上，像一個人疲憊且氣力放盡地倒下。薩菲曾穿著這身黑洋裝參加無數次喪禮，頭髮挽成頗具威嚴的圓髮髻。今晚她覺得自己的裝扮過於俐落正式。

她略微猜測安索此刻在做什麼，也許在吃最後一餐，或者抬頭仰望一片灰白的天花板。她希望牢房裡冷冰冰的，她希望他的思緒在他腦中揮之不去——當然也希望他感到抱歉、心生懼怕。當透進百葉窗的陽光緩緩西沉，薩菲慶幸德州距離她很遙遠，他很快就會去到完全不同的地方，或者也許哪裡也沒去。

⁂

薩菲在擦乾頭髮時，手機響起。

小藍・哈利森。

*我到了。*簡訊上寫著。*快要開始了。*

薩菲還是偶爾會去藍屋，她會在那裡點一個鮪魚起司三明治，在吧檯和瑞秋閒聊。當安索寫信邀請小藍來見證行刑，小藍打電話到警局來——*我想我是想去的*。她說，小聲得幾乎讓人聽不見。*我想我是想到現場的*。薩菲不確定為什麼小藍要打電話給她，但她聽得出女孩的聲音在顫抖。小藍打來是想請求允許，尋求某種認可。薩菲想起安索小時候的模樣，脆弱而不穩定，受過傷但尚未失去自我，當時他仍能自己做出選擇。安索是惡人，而且他會因此而失去性命——但薩菲知道，和小藍相處時的他還有著其他面向。

妳應該去。薩菲當時這麼告訴她。在電話那頭，她聽見藍屋的義式咖啡機隆隆作響的聲音。

妳會和我一起去嗎？小藍問道。

答案很簡單。不會。

守夜祈禱會辦在高中旁的公園裡。

薩菲抵達時，夜幕低垂，好似籠罩在天鵝絨毯裡，從草坪遠處只能看到點點燭光。她踏過潮濕的草地，走向聚集的朦朧身影。現場大約有二十人，為數不多的群眾在黯淡的燭光中低著頭。薩菲換掉了原本穿的喪服，換成一件綴有雛菊的藍色長裙。她看到克莉絲汀在人群邊緣，雙臂交叉在胸前，抵禦寒冷的四月——等到薩菲來到現場，腳趾下的涼鞋滑溜溜的，沾滿了草地上的露水。

「妳來了。」克莉絲汀說。

「隊長，我們幫妳帶了這個。」克莉絲汀的大兒子遞給薩菲一束百合花，他現在十五歲了，又瘦又高，正處於青春期的尷尬年齡。薩菲向他道謝後接下那束花，塑膠包裝紙皺皺的。

照片被放得很大，伊姿、安琪拉和萊拉躺在花海之中。薩菲認出許多環繞在噴水池旁的發亮面孔：伊姿的父母和姊姊都到了，而伊姿失蹤時才五歲的小弟，如今臂彎裡已經抱著一個嬰兒。安琪拉的母親與伊姿的家人站在一起，她向薩菲微微揮手，彎著腰，身形萎縮。距離警方找到屍體已經過了二十年，而從女孩們失蹤算起則過了二十九個年頭，而現在還有一家新聞台的攝影機仍在守夜祈禱會的邊緣徘徊，一心想製造新聞。薩菲覺得煩膩污黏，真相令她心痛。如果單單只為這些女孩，根本不會有專文報導，不會有守夜祈禱會，她們不會博得任何關注。她們之所以出現在新聞版面，是因為安索，還有世界著迷於像他這樣的男人的緣故。

克莉絲汀遞給薩菲一根蠟燭，蠟滴了下來，融化在她的手指上。

時間快到了。在千哩之外，正義正獲得伸張，然而薩菲認為正義理應帶來更多感受。正義應該是一個錨，一個答案。她想知道像正義這樣的概念是如何進入人類心裡的，她如何相信這麼抽象的東西能被貼上標籤、施加懲罰。正義感覺起來不像補償，甚至也不像滿足。當薩菲長長地吸了一口高山的空氣，她想像那根注射針正刺入安索的手臂。突起的藍色靜脈。這是多麼不必要，多麼沒意義。這個體制辜負了他們所有人。她心裡想著。

⁂

「今晚來我家吧。」人群散去時，克莉絲汀說。「妳不該自己過。」

她的兒子已經在車上調整後視鏡了。在考駕照之前，他還得接受三十幾個小時的監督駕駛測試。克莉絲汀的耳環在後視鏡中閃閃發光，這是薩菲去年到拉賈斯坦邦旅遊時送她的紀念品，金色飾有流蘇的水滴狀耳環，寶石與她朋友那溫暖的青綠色眼睛相輝映。

「今晚不行。」薩菲說。「要工作。」

克莉絲汀笑了笑，溫暖又有點諷刺。薩菲忽然想到她們一起成長的歲月，一同走過多遠的路、經歷了多少事。「手剎車，親愛的。」克莉絲汀對兒子說，一邊放鬆地讓身子沒入副駕駛座。她的聲音猶如搖籃曲，陪薩菲度過這個夜晚。

⁂

薩菲來到警局時已經很晚了。週五的夜晚，大多數人都已離開，只有柯琳還在，傾身坐在檯燈的光線下。

「隊長。」她說。「妳來這裡做什麼？」

柯琳瞥了一眼時鐘，她知道今晚會發生什麼事——柯琳的觀察力一如以往地敏銳，一絲不苟。薩菲每個月都會邀請柯琳和梅莉莎來家裡吃晚餐，她們會坐在廚房裡閒聊，烤箱裡飄出烤鮭魚或自製披薩的香味。柯琳的妻子謝絕葡萄酒，她們最近在嘗試做試管嬰兒。薩菲對於自己的魚尾紋和嘴角的皺紋心存感激。妳看？她想告訴柯琳。妳不需要擁有一切。妳只需要知道自己擁有多少才算足夠。

薩菲幾乎是跌坐下來、癱倒在位子上，頭靠在柯琳冰涼的辦公桌上。她幾乎要承認這項事實：她不能回家，回到那空蕩蕩的家。大部分的夜晚，薩菲都很感謝自己能夠獨處，然而今晚，這份禮物令人感覺空洞。為什麼不去找個好男人？妳還很漂亮，而且也夠年輕。肯辛頓的妻子說這些話時一臉真誠，耳朵上的蘇聯鑽閃閃發光。薩菲當時禮貌地笑了笑，心想這個女人究竟認為她能從這種事當中獲得什麼好處。

這裡正是她所需的一切。一場精采的戰鬥是她唯一所需。

「傑克森的案子。」薩菲對柯琳說。一股像是希望的感受戳刺著她的喉嚨。

薩菲把文件堆放在辦公桌上，文件一疊疊搖晃著，像是凌亂的提醒——當她往後靠向旋轉椅的椅背，抖了抖滑鼠喚醒電腦時，白色的光源令人感到安慰，這是她最熟悉的指控。

傑克森案在她的鍵盤上沒耐心地等著。

夾在文件報告最上方的照片裡，塔妮莎．傑克森在微笑。她十四歲，頭髮紮成辮子，髮辮上的紫色珠子垂墜著。她站在雜草叢生的後院裡——背景有許多人在爭相拿紙盤子。塔妮莎已經失蹤六天了，他們鎖定幾個可能的線索：她的一名中學老師，擁有含糊的不在場證明，和一個路過小鎮、臉頰上有一道疤的陌生男子。現在要做的，就是篩選事實，直到真相浮出水面，就像淘金池中的金子一樣。她仔細看塔妮莎臉頰上散布的雀斑——薩菲相信她還活著。即使在創傷之後，她也依然可能保有生命力，這條路並不一定總是走向毀滅。不是每個女孩都會成為「那些女孩」。

時間一分一秒過去，一眨眼就過了幾個小時。薩菲匆匆寫下筆記，將資訊抽絲剝繭。她會這麼在這裡坐到天明。她會在這裡坐著，直到某條線索鬆動。她會就這麼坐在這裡。

海柔
此時此刻

海柔站在汽車旅館的泳池邊緣，泳池裡的水已抽乾，現在滿是枯葉，周圍凌亂擺放著幾張塑膠折疊椅。

海柔的媽媽來了，正在翻找房間的鑰匙。她為了這個場合特地裝扮，穿著一套八〇年代的套裝，這對她日益蜷縮的骨架來說肩膀太寬了些。她穿著一雙厚實的黑色高跟鞋，走向這座廢棄的泳池。當媽媽接近時，海柔感受到一股輕微的窒息感——也許是濕氣使然，也許是這身不合身的套裝，或者是媽媽一看見海柔時的眼神。她的視線攫住海柔，雙眼圓睜。那一閃而過的希望漸漸冷卻成了失望。那一瞬間，她的母親看見了兩個女兒。海柔總不是媽媽希望看見的那一個。

一輛米色轎車停進汽車旅館的停車場裡，一名髮型像貴賓犬的女子走向她們。琳達，她在握手時說，手上的法式指甲修剪得清爽俏皮。琳達代表德州刑事司法局受害者服務部前來——她會載她們前往監獄，不過首先，她們得先審查一些文件。

好幾個月以來，海柔的媽媽都在佯裝興奮。海柔，我睡不著，除非我看著他死。珍妮已經過世七年了，她們的爸爸在短短半年後心臟病發也走了，媽媽經常將他們視為一個整體，彷彿他們是自己選擇在一起的，而且只是單純住在別的地方而已。法庭上，當安索的判決被宣告時，她喃喃自語，他們聽到會很高興的。然而當琳達與她們坐在一張滿是水漬的桌前，攤開一疊文件時，媽媽似乎不再逞強了。她的模樣彷彿可能會被風吹走一樣。

琳達慢慢帶著她們看每一頁。犯罪者的罪刑描述——好像我們忘了一樣，海柔差點這麼怒斥——以及行刑過程的概述，當天晚上的行程表，彷彿她們只是要去戲院看一場戲。安索邀請兩位見證人：他的律師和一個海柔沒聽過的名字。碧翠絲·哈利森。

這一切有什麼意義？海柔想問。表面上，今天即將發生的事是為了她的利益著想，為了珍妮，也為她們一家人，以及某種扭曲形式的補償。但這一切感覺起來卻像背馳而行，幾乎像是送給安索的禮物。

他獲得關注，得到媒體的注意、對話和精心安排的程序。真正的懲罰不會是如此，海柔知道，真正的責罰會是一種孤獨、艱苦又漫長的虛無。在男子監獄裡服無期徒刑，任由他年復一年地腐爛，名字被徹底遺忘，在淋浴時心臟病發或摔一跤，那種他應得的、沒沒無聞地死去。但現實卻非如此。安索被賦予了崇高的犧牲地位，猶如烈士的身分。海柔感到內疚，她是這整個過程的同謀。她看著晚間新聞上層出不窮的黑人案件，因車尾燈壞了而遭警方攔下槍殺，因帶了一包大麻而被抓進監獄。她仍然無力地教孩子們什麼叫不平等，教導他們認識制度偏見，帶他們了解這個國家的司法系統有如毒害的歷史。她製作紙板標語，在伯靈頓市中心遊行，高呼著追求平等。她對艾爾瑪重複這些話，就連她都明白：站在攝影機之前是一種特權，被看見而且能對著麥克風說出遺言，這是一種特權。安索獲得了連環殺手的稱號，這個用詞似乎激起了人們怪誕又原始的慾望。書籍、紀錄片和暗網網站，成群的女性被深深吸引。

海柔協助媽媽坐進琳達的車裡，車內瀰漫的鹹餅乾和空氣清新劑的氣味，這時她感到一股更強烈的無助感。恐懼蜷縮在她的身體裡，像隻打瞌睡的動物。

⁂

這棟建築是由莊嚴的紅磚砌成，為殖民時期風格，宏偉壯麗。對海柔而言，這裡看起來像是法院大樓或一所郊區中學。她攙扶著媽媽穿過氣勢宏偉的大門。

一群嚴肅的人前來接待她們，創傷協助組、緊急行動團隊，一些頭銜在海柔的腦海中像水一樣流過。典獄長結實魁梧，握手時手上黏糊糊的。

「路程還順利嗎？」他問。

海柔沒有回答。他比向鞋架，她得把鞋子放在那裡——海柔赤腳踩在水泥地上，地板很冰冷。監獄聞起來像油地氈的味道，也像灰塵與金屬。她們穿過安檢掃描儀，海柔的媽媽將原本梳的圓髮髻放下來，粗硬的捲髮披在肩上，接著她們從走廊走到輔助室，一段令人陰鬱的路程。色彩明亮的辦公椅圍著一張呆板的木桌擺放。

「要喝水嗎？」典獄長問。「咖啡？」

海柔搖搖頭回絕，於是典獄長離開了。輔助室裡聽得見回音，使媽媽每一次顫抖的呼吸聽起來更明顯。不會有事的。海柔想讓她放心。等這一切結束，情況會變好的。然而如此的承諾從她的嘴裡道出卻覺得虛假，所以海柔僅僅聽著頭頂上的燈光嗡嗡作響，監獄裡的喧鬧聲被厚重的鐵門隔絕在外。她聽見微弱的人聲，遠方的吶喊聲和粗啞低沉的笑聲。她靜靜等待。

⁂

艾爾瑪今天早上很早起來，在她搭飛機之前向她道別。她穿著睡衣輕輕地走下樓，在廚房中島前坐了下來，同時海柔在為路程準備咖啡。艾爾瑪的臉頰上還留有枕頭的印子，深色頭髮紮成一個隨興的髮髻，盤繞糾結，有些髮絲順著肩膀垂落下來。艾爾瑪十四歲了——嘴裡有亮閃閃的牙套，不時會調整她不需要的少女胸罩肩帶。上學前，她總會花二十分鐘在浴室裡，試著把自己裝扮成某種不自然的樣子。當她大笑時，手會不自覺地遮住嘴巴。

媽，妳會沒事的吧？艾爾瑪遞給她糖罐時問道。

我會沒事的，小甜心。

珍妮阿姨會很驕傲的。艾爾瑪說完臉紅了，為自己的感性而難為情。她會為妳的勇敢感到驕傲。

海柔捧起女兒的臉頰。

海柔不確定珍妮是否會感到驕傲，在某個版本的宇宙中，珍妮的笑容充滿譏諷。典型的海柔。把一切都想成是妳的事。珍妮會一邊使出她的招牌白眼一邊說。而在另一個宇宙裡，有海柔在讓珍妮很放心，她是替身，是頂替她的複製品。或在另一個宇宙裡，珍妮還活著，她和海柔在排隊等著買咖啡——當珍妮轉頭要幫海柔點餐時，她看起來宛如截然不同的人。

⁂

典獄長回到會議室，後面跟著兩個穿正式襯衫的男子。他們坐在遠方的角落，微微向她點頭示意——他們的脖子上都戴著掛繩，繩子上夾著塑膠證章。

記者。

海柔不喜歡記者。在安索招供之後好幾週，他們把工作車停在她家的路邊，在她家草坪上徘徊不去。他們會出現在路易斯的公司和芭蕾舞教室，甚至有一次把攝影機扛在肩上，現身馬帝的托兒所。他們會在遊樂場外面等海柔——走開。她會大叫，同時其他的母親趕緊帶自己孩子離開。拜託，不要來煩我們。

關注從來就不在珍妮身上，珍妮並不有趣。無時無刻都有男人殺害前妻。關注是在其他那些女孩身上。

當然，問題在於為什麼。這正是記者們依舊出現，將麥克風推到海柔面前的原因，也是安索在報紙上能佔有一席之地的原因。他很迷人，極具魅力，一個風靡全國的現象。這很令人震驚——一次有人向她形容是「引人入勝」——如此難以預料的壞。為什麼他在那些女孩青少年時期時殺害她們，接著一片風平浪靜，直到二十年後又殺了珍妮？為什麼是她們？他又是為了什麼要殺她們？

海柔想不出比這更有趣的問題了。當然，她為那些女孩與她們的家庭深感遺憾，但眾人關注的重點，那個重要的問題卻一直困擾著她。安索感覺如何不重要，他的痛苦無關緊要，根本不在她的考慮範圍內。他為什麼殺害那些女孩，或殺害珍妮，這些也不重要。海柔相信人可能會是邪惡的，如此而已。這世上有無數的男人想傷害女人，然而人們似乎認為安索・帕克非比尋常，因為他確實這麼做了。

⁂

廁所的燈是帶螢光的綠色。

海柔蜷縮在洗手檯邊喘息著。她吐氣，等待自己的驚慌褪去。廁所開始對她說話。這是個錯誤——她不該進來這裡的。今天，鏡子不會善待她。

事情發生在轉瞬間，一閃而過。當海柔不可避免地抬起頭，她看見自己的倒影，她的短髮，和水滴狀的雀斑。然而海柔再也不只是她自己了，珍妮在鏡中延展、傾斜，顯露了身分。她的笑容隱藏在海柔下巴的弧線裡，躲在海柔眼皮的皺褶裡，徘徊在海柔嘴唇上方的凹陷處。

有馬桶在沖水。海柔這才從恍惚中驚醒，震驚地向後退，撞到紙巾機的尖角。當隔間的門嘎吱地打開，一名女孩出現在門框裡，她打量著海柔，一臉困惑，沉默在空氣中凝結。

「我很抱歉，我……」女孩終於結巴地說。「只是妳看起來和她一模一樣。」

「妳說什麼？」

她朝兩人之間伸出手，彷彿要和海柔握手，不過手臂趨於被動地軟弱無力。在她的手腕內側，海柔看見一隻小鳥圖樣的刺青。她有一頭粉金色頭髮，年約二十五歲，顯得有點躁動不安，不過從她眼裡明顯透著好奇。

「呃，我是小藍。」她說話的樣子像在問問題。「我很抱歉，我應該想到的。他跟我說過珍妮有個雙胞胎妹妹，我應該……」

「妳認識我姊姊？」海柔問。

小藍搖搖頭。「我沒見過她。」

女孩的眼眸和安索很像。淡淡的淺綠色，像初夏的苔蘚。

「妳是為了安索而來的吧？」海柔問道。「他的見證人。妳不是……妳不會是他的女兒吧。」

「噢，」小藍很快地回話。「不是，我是他的姪女。」

「安索沒有家人。」海柔說。

「他的弟弟是我爸爸。」小藍說。

海柔想起多年前的聖誕節，安索談到他弟弟時，表情是多麼溫柔。她一向認為那是一種面具，只為博取同情而故意表現的悲情。小藍試探地經過海柔身邊，打開水龍頭，從給皂器壓出肥皂。海柔能從她垂下的肩膀和鼻梁的角度看到安索的影子。一切似乎都出了差錯，那些她曾經視為真理的事情。

「為什麼妳在這裡？」海柔問。「為什麼妳會為了這種人來？」

「老實說，我也不知道。」女孩的聲音變得低沉。「我想……呃，壞人也會感到痛苦。」

小藍把雙手浸入洗手臺，廁所裡迴盪著空洞的回音。在漫長的等待中，海柔覺得很受傷。這和海柔自身的傷痛不同，但它仍是傷害。小藍看著海柔離去，舉起沾滿肥皂的手，但她沒有再多說什麼，只用手指觸碰那銹紅色的吊墜，它正毫不優雅地掛在她的脖子上。

⁂

當海柔想像死亡，她描繪的是一場漫長又困倦的睡眠。她曾不只一次渴望死亡。她不相信天堂或地獄，雖然保持信念必定會讓人好過一些。當她把小藍遺棄在鏡子前，踉蹌地走回大廳時，海柔想著這件事是多麼愚蠢，多麼荒謬。像這樣的死亡——了無新意、遵照規範，被人從一個盒子裡看著——這就是死亡，她不知道這種死法能有多少程度的懲罰作用。徒勞的感受襲來，猶如一棟搖搖欲墜的房子，海柔在碎磚爛瓦中坐立難安。這事毫無意義，完全是浪費。

回到會議室，海柔的媽媽啜飲著用紙杯裝的水。典獄長在門邊踱步，看到海柔時朝出口處點點頭。記者們收拾好東西，同時海柔牽起媽媽羽毛般柔軟的手。

「準備好了嗎？」典獄長問道。

⁂

回憶伴隨著勉強踏出的第一步湧現。當海柔跟著一行人走到空蕩蕩的大廳，她的肋骨在怦怦震動，劇烈到讓她回想到從前。

快來，海柔。我向妳保證，這裡的風景很值得。

海柔這時八歲，她站在後院籬笆旁，抬頭對著珍妮一直眨眼睛，珍妮已經跨坐在楓樹最高的樹枝上了。她們不該爬這棵樹，太危險了，媽媽曾經警告過他們。海柔從底下看到珍妮赤足的腳底，因在柏油路上玩耍而踩得烏黑。珍妮俯下身，伸出滑溜溜的一隻手，那麼自信滿滿，那麼容易讓人信任。海柔焦慮地踢著樹幹，恐懼盤繞在胸口，同時珍妮抓住她的手腕，將她拉到嘎吱作響的樹枝上。海柔保持平衡，雙腿朝向草地盪呀盪，享受著無懼的快感。

妳看吧。珍妮燦笑著說。

從布滿斑點的樹葉望去能看見呈扇形散開的社區。海柔看見鄰居的庭院，視線越過籬笆、看到屋頂，也望見閃亮的窗戶。地平線很遼闊，這是她第一次看不見世界的盡頭。珍妮似乎很清楚自己的天賦是什麼，因為她拍了拍海柔的肩膀，顯得睿智。

妳什麼都能看見。從開始，一直到最後。當世界在眼前開展，珍妮這麼對她說。

※

見證室是個小小的劇場。窗戶鑲著鐵欄杆，米色窗簾緊閉著，裡面沒有座位。海柔領著媽媽進入，兩人尷尬地站在混凝土建成的見證室中央，記者們則恭敬地站在後面。從窗簾的另一側，海柔能聽見微弱的雜音。點滴袋的咕嚕聲響，心臟監測器持續不斷的嗶嗶聲。

珍妮來了，在這裡徘徊。當窗簾拉開，海柔瞇起眼看向舞台，珍妮就在這裡。

她是稍縱即逝的香氣，一股氣味，一絲閃爍的微光。珍妮是在海柔肺裡的氧氣，在海柔倔強握起的拳頭裡。當海柔透過玻璃窺探行刑室時，珍妮從自己的倒影中眨了眨眼睛。海柔知道，這就是姊妹情誼的奇蹟，是愛的奇蹟。死亡是殘酷的，無邊無際、不可避免，但這並非終點。海柔經過的每一處，珍妮都在。她充斥、她顫抖、她蔓延、她擴散，直到她不在各處——直到她無所不在——直到她活在海柔帶著她去到的任何地方。

零

就是現在了。

當腳步聲接近，你一手按住自己的臉頰。鬍渣、突起的骨頭。你試著記住自己下巴的弧度，記住你活了大半輩子的形狀。你不知道是否憎恨自己的身體，或是會在身體消失之後懷念它。

※

獄警在你的牢房前等著，面無表情的六個人，再加上牧師、死囚室典獄長，和監察長辦公室派來的一名禿頭男子。他的聲音模糊不清，聽起來很遙遠，彷彿你正從水裡聽他說話一樣。他們拿著一付手銬穿過鐵欄杆。

你的心就像一根炸藥，無用地等著它爆炸。獄警打開門，招手要你走向前。

一步接著一步，你走了過去。

從牢房到行刑室的路程很短，十五呎。你數著每一步走過的路，獄警們簇擁在兩側，彷彿你是美國總統一樣。每一秒都在延伸，無法計算。

你太快就走到了。

行刑室就和你想像得一模一樣。牆壁是綠色的，磚上塗著令人作嘔的薄荷色調，像薄荷口香糖。這裡還有個從前沒有的氣味，醫療器材和刺鼻的化學物質。在整個空間中央有一張輪床，輪床兩側有綁帶，用來綁住你的四肢，像某種中世紀的裝置，從天花板垂吊著一個麥克風。

這多麼荒唐啊，你心想。多麼瘋狂。政府花錢買了這張美化過的桌子，將它放在行刑室裡。這十二個人今天早晨醒來，穿上制服後開車上班，就只為了執行這個瘋狂的任務。你國家的國民納稅來讓這份工作持續運行，供給通過靜脈注射的三種藥物。你自己的鄰居──郵差、雜貨店店員和對街的單親媽媽──付錢確保你們的政府能精準地以此方式殺死你。

他們不給你時間，一切發生得太快了。你被推著向前走，你的叛徒雙腿二話不說就將你推上了輪床。接著是獄警綑綁你的一連串熟練動作。

等到這個步驟結束，你盯著天花板，手臂向兩側伸直，像重倒在雪地裡、想做雪天使的孩子。天花板沒有裂縫，也沒有汙漬。你想念你的大象。

⁂

一段回憶。當時你九歲，你在潔瑪小姐之家的客廳裡，手指纏著棕色的長絨地毯。你和其他小孩圍坐著，一本聖經打開擱在你的大腿上。一位年紀較大的美麗女孩在唸《哥多林前書》，你看著她的嘴唇，沒聽見她說的話。

我們對耶穌的十字架有多少了解呢？潔瑪小姐問。潔瑪小姐的眼皮厚重，頭髮用化學染劑暈染過。她用手指著一個小巧精緻的十字架，在她布滿曬斑的胸前閃閃發亮。

十字架能幫助我們了解耶穌的苦難，她說。它能幫助我們了解祂的愛。

⁂

典獄長的古龍水令人焦躁，空氣裡瀰漫著一股難聞的氣味。他檢查輪床上的綁帶，醫療小組在你周圍忙進忙出，全神貫注，對於你的不適視若無睹。牧師是唯一一個靠近你的人，他了解你不想說話，因為他就只是站在那裡，像狗一樣把頭依偎在你的腿上。

藥物注射進入你的雙臂時，你把頭撇開，感到微微的刺痛，聽著液體從輸液帶汩汩流出的聲音。醫療技術員調整設定——你可以聞到她的氣味，不是香水或體香劑的味道，而是如果走進她的家裡會聞到的味道。類似黃瓜皂，不過在那之下還有一種發霉的氣味。她的一縷髮絲飄到你的衣服上，正好落在你的腋下，隨著你的呼吸而飄向空中。優雅、柔美而飄逸。

接著出乎意料的是，你想到了這些名字。你很少分別想起她們，無辜女孩們，但是在此時此刻，她們帶給你不同的感覺。獨特而嚴厲。伊姿、安琪拉、萊拉和珍妮。

你感覺舒服嗎？技術員問。

不舒服。你說。

是因為點滴嗎？她問。

不是。你說。

她踩著高跟鞋離開了行刑室。

⁂

在窗簾後方有聲響，腳步聲和窸窣細語聲。

見證人。

你還沒準備好，窗簾就被拉開了。你不再是一個人。

⁂

在窗戶的右邊，是珍妮的母親。

她現在彎腰駝背，年紀大了。她的臉看起來非常疲憊，即使在開庭和判刑的過程中，她的面容也不曾如此。在西裝外套的衣領上方，珍妮的母親看起來很傷心，眼淚撲簌簌地，無聲地滑落她薄如紙的臉頰。你可以從她眉毛皺起的程度看得出來，她是在為珍妮哭泣，不過不僅如此。這名女子已經認識你將近三十年，你了解她的悲天憫人。珍妮的母親也是在為你哭泣。

在她身旁，海柔僵硬地站著，她專注地看著你，毫無畏懼也沒有一絲猶豫。你還記得海柔以前是如何在客廳裡偷看你——她以前是多麼想要你。此刻，她沒有哭也沒有笑，就只是責備地將目光擺在你的無助上。你惶惶不安，意識到這正是珍妮以前看你的模樣。從傾斜的輪床看去，海柔就和珍妮一樣毫不寬容，同樣令人難以理解。你的手臂扯動輪床上的綁帶，身體的本能反應很殘酷——你想最後再觸摸她一次。

她就在那裡。在窗戶的左邊。

小藍站在蒂娜身旁，草莓金的頭髮在頸後紮起，身材豐腴了些，長大了。小藍看起來就像夏日的夜晚，像黃昏時徜徉在藍草之間，像一雙溫柔的雙手為你拂去眼睛上的髮絲。看見小藍長滿雀斑的鼻子，你聽見母親的聲音，前所未有地清晰。

⁂

時間一分一秒過去，你無意中在玻璃中望見自己的倒影。你在人群的臉孔之中變得透明，已是個消失了一半的鬼魂。你的顴骨看起來很空洞，眼鏡在臉上顯得過大。此時你驚恐地發現，在你人生的最後幾分鐘裡，你看起來只像你自己。

這時你確信，相較於你做過的所有卑鄙事情——此時在你生命的最後兩分鐘裡——這更是證據：你無法像其他人那樣感受到愛，你的愛是緘默而潮濕的，不會迸發，也不會破碎。然而在身而為人的這件事上，你會有自己的位置，一定會有的。人類可以拋棄你，但無法否決你的存在。你的心怦怦直跳，掌心冒汗，身體擁有太多渴望。現在看來一切都顯而易見，你白白浪費了好多機會。每個人都有善與惡的一面，矛盾存在於你我心中。良善只是值得銘記的事物，良善是一切的意義所在，是你一直都在追尋的、容易悄然溜走的東西。

※

起初，這份感受微不足道。如鯁在喉的感覺稍縱即逝。困在你體內的，是某種脆弱似鳥的東西，傷心欲絕地拍著翅膀。

恐懼。

你將它一口吞下。

※

遺言。典獄長說。醫療小組和牧師現在都離開了，你懷疑他們就等在那面汙跡斑斑的玻璃鏡子後面。行刑室感覺變小了，就只有你和典獄長在這裡。

麥克風從天花板降了下來，你沒準備遺言。十秒鐘過去了，度秒如年的時間。這一次，沒有把戲要耍，沒有力量要隱瞞，沒人需要你欺騙或打動。你這一生都活在小心翼翼的模仿裡，模仿著別人會怎麼說、怎麼想、怎麼感受，而現在你累了。麥克風離輪床太遠了——你掙扎著拉扯綁帶，試圖伸手拿麥克風。

我發誓我會變好的。你說，聲音裡充滿抱歉。再給我一次機會。

沒有人回應，就只有玻璃後方那些見證人的閃爍眼神，不自在地移開視線。此刻你渴望觸碰，渴望別人的手握著你手的感覺。你全身顫抖，盼望得到比眼淚更有意義的東西。

典獄長摘下眼鏡。

著名的信號。

就是現在。

⁂

你祈禱。來世你希望自己會投胎成某種更柔軟的東西——某種了解與生俱來的渴望能使自己更完整的東西。一種優雅的生物。蜂鳥。鴿子。

⁂

他們保證你不會有任何感覺，他們發誓這不會痛，然而在這種恐懼之下，你仍然感覺到疼痛——劇烈而原始。這令你痛不欲生，化學藥劑在你的血管中爆裂，你的四肢瘋狂抽搐。

不要。你懇求。

當毒藥湧入你的身體，你被恐慌吞噬。

不要。求求你。

✻

在這間行刑室之外，世界依舊持續運轉。太陽低垂、照著粉紅色的光。一望無際的田野長滿了高高的青草。外面的空氣聞起來像雲杉和河流，也像鹽和繡球花。在知曉一切的瞬間，你看見了——整個地球自然地繞軌道運行，冷漠、生動、迷人而殘酷。它向你眨了眨眼睛，然後繼續前行。

✻

當你的雙手失去知覺，當你的視線邊緣被水淹沒、溶解，有某樣東西似乎冉冉升起。一團雲霧。它從你的胸口升到空中，在這個模糊的房間上方盤旋。你想伸手觸碰，但卻動彈不得。那是黑暗的你，拉扯著你的一團雲霧。在這最後的半秒裡，在你人生的盡頭，你明白了悲劇與仁慈。你直視著這股洶湧風暴的中心，它從你的身上分離開來時顯得如此渺小、軟弱無力。

此刻出現了一毫秒的光輝，頃刻之間，你的存在少了那團雲霧，此刻的你明亮鮮豔、情感迸發、充滿愛。你知道這就是你所追尋的，是你一直以來缺乏的感受。在這稍縱即逝的瞬間，愛充盈你的心間——你的生命超凡而慷慨。

最後一次顫抖的呼氣，最後一次嘎然作響的喘息。

一次強力可怕的猛撲，橫掃、毀壞。炙熱、輝煌。
此刻終於來臨。

在別處

在另一個世界裡，她們在睡覺。她們在擺放餐具準備用餐，或者在公園裡慢跑、看新聞、協助孩子做數學功課、加班、遛狗，或者正從淋浴間的排水孔清出成團的頭髮。在另一個世界裡，這是伊姿、安琪拉、萊拉和珍妮的一個普通夜晚，然而她們並不生活在那個世界，也不住在我們的世界裡。

⁂

伊姿．桑切斯會希望人們這樣記得她：

她正躺在祖父的帆船上，在一條紫色毛巾上伸展身體。在坦帕的這一天陽光明媚，她的妹妹瑟琳娜全身抹上日曬噴霧，肚臍凹陷處有濃厚的椰子油味道。伊姿的手指黏黏的，指甲被剛才剝的橘子沾成黃色。她把橘子皮從船舷上扔了下去，看著果皮在船後方隨波逐流。有海牛！她的弟弟大喊。她的媽媽環抱住他的胸口，以防他落水。當心啊，小傢伙。伊姿穿著比基尼泳褲，髖骨突出就像突起的下巴，手指聞起來有橘子和防曬乳的氣味。

沒有人會這麼記得伊姿，唯有她的妹妹瑟琳娜會，不過只在她要自己忘卻恐懼的情況下。通常伊姿——真正的伊姿——在她所遭遇的陰影底下隱身不見。悲劇是她死了，不過悲劇也在於她是屬於他的，那個做了壞事的壞人。儘管伊姿曾經歷過無數存活的時刻，但他卻將那些時刻逐一吞噬，直到她在大多數人的記憶中都是那可怕一秒的總結，不斷壓縮在她的恐懼、痛苦與殘酷的事實之中。

無論伊姿現在身在何處，她都希望自己能說：在這一切發生之前，我的肩膀被曬得通紅。我撥下皮屑，將它們彈進水槽裡。在恐懼降臨之前，我也有過一些感覺。我在陽光下吃了一顆橘子，讓我來告訴你它的滋味。

⁂

安琪拉．梅爾造訪過二十七個國家。她最愛的國家會是義大利——儘管不像馬來西亞、波札那或烏拉圭那麼有異國風情，不過她會愛上這個國家的古老核心，驕傲地扎根於傳統之中。她會走在佛羅倫斯、席耶納和蘇連多的鵝卵石上，舔著義式冰淇淋的塑膠湯匙，腦袋因喝了紅酒而嗡嗚。安琪拉會帶她的媽媽到阿馬爾菲海岸度假，她們會在海邊飯店的陽台上點蛤蠣義大利麵，空氣中瀰漫著檸檬樹與鹽的濃厚芳香。

在旅途的最後，安琪拉會給房務員百分之二十的小費，她們都是當地的年輕人，會把小費花在對街夜店那一杯杯的龍舌蘭酒上，她們不會想到安琪拉，而只會想到炙熱的天氣、她們汗濕的年輕軀體，顫動的燈光與音樂聲，將一切都拋在腦後。

⁂

萊拉的第三胎終究是個女孩。

他們會將她命名為葛瑞絲。

她並不存在，但倘若她是真人，那麼葛瑞絲會成為哥倫布動物園的執行董事。她會負責管理八百名員工、上萬隻動物和五百英畝的土地。

葛瑞絲最喜歡的動物是雪豹，一種瘦小、高貴的動物，身上長滿了白色斑點。在一個炎熱難耐的六月夜晚，在動物園閉館後，葛瑞絲發現自己獨自在貓科動物區，清潔人員都早已回家了。她會走到雪豹的飼養箱前，打算欣賞一番再道晚安。她站在雪豹高高的籠子門口，被這隻動物的優雅震懾——黃色的大眼睛與她對視，一種邀請。她會打開餵食門，在她緩緩靠近時心怦怦地跳，一步、兩步、再往前兩步。雪豹會看著葛瑞絲滑到內牆邊的地上，露出一抹微笑。雪豹會慢慢走到她面前，嗅著葛瑞絲伸出的手，呼呼地喘著挾帶肉味的氣息。這隻動物會展開四肢，接著蜷縮起長長的身體，朝著葛瑞絲的腋窩與肋骨交接處鑽。她們會一起沉沉睡去。

到了破曉，葛瑞絲醒來時會發現滿嘴的毛，雪豹巨大的頭枕在她的膝蓋上。她會想著：這世界是多麼溫柔，這分仁慈是多麼柔軟。

有六千五百五十二個嬰兒。在十八年間，六千五百五十二顆心臟會在無意識中跳動，在他們母親的子宮裡藴居、漂浮著。這些嬰兒之中，有兩百零四個出生時臉色蒼白，接著被拍打喚醒；八十一個會死亡；六千四百七十一個會在滑出有回音的洞穴時吸入第一口氧氣——他們會伸長四肢努力揮動，伸向珍妮等待著的雙手。

珍妮對他們而言會是一片模糊，他們的眼睛還太稚嫩，無法看清楚她的容貌。然而六千四百七十一個新生兒會感受到珍妮戴著手套的手掌心那撫慰的能力，以及當她在確認嬰兒的生命徵象、將他們的身體擦拭乾淨時，從她指尖流露的謙卑。她們會聽見珍妮的聲音，每次將嬰孩抱進他們母親濕黏的手臂時，總會低聲說著同樣的話語。

歡迎來到這世界，小寶貝。珍妮會對著每一個稚嫩的耳殼窸窣細語。

你會知道，這裡是個好地方。

謹謝

這本書獻給我的作家經紀人丹娜・墨菲（Dana Murphy），此書的存在要歸功於她極度寬大的胸懷。丹娜對我的作品充滿信心，陪伴我度過許多存在主義恐懼症與自我懷疑的時刻——她為我帶來睿智的建議、平和的聲音、必要的誠實與對小說目標的溫柔理解。我很幸運能稱她為我的藝術靈魂伴侶以及寶貴的摯友。

在我的編輯潔西卡・威廉斯（Jessica Williams）身上，我找到了一個溫暖又富有創造力的家園。潔西卡洞察了這本書的核心，取出最精華的部分後將之呈現在陽光下。我對於潔西卡與茱莉亞・艾略特（Julia Elliott）深表感激，感謝她們讓我的出版經驗充滿充滿活力、令人愉悅且收穫甚豐。

由衷感謝莉亞特・斯特利克（Liate Stehlik）的支持，布里塔妮・希爾斯（Brittani Hilles）與威廉・莫羅出版社團隊的鼎力相助，以及哈潑柯林斯出版銷售團隊展現的驚人熱情。感謝製作編輯潔西卡・羅茲勒（Jessica Rozler）、編審安德莉亞・莫納格爾（Andrea Monagle），和敏感內容審稿員尼哈・帕特爾（Neha Patel）。非常感謝狄倫・辛伯格（Dylan

Simburger）對於詳細研究的深入幫助，我也衷心感謝讀書會的可愛女士們，以及珍妮・梅爾（Jenny Meyer）相信這本小說能在海外受到歡迎；感謝達里安・藍澤塔（Darian Lanzetta）、奧斯汀・德內蘇克（Austin Denesuk）、丹娜・斯佩克特（Dana Spector）和ＣＡＡ的所有成員。謝謝佛朗西斯卡・梅因（Francesca Main）和鳳凰出版社讓這本書在英國有個溫馨的家。

我永遠感激蜜雪兒・布勞爾（Michelle Brower）給了我作家經紀人一職，一份我從前並不知道自己需要的工作，這份工作徹底豐富了我的世界。感謝我在艾維塔斯創意管理公司（Aevitas Creative Management）的同事們，也謝謝我的客戶們用言語表達對我的信任。

由衷感謝我在西雅圖無與倫比的寫作團隊：金姆・傅（Kim Fu）、丹妮爾・莫爾曼（Danielle Mohlman）和露西・譚（Lucy Tan），這些年來謝謝你們在咖啡約會時的傾聽。謝謝凱特琳・弗林（Caitlin Flynn）的堅定友誼，以及對所有犯罪事物的熱情。感謝瑪麗・洛克（Mary Rourke）與珍妮特・沙博尼耶（Janet Charbonnier），謝謝妳們在橡樹街商店（還有很多毛線）為我提供一個發洩與安慰的管道。感謝多明尼克・斯卡維利（Dominick Scavelli）與珍妮爾・錢德勒（Janelle Chandler）的幕後協助。

在這條格外曲折的寫作路上，我特別要感謝扶持我的一群朋友們：珍妮莎・愛柏罕斯（Jenessa Abrams）、卡拉・布魯斯—艾丁斯（Carla Bruce-Eddings）、阿爾・吉倫（Al Guillen）、瑪姬・霍尼格（Maggie Honig）、阿比・因曼（Abi Inman）、札克・諾爾（Zack Knoll）、伊達・諾克斯（Ida Knox）、艾倫・小堀（Ellen Kobori）、丹妮爾・拉札林

（Danielle Lazarin）、艾蜜莉・麥克德默特（Emily McDermott）、凱特琳・倫德彼－米勒（Kaitlyn Lundeby Miller）、卡蒂希卡・拉賈（Karthika Raja）等等，你們知道還有誰。

沒有我摯愛的家人，就不會有今天的我。謝謝你們，愛莉兒・庫嘉夫卡（Arielle Kukafka）、大衛・庫嘉夫卡（David Kukafka）、勞蕾爾・庫嘉夫卡（Laurel Kukafka）和約書亞・庫嘉夫卡（Joshua Kukafka）。感謝愛維・洛克林（Avi Rocklin）、塔莉亞・札萊納（Talia Zalesne）與札克・札萊納（Zach Zalesne）。謝謝夏儂・達菲（Shannon Duffy）、彼特・韋蘭德（Pete Weiland）與瑪蒂・韋蘭德（Maddy Weiland）。莉莎・凱伊（Lisa Kaye）、愛登・凱伊（Aiden Kaye）和所有人，我好愛你們。

當然還要感謝托里・卡門（Tory Kamen），感謝漢娜・尼夫（Hannah Neff），我最棒的老朋友。謝謝我的雷米熊，最稚嫩的小狗，最可愛的寶貝兒子，你是無盡歡樂的泉源。謝謝我的摯愛連恩・韋蘭德（Liam Weiland），賦予我如此璀璨的人生。

臉譜小說選

死刑犯與三個女人

Notes on an Execution

原著作者	丹妮亞・庫嘉夫卡 Danya Kukafka
譯　　者	江莉芬
書封設計	Bianco Tsai
責任編輯	廖培穎
行銷企畫	陳彩玉、林詩玟
業　　務	李再星、李振東、林佩瑜
發 行 人	凃玉雲
總 編 輯	謝至平
編輯總監	劉麗真
出　　版	臉譜出版 城邦文化事業股份有限公司 台北市民生東路二段141號5樓 電話：886-2-25007696　傳真：886-2-25001952
發　　行	英屬蓋曼群島商家庭傳媒股份有限公司城邦分公司 台北市中山區民生東路141號11樓 客服專線：02-25007718；25007719 24小時傳真專線：02-25001990；25001991 服務時間：週一至週五上午09:30-12:00；下午13:30-17:00 劃撥帳號：19863813　戶名：書虫股份有限公司 讀者服務信箱：service@readingclub.com.tw 城邦網址：http://www.cite.com.tw
香港發行所	城邦（香港）出版集團有限公司 香港九龍九龍城土瓜灣道86號順聯工業大廈6樓A室 電話：852-25086231　傳真：852-25789337 電子信箱：hkcite@biznetvigator.com
馬新發行所	城邦（馬新）出版集團 Cite（M）Sdn. Bhd.（458372U） 41, Jalan Radin Anum, Bandar Baru Seri Petaling, 57000 Kuala Lumpur, Malaysia. 電話：603-90563833　傳真：603-90576622 電子信箱：services@cite.my

城邦讀書花園
www.cite.com.tw

初版一刷　2024年1月
ISBN　978-626-315-419-3

定價：420元（本書如有缺頁、破損、倒裝，請寄回更換）

國家圖書館出版品預行編目資料

死刑犯與三個女人／丹妮亞・庫嘉夫卡（Danya Kukafka）作；江莉芬譯. -- 一版. -- 臺北市：臉譜出版：英屬蓋曼群島商家庭傳媒股份有限公司城邦分公司發行, 2024.01
　面；　公分. --（臉譜小說選；）
譯自：Notes on an Execution
ISBN 978-626-315-419-3（平裝）

874.57　　112014953